Karen Russell

Orange

オレンジ色の世界

World

カレン・ラッセル

松田青子＝訳

河出書房新社

オレンジ色の世界　目次

トニーとオスカーへ

オレンジ色の世界

これからもずっとこうなのだろうか。
暖かい空がオレンジ色の光を照らし、別の群れが群れに群がる。
ケイリー・マクヒュー
「イエロージャケッツ・アンド・ザ・スティング・リピーツ」

今住んでいる場所を知らなければ、別の場所に住むことを想像できない。
別の場所を想像しなければ、その場所には住めない。
エイヴリー・ゴードン『ゴーストリー・マターズ』

探鉱者

頂上まで十一分ぐらい。青年は私たちにそう言った。結局姿を現さなかったその青年が。

正直にいえば、小さくなっていく光の中で、同伴者もなく、迷路みたいなモミの自然林を歩きながら、私は本当にリフトが見つかると思っていなかった。その直前、もう諦めて伐採道路に戻ろうと口に出すところだったくらいだ。だけどこれ以上ないくらい落胆していた私たちは見つけた。林の中から蜃気楼のように浮かび上がるチェアリフトを。四本の暗いケーブルが赤い夕日を縞模様にしていた。私たちの頭上十二メートルのところでイスが山腹に浮かんでいた。空っぽのイスが氷に覆われ、風の中で軽く揺れている。その横を、同じくらい素早く、穏やかに、百ものイスが山から降りてくる。まるで鏡がちゃんと機能していないかのように、イスはそれぞれ、バックルみたいに輝く分身から離れていく。乗り場には誰もいなかった。もしリフトに乗りたいなら、自分たちでなんとかするしかなさそうだった。私はクララの手を握った。

パーティーが山頂で私たちを待っていた。というより、そう聞かされていた。あのすっぽかし男、非実在男、ユージーン・ド・ラ・ロシュフーコーという名前の、フランス人の青年から。

「どうせ本当の名前はバートだよ」クララが腹立たしげに言った。私たちはこれまですっぽかされたことがなかった。「どうせ本当はテネシー出身なんだよ」

とはいえ、一週間前の夜、馬の背に乗って山道を降りてくるその青年と出会った時は、確かにヨーロッパ人のように見えた。青年がかぶっていたあの帽子！　もっともらしく馬鹿げた顎鬚！　自分の名前を、まるで宝石を吐き出すかのように発音していた。ユージーン・ド・ラ・ロシュフーコーは鼻にかかった声で私たちに誘いかけた。次の土曜日の夜、エヴァーグリーン・ロッジのオープニングパーティーにご一緒しませんか？　私たちは山頂まで彼とともに新しいリフトに乗って、頼まれなる、新しいスキーリゾートのはじめての客人として名を連ねるのだ。大統領その人も出席するかもしれない。

クララは動じず、気のあるふりをした。「二人同時に誘うなんて、ちょっと欲張りなんじゃないかしら、ユージーン？」

「これがふさわしいんだ」彼は笑みを浮かべながら言った。「俺みたいな身の丈の男にはね」（ユージーンは百六十二センチだった。高学歴、高収入ってことだろうと私たちは察した）。パーティーは、私たちが停留するしかなかった山間《やまあい》の街、オレゴンの街ルーサーンの、はるか二キロメートル上で開催されるはずだった。十九歳と二十二歳の私たちは、今でも可愛らしく（クララは美しかった）、今でも目を惹く若さなのに一文なしで、「歴史的」な下宿屋でその日暮らしをしていた。「歴史的」は家主の女性にとっては、「幽霊が出る」と同義語であることが判明し、「今世紀初頭の上げ下げ窓」は、どうやら「肺炎にかかりやすい」という意味だった。

私たちは一時間近くユージーンを待った。その間に時間は森の奥あたりでこっそりと進み、ずるがしこくその影を並べ替えた。今や赤い輝きが巨大なベイマツの枝々にしがみついていた。ようやく私が口を開くと、私の声の、骨の折れるような響きに二人ともびくっとした。

「あいつはいらないよ、クララ」

「いらない?」

「うん、私たちだけで行こう」

青白くなった唇をして、まつ毛に粉雪が刺さったクララが振り返った。私が言ったことに彼女が怯えていること、でも言いくるめることができそうなこと、その両方がわかって胸が痛んだ。友だちをこんなにも見透かせてしまうのはよくないことだ。私はそわそわと、このまま先に進むための口実を考えながら、私の銀と金のブレスレットを数えた。もしパーティーに行かなかったら、ブレスレットを質に入れないといけないかもしれない。危険を冒さないほうが危険だ、と私は言い張った(少なくとも、私にとっては。クララはフロリダで裕福な両親が待っていた。私たちは一緒に危ない橋を渡ってきた仲だけれど、お互いの格差を持ち出して、友情を危険にさらしたことはなかった)。私は自分の黒いおだんご頭に留めた赤い造花に触れた。何のためにここまで苦労してきたの? 家主には一月の家賃分、十二ドルの借りがあった。クララは吹き溜まりの中で待っているほうがよかったのだろうか。私たちの王子様、あの偽物のカエルこと、ユージーンが現れるのを?

数ヵ月にわたって、ルーサーンの人という人が口にするのは、このロッジのことばかりだった。ジョイ山の新しいスキーリゾートの中心的存在。新たなニューディール政策の奇跡。ルーズベルト大統領は炉辺談話の中で、こういった建築計画が私たちを不況から救い出すだろうと請け合った。私は時々、まるで政府のお金が現実の雲から降るのが目に見えているかのように、山頂を睨めつけている、お腹をすかせた自分に気づいた。大工、石工、織工、技師といった、失業中の職人たちが、オレゴンの北部に押し寄せた。エヴァーグリーン・ロッジは、聞いた話では、その土地の二千二百キログラムもの花崗岩から掘られた、独自の石細工が施されていた。ドアは大聖堂並みの大きさで、ポンデローサ松を手彫りしていた。山の野の花に、子育て中の熊の一幕を描いた壁画は、地元の芸術家たちが手がけたものだ。ニューディール政策の男たちが手縫いしたキルトのかかったベッド。結婚式みたいに白いモスリンに、彼らのたこのできた黒ずんだ指が添えられているのを想像するのが私は好きだった。建築的には、訪れた誰もが驚くメインホールだと言われていた。バンド演奏のための演台つきの巨大な六角形の広間は、「世界の頂点にある永遠のダンスホール！」。

公共事業促進局《WPA》の職員たちは、キャンプ・シスルやキャンプ・バウンティフルに属する、市民保全部隊の青年たちの助けを借り、ジョイ山の山腹を切り出してトレイルをつくった。泥がこびりついたブーツに政府のロゴ付きカーキシャツ姿の、森から降りてきた非番の青年たちを街のあたりで見かけたことがあった。彼らは脂ぎった顔を、瓶の中のオリーブの実のように寄せ合っていた。リフトを雪溜まりから引っ張り出し、骨組みを持った機能する存在に仕立てた若い機械工たちだ。山のふもとから頂上まで十一分で到着！　それはジュール・ヴェルヌの空想の一つみたいに響いた。

「あの台が見える？」私はクララに言った。「あの上に立って、次のイスが来たら座って。私もすぐ後ろに乗るから」

最初、上昇するリフトからの眺めは美しかった。吹き荒ぶ風の中で、常緑樹の軍団が持ち場を守っている。そのうち、木々は白の草原に取って代わられた。ピンクの縁取りのある空から氷に覆われた岩層が牙のように上ってきた。私たちも上っていき、私たちの声はケーブルのうなり声に呑み込まれた。クララが歌っている歌をなんとか聞き取ろうとしたけれど、わからなかった。

*

クララと私は自分たちのことを「探鉱者」と呼んでいた。私たちの父親はだいぶ違う種類のギャンブラーだったが、ゴールドラッシュに取り憑かれていた点は同じで、私たちはユーコン熱やクロンダイクの熱狂について聞かされて育った。私たちは、砂金十三万ドルを手にした農夫や、八万五千ドルを掘り出した事務員、ラビット・クリークで魔法の金属を発見し、一時間のうちに十万ドルの儲けを出した鍛冶工の伝説を知っていた。アメリカ史におけるこの時期は、クララの父親、フィニステレ氏にとって、特別魅力的に映った。この骨張った顔のポルトガル人の移民は、フロリダ南西部で観光客が海に落とした財布から、ささやかな財産をひねり出した。私のほうの父親は一九三一年の春にドッグレース場の外で命を絶ち、そして私は、運良くフィニステレホテルでメイドの仕事を見つけることができた。

クララ・フィニステレは従業員の中で、私の他にはただ一人のメイドで、夏のアルバイトをしていた。彼女の両親は厳しかったが、宿泊客のことでいっぱいいっぱいで気が回らず、彼らの課した千もの規律は見逃された。噂によると、ウミヘビがホテル側の海岸線に住み着いていて、観光地の九十パーセントはウミヘビ頼みだった。パナマ帽をかぶったアマチュアの奇形学者がベランダで新聞を読み、ひれが見えやしないかと地平線をぼんやり見渡していた。

「ありがとう」フィニステレ氏は一度私にささやいた。私の名前を忘れるくらい酔っぱらっていた。「秘密がないことを秘密にしてくれて」黒い大西洋が眼鏡の上で空虚にさざ波を立てていた。

夜毎、フィニステレ夫人はカクテルアワーを開いた。緑とオレンジのメロンを角切りにし、象牙色の蓄音機のクランクを回して曲を流し、気の狂ったポルトガルのラム酒でフルーツパンチに明るい悪意を注いだ。彼女は三人の美しい娘たちに社交術の弟子入りをさせた。クララは最年長だった。ともに、フィニステレの女たちは口論とリネンを滑らかにした。冷やかし、無駄話、お世辞、早口のおしゃべりを彼女たちは混ぜ合わせた。夜へと溶けていく、あらゆる種類の甘ったるい雑談の数々を。私はカクテルアワーが嫌いだった。できる時はいつでも、ホテルの屋根でラグを叩いたり、葉っぱを掃いたりしていた。だけど、ある月曜日、はしごから足音が響いているのが聞こえてきた。クララだった。彼女は私を見て、固まった。

彼女の両腕に広がったアザが濃さを増していた。鮮やかなパンジーみたいな青色、その起源を隠す美しい色だった。私は無意識に屋根を横切ると、彼女に歩み寄った。私たちは骸骨のように細い体を激しくぶつけ、それを抱擁と呼んだら、私たちのはじめての衝突の暴力性を伝えるには不十分だっただろう。落ち着かせてあげたくて、私は馬鹿げた冗談を口にしていた。天気について無意味なことを話し、あいまいな、とりとめのない言い方で、何かできることがないか尋ねた。率直に、**誰がやったの？**　と聞く気にはならなかった。私はたった一つの本当の質問を喉に詰まらせながら、自分のカーディガンを彼女に差し出した。病気の人にティッシュを渡すみたいに。彼女は着ると、ボタンをすべて留めた。今や何も問題はないように見え、こんな薄い生地で彼女のアザが消せるなんて、と私は驚いた。アザがウールの生地を突き破ってくるんじゃないかと思ったのに。

「気にしないで、ね？」彼女は言った。「本当になんでもないから」

「誰にも言わない」私は思わず口走った。けれどもちろん、私は自分がちらっと目にしたこと以上に話すことは何もなかった。夜が訪れ、今では震えている私を、クララが抱きしめた。何か繊細で、確かなものが、私たちの抱擁の内側で移ろった。外から見るとまったくわからないけれど、私の骨の中に記録された変化だ。友情が続いていた間ずっと、錨とボート、見る側と見られる側とか、私たちは役割を交換し合ったものだった。顎を東と西に向けた私たちは、ヤヌスの顔の彫刻みたいに見えたに違いない。気まずさのない静けさは、二人がすでに友人になった後の、遠い未来から貸し出されたようだった。それから、私の肩越しに、暗くなっていく海をじっと見つめながら、彼女がこう言った。「オビー、もしどこか別の場所で生きられるなら何になりたい？」

「探鉱者になりたい」目を瞬きながら、私は言った。「探鉱者を探鉱する人になりたい。機会を待って、襲いかかって、あいつらの金を奪ってやるんだ」

クララは笑い、私も笑った。驚きながら。今の今まで、このホテルでの日々が、他の類の生活に優るかもしれないなんて考えもしなかった。クララ・フィニステレは、逃げる宿命を背負った人だと私の目には映ったけれど、私自身の将来をそんな風にもったいぶって考えたことは一度もなかった。「宿命」だなんて。物事は単純に私の身に起こり、誰かや何かの計画が私の運命をつくり上げていたとしても、たいして気にしたことがなかった。将来のことを考えると、まるで自分の鼻が汚れた窓にぶつかっているみたいに、閉所恐怖症的に身近に感じられた。次の月曜日。

次の水曜日。けれどあの夜、私はクララの笑っている顔を見て、一緒なら窓ガラスを持ち上げ、飛び去ることができるのだと、衝撃とともに気づいた。

クララは私を、浅薄な白い大理石のバルコニー付きの、私には狂気の沙汰に見えた悪趣味なマンションでのお披露目パーティーに連れていった。彼女は私のことを「親友のオーバジン」と紹介した。そうして二人の秘密の生活がはじまった。私たちは主催者のクローゼットやジュエリーボックスを物色した。クララは私に社交儀礼を個人指導し、私はクララに何を盗むべきか、そしてどうしらばっくれるかを教えた。

ある夜、クララが屋上に私を捜しに来た。彼女は二つの腫れ上がった目をすがめ、瞬いた。誰がこんなことを？　フィニステレ氏？　ホテルの誰か？　言いたがらなかったけれど、私はクララと約束した。犯人は言わなくてもいい、でもフロリダから逃げよう。

次の日、服と蓄えをすべてたずさえ、私たちは鉄道駅にいた。最初の数週間だけでも学ぶことがあった。西部はその頃、不景気のせいで、とても貧しかった。けれどそこはまだ野心に燃えた、末期の、たくさんの百万長者が住んでいたので、私たちは彼らと知り合いになって稼いだ。ある年寄りの石油投資家は、二人分の食事代と交通費を支払った見返りに、私たちが彼の思い出話を吸収することしか求めなかった。クララは彼を「自称・伝説の天才」と呼んだ。その人が語る話は三つに分けられた。仕事の成功譚、哺乳類の死で終わる冒険譚、過去の男らしさにまつわる自画自賛。

私たちは、孤児のアザラシみたいな頰髯をした炭鉱や漁業のお偉いさんたちに出会った。木を倒して財をなす、シミだらけの跡取りたち。どんよりとした目の男爵タイプで、ロムルスやクレオンといった、大げさで期待はずれの名前をしていて、パーティーの夕食に快く招待してくれては、私たちを見せ物扱いにした。お返しに、クララと私は彼らの家からたくさんの高級品を失敬した。私たちが欲しがれば欲しがるほど膨らむ魔法のポシェットをクララは持っていて、それが呑み込めるものは何だって盗んだ。デザート用スプーン、燭台、プードルの宝石付きの首輪。お屋敷の奥方のツートンカラーのヒールをはいた私たちは、アドレナリンで頭をくらくらさせながら、おおまたでパーティーから立ち去った。私はクララの不動の魅力にくっついてまわり、大理石の中庭やカーテンの吊るされた大広間、そしてたいていの場合、主寝室へと続くいくつものドアを通り抜け、そこでは私の肌が人工灯の暖かな岩礁の下で輝いていた。

けれど冬が襲来し、私たちの探鉱業はかなり見込みが薄くなった。オレゴンの海岸線はゴーストタウンと化した。二つの製紙工場が閉鎖され、州全体が破産した。男たちは内地から山々へと集っていった。そこでは事業促進局の建設の仕事にありつけるという噂だった。追いかけよう、と私はクララに言った。だから私たちは、エヴァーグリーン・ロッジについて聞きつけた、仕事に飢えたアストリアの十代の若者の一団とともにヒッチハイクをした。金色の塵が初期の探鉱者たちをこれらの山々へ引き寄せ、青年たちは週給三ドルの仕事を追い求めていた。けれど政府の金がジョイ山に降っていたとしても、まだそのふもとの街には届いていなかった。ルーサーンに行こうと決めたのは、ひどい計算間違いだった。この街で過ごす最初の夜、クララと私は暗い店先のウインドウに二重写しになっている自分たちの顔を見ていた。下宿屋では、暗闇の中でまんじりともせず、横になった。お互いのわざとらしい寝たふりを信じたふりをしながら。ゴロゴロと鳴り合っている、二人のお腹だけが正直だった。**なんでこの街に来ちゃったの?** クララは私にそう尋ねようと思い描いたことさえなかった。心の広い、忘れっぽい彼女はすでに、家出が私のアイデアだったことを忘れてしまったようだった。

心配しないでと、私は毎日クララに言った。「うまくいく夜が一日でもあれば大丈夫」私たちは嘘をつき合い続けた。空腹はゲームの一環でもあるかのように。社交儀礼は閉ざされた街では不十分な結果しかもたらさない。私たちは民間植林治水隊《CCC》のキャンプのあたりに点在するバーで狩りをはじめた。そこの痩せこけた男たちは無にも等しく、彼らから何かを盗むことに心が痛んだ。下宿屋に戻ると、私たちは指を蜘蛛のように動かしながら財布をまさぐり、ほとんど話さなかった。クララと私は見知らぬ人たちの大部屋に紛れるようになった。**さっさと私を見捨てればよかったのに。**私の心がささやく。フロリダから出てはじめて、私たちの冒険は失敗に終わるんじゃないかと私は思った。

*

リフトのイスは二キロメートルの高さまで上ってきた。この数字を新聞で目にしたのを私は覚えていた。理論上は、この数字は私にとってほとんど意味を持たなかった。だけど今、足の裏にこの高さを感じられた。数分の間、霧の勢いで山が見えなくなった。やっと、待ち構えていた手が伸びてきた。手は暗闇の中から飛び出してくると、リフトから私をひょいと引き上げ、腕の中にしっかりととらえた。私たちが座っていたイスは、長い下り坂を下がっていく前に、巨大なブルホイールによってくるっと向きを変えた。二つの手、素晴らしく温かい手が私の背中を支えてくれた。

「ユージーン？」私は呼んだ。唇の感覚がない。

「**ユー、ジーン《きみはジーン》**って誰だ？」耳慣れない声が笑った。

ユージーンではない男は、熊めいた山の男だった。ランタンの光を高く掲げ、私たちの顔を覗き込んだ。渋い緑色のＣＣＣの制服に見覚えがあった。私たちと同じ歳くらいに見えたけれど、その顔は雪の中でずっとぼやけていた。電池式のランタンが、私たちを全身鈍い金色の影に変えていた。**ユージーン**なんて知らない、と彼は言ったけれど、ここに常駐し、ゲストをロッジに案内していた。

目の端に、クララの頬で涙が凍りついているのが映った。彼女はもう髪を膨らませるようにして整えながら、雪の中美しい女性たちをエスコートするなんてうらやましい仕事にどうやってついたのか、この政府の職員に尋ねているところだった。なんて素早く自分の役柄に戻れるんだろう！　私はまだ凍った舌を動かすこともできず、二人の後ろをのろのろと歩いていた。

「君たちは何歳なんだ？」ＣＣＣの男は尋ね、「どこから来たんだ？」と続け、嘘を教えるごとに、彼といても私は安心できるような気がした。

ロッジは間違いなく宮殿だった。その影だけでも、二十万平方メートルもの雪原を覆うかに見えた。電力が生じさせた黄色っぽいオーラを帯びたリゾートは、山の空を背に据えた泡さながら浮かび上がっていた。その土台はセコイアメスギ材が持つ無常な威光をたたえ、林の中からそびえ立っていた。光がどの窓にも輝いていた。近づいていくと、いくつかの窓からこっちをじっと見下ろしている顔が見えた。

私たちはまだ恐怖を引きずっていた。あの上り坂の速さ。血が炭化したみたいに感じられた。二メートル先で、ユージーンではない、名前が聞き取れなかった誰かが電池式のランプを頭上で揺らしながら、氷でできたクジラみたいな灰色のトンネルの中、私たちを先導していた。「なかなかのレッドカーペットだろ？」

二つの巨大なピカピカしたドアが内側に開き、私たちは田舎風の舞踏室の中にいた。部屋の隅ごとにある暖炉がこっちに向かって熱を発していた。アメジストのシャンデリアが、ダンスフロアに光のさざ波を立て、石の煙突は、室内に洞窟があるみたいに見えた。バーの上から、イノシシの剝製がこっちを見て、牙をむき出して笑っていた。男たちは私たちに群がり、シュワシュワした飲み物を手渡し、私たちのコートを受け取った。怒濤の自己紹介を浴びた私たちはくすくす笑いはじめ、「ニルソン」「ポーリー」「ヴィリヌエヴァ」「オバデヤ」「アッカー」等々に私たちの手を取らせた。誇らしげに、彼らは一人ずつ、この浮世離れしたリゾートを建てたCCCの「木の兵隊」だと名乗った。石工に鍛冶屋、塗装工に森林労働者。若く、私たちと同じ年頃だということが、私の頭から離れなかった。さらなる顔がにっこりしながら、陰から現れ出た。きっと私たちと同じように、彼らもこんな夜が訪れることを長らく待ちあぐねていたのだろう。誰かが二本のタバコに火をつけ、私たちに回してくれた。

私は今では期待で震えていた。クララの手が私の手をとると、ぎゅっと握りしめた。海に飛び込む時が来た。私たちは見知らぬ人たちの海に飛び込んできた、社交的な意味で。一体どれだけの夜を、フィニステレ夫人のラムパンチでリラックスした観光客が自国の言葉で話すのに耳を傾けながら、私たちはともに過ごしてきただろう。ほとんどの青年がすでに酔っていることを私は嗅ぎとった。かかとを鳴らしている人たちもいる、踊りたくてたまらないのだ。

　私たちはバーに連れていかれた。感情が私の肌の上で蘇り、若い男たちが何か口にするたびに笑い声を上げ、一緒に室内にいることに高揚していた。クララは私のパフスリーブのドレスの上から私をつねらなくてはならなかった。

「オビー？　皆さんを独占したら悪いんじゃなくて？」

　クララの言う通りだった。待ち望んでいた名士たちはどこだろう？　むっつりした赤い口紅の妻を同伴したオレゴンの森林監察官は？　知事や銀行の頭取は？　スイスアルプスからやって来たスキーの達人たちは？　くじによって選ばれた、五十二人の客人を待ちかねているホテルの客室。私たちはオレゴンの新聞の日曜版で宿泊客のリストに目を通していた。

　賢そうな琥珀色の目をした男の人に私は向き直った。しわのない肌に金色の口髭をまばらに生やしたその人は、穏やかな絶望を抱えた老いたヤギのように私たちに笑いかけた。

「すみません、祝賀会はいつはじまるんですか？」

　同じくらい礼儀正しく微笑みながら、クララが彼の左側を固めた。

「私たちが最初に到着したんですか？」

　けれどヤギの目は今では燃え上がっていた。「何言ってんだ？　パーティーはもう**はじまってる**だろ、お嬢さんがた。ここじゃ二十六人ものダンスのお相手がよりどりみどりだっていうのに、何が不満だ？」

　彼の怒りの強さに私たちは驚いた。後ずさった私は、お尻を手すりにぶつけた。手が何かをつかみ、それはちっちゃなビーバーだった。彫刻の装飾品。どのシーダー材の親柱にも何か施されている。

「素敵な飾りですね」

褒《ほ》められて気をよくした男はニヤッと笑い、くつろいだ。

「我が監察官は他でもない、O・B・ドウソン氏なんだ」

「そしてあなたのお名前は？」

ふいにこう思った。**何と叫びたいのか後で知りたくなるだろう**。

「ミッキー・ローチ。残念ながら、妻子持ちだよ、お嬢さんがた。三人いる、オスプレイにね。子どもらを食わせるための出稼ぎさ」何気ない調子で、自分が、そして班全体がどれだけさみしい思いをしているか、彼は私たちに話した。彼らは毎日キャンプ・シスルから深い森へと、十三キロメートルをトラックに揺られていた。一度につき何ヵ月も、家族から離れて暮らした。リスターバッグで運ばれた水を飲み、溝を掘って臨時の便所にした。みんな、本当に、本当に、本当に、仕事にありついて喜んでいる、と彼は言った。「エメラルド・ロッジ計画が持ち上がるまで、我々には何もなかった」

ローチ氏の目の色がこれまで見たことがないくらい奇妙な色をしていることに私は気づいていた。鮮やかな黄土色、魔法の金属であるゴールドの色。

息を呑み込みながら、私はこの男の人に聞いた。「すみません、ちょっとよくわからなくて。ここは**エヴァーグリーン**・ロッジじゃないんですか？」

「エヴァーグリーン・ロッジだと？」男の人は言った。口の中のピンク色のソーセージのかけらを見せながら。「どこにあんだそれ？」わざとらしい声音を出すと、彼は自分の声に笑ってみせた。

不安が実体を持ちはじめた。恐ろしい仮説だ。話をして紛らわせようとしたけれど、しっかり見れば見るほど、疑いは強くなった。部屋を素早く見回すと、私が最初にあのドアから入ってきた時に目を留めたのに、見過ごしたことがはっきりしてきた。この青年たちの目はみんな同じ色だった？　落ち着こうとしながら、クララの手をつかむと、彼女を風向計のようにくるくる回した。ゴールド、ゴールド、ゴールド。

「どうしよう、クララ」

「オビー？　どうしたっていうの？」

「クララ」私はつぶやいた。「乗るリフトを間違ったみたい」

＊

二つのロッジがジョイ山には存在していた。まずは、政府の森林監察官や大統領の立ち会いのもと、絢爛豪華な祝賀会とともにお披露目されるエヴァーグリーン・ロッジ。そこではおそらくユージーンがバルコニーの高みに立っていて、シャンパンで乾杯するためにフルートを構えているだろう。ところがかつて、この同じ山の南東のあたりに、もう一つの建造物が存在していた。この場所は、粉々になった希望、未完の青写真として、地元の記憶の中に生き続けていた。二年前に雪崩に巻き込まれ、オレゴン州CCC第六〇九団二十六人の労働者の墓地となった、失敗に終わったエヴァーグリーン・ロッジの原型だった。

「知らず知らずのうちに」血みどろで不条理な話を愛する下宿屋の主人は、朝食のパンケーキ越しに私たちに話して聞かせた。「この労働者たちは自らの棺を建てていたようなもんだね」トボガン競技のできるランニング場や映画館、ヴェルサイユ宮殿よりも多い窓の数。それはエヴァーグリーン・ロッジよりも見事な出来栄えになっていたはずだった。けれどロッジは未完成のまま、瓦礫と化した。

ミッキー・ローチは今も私たちを連れ回り、石細工を自慢していた。

「クラウド・キャップ・インには行ったことあるかい、お嬢さんがた？　あれはワイヤーケーブルで山につながれているんだ。ほら、どうやったかというと……」

「ローチさん？」飲み物をがぶがぶ飲みながら、私は自分の声を落ち着かせた。「リフトは何時まで運行してるんですか？」

「おやおや」彼は口をすぼめた。「どこか行くとこでもあんのかい？　悪いが少なくとも明朝までは我々と一緒にいてくれなくちゃ。あんたたちが最後の客だったんだ。夜明けまでリフトは止まってる」

横にいるクララの声が耳に入ってきた。「何言ってるの？　まだ着いたばかりなのにもう帰る話？　失礼だと思わないの？」

「死んでるんだよ」

「何の話？　誰が死んだの？」

「みんな。私たち以外はみんな全員」

クララが私から向き直った。顎がこわばっている。近くのテーブルでは、緑の服を着た五人の青年たちが客観的な関心を寄せて、私たちの会話の進み具合を見ていた。まるでルールがほとんどわからないスポーツを見るみたいに。クララは唇を湿らすと、彼らのテーブルのつやつやの表面を赤い爪で弾きながら笑いかけた。

「すっごくきれいね！」彼女は甘くささやいた。

死んだ青年五人全員が顔を赤らめた。

「ちょっと失礼」そしてそわそわしてみせた。「パウダールームはどこかしら？　この子ったらすっかりひどいことになってる！」

*

日に焼けた〈化粧室〉のプレートが、それ以外は特徴のないドアにかかっていた。パーティーにおいて、この部屋は常に私たちの聖域であり続けてきた。ドアが閉まれば、私たちはお互いを鏡越しに見つめ、ガラスを通して情報を交換した。クララの目はまだ茶色。そう気づいて、ホッとした。私のは青色だ。自分が叫び出すんじゃないかと心配だったけれど、パニックを起こしそうになるのをこらえ、そしてクララが私と同じようにするのを見つめた。「鼻どうしたの？」ようやく小さな声で言った。血が彼女の上唇を二つの明るい縞となって流れ落ちていた。

「たぶんここがかなり高地だからかな」と言って、彼女は泣き出した。

「シーッ、シーッ、シーッ」

私はティッシュで血を拭いた。

「ほらね？」私はティッシュを見せた。「少なくとも私たちは、えっと、少なくとも私たちにはまだ……」

クララは荒々しくくしゃみをし、私たちはガラスの上の赤味を帯びた雫を見つめた。それは平面の上、非現実的な鏡の世界の上で、恐ろしいほどの明晰さを持って際立っていた。

「これからどうする、オビー？」

私は頭を振った。恐怖でいっぱいで、なんとか息をするのがせいぜいだった。

いつもなら、逃亡の手段を講じるのは私だっただろう。盗んだ鍵に偽造チケット。クララは私の口紅や姿勢を正し、あんたは優雅な男たらしなんだよ、野球の審判じゃないんだよ、と励ますほうだ。けれど今夜、計画を練ったのはクララだった。私たちはエメラルド・ロッジをつま先立ちで歩かなくてはならなかった。私たち自身の光を鈍らせなくてはならなかった。そして、この場所で生き抜くことにおいて最も重要なのは、クララ曰く、主催者たちが生きていることを私たちが疑っていないと、相手に信じこませることだった。

最初、私は反対した。この労働者たちにも真実を知る権利があると思ったのだ。

「へえ？」クララは言った。「高潔なお考えですこと」

そして、私たちが知っていることを男たちが知ってしまうとどうなると思うと、私に尋ねた。

「わかんない。解放してくれるとか？」

クララは頭を振った。

「考えてみてよ、オビー。この場所を保っているのは何？」

とにかく慎重に、とにかく従順にと、彼女は言い張った。主催者たちが信じていることを一切疑ってはいけない。エメラルド・ロッジは現実の場所であり、あの人たちはその室内で安全に息をしている。手仕事を褒めちぎろうと彼女は言った。まぐさ石のアーチに錬鉄製の火格子、梁に柱。まるで本物であるかのように、まるで頑丈であるかのように。クララはそう言い募った。もし夢から目覚めさせてしまったら何が起こると思う？　この場所を建てたのはＣＣＣの労働者の幽霊たちだよ、とクララは言った。私たちの運命はあの人たちに委ねられている。もし男たちが、自分たちが死んでいることに気づいたら、私たちも一緒に死ぬことになるかも。夜明けまで、逃げられる時間になるまで、この部屋の存在を信じないと。

「いつも通りの計画で」クララは言った。「こういうパーティーで誰かと一夜をともにしたことなんて何百回だってあるでしょ？」

ゼロ回だよと私は言った。生きているのが私たちだけのパーティーなんて一度だってない。

「あの人たちを喜ばせよう。お酒をちょっと飲んで、ちょっと踊って。そしてそれから、夜が明けたら、この山から逃げよう」

誰かがドアを叩きはじめた。「なあ、遅くないか？　誰か落っこちたのか？　あんたたち、踊らないのかよ？」

「もう少し待ってて！」クララが明るい声をつくって叫んだ。

ダンスフロアでは琥珀色の目をした幽霊たちが、パーティーがはじまる瞬間における、歴史上のどんな青年たちにも負けないくらい、ぎこちなく、いじらしく、そして不可解なほどに生意気そうだった。胸に帽子を押し当てた、純粋な、希望に満ちた男たち。

「かわいそうだよ、クララ！　本当に気づいてないんだよ」

「そうね、本当に悲しいことだね」

クララの顔は、探鉱者としてのこれまでで数えるほどしか見たことのない、石のように冷たい表情に変わった。

「悲しむのは、山から降りるまでとっておくこと」彼女は言った。「とにかく今は、あの人たちの冗談全部に笑うんだよ。この驚くべきアメリカの名所、エメラルド・ロッジを褒めたたえないと」

＊

クララの母親は、淑女のエチケット集を持っていて、第一章には**「デートのお相手をパーティーの花形だと思わせましょう！」**と書かれていた。人々はよく、若い女は馬鹿な生き物だと誤解する。私たちがはしゃいでいるのは、厚かましさや弱さ、もしくは性欲に起因するヒステリーのせいだと勘違いする。その通りのこともある。だけど今夜は違う。私たちだって注意深くやれば、監視人を人質にとることができる。誰にだって観客が必要だ。

他のパーティーでは、主催者たちは、終わりなき思い出話に対して私たちが興味のあるふりをするのを、いつも信じきっていた。彼らは私たちの黒い瞳孔を使って、古臭い武勇伝を磨き上げた。八十七歳で再び独身になった、鬼みたいな見た目の鮭釣り船の船長さえ、私たち二人が彼に熱を上げていると思い込んだ。これまで誰一人として、クララと私をパーティーに誘って、私たちの本心を聞こうとしたことはなかった。

バーでは、蒸気オルガンのパイプみたいに並んだ小さなグラスが待ち構えていた。ハチミツ、さくらんぼ、レモン。イタリアから輸入したカクテルです、とバーテンダーは恥ずかしそうに微笑んだ。「おいしい!」と、一つ一つ唇に当てながら私は大きな声で言った。クララはその間に、ダンスフロアに連れ出されていた。きっちりと塗られた藤色の口紅に、なでつけたつやつやの髪をした彼女は、フロア中に鮮やかな色を放っていた。生者の活気を死んだ青年が怖がったらどうする? **気をつけて**、と私は口を動かした、陰に入るように彼女に合図しながら。緑色のベレー帽をかぶった青年たちは注目を得ようと張り合って、クララににじり寄り続けていた。躍起になっている姿を見て、私は胸が痛かった。もちろん、死のニュースは本人たちには届いていなかった。どうしたらそのニュースが山頂まで上がってくるというのだろう、労働者たちが埋まった場所に。

バーのスツールに腰かけ、私は髪を編んだ。何かいい冗談を思いつこうとした。

「やあやあ、ご一緒してもいいかな?」

この死んだ青年はリー・カヴィと名乗った。眉毛に黒い前髪が垂れ下がっていた。小さくて奥まった、パグ犬のようにしょんぼりした顔。私は瞬く間に好感を持った。それに彼は面白くて、笑うふりをしなくてよかった。その雄弁な瞳は会話を交わすことをほとんど無意味にした。自分は生きている、というリーの確信は、私にも伝染しそうだった。

「ダンスはあんまり得意じゃなくて」リーはふいに謝った。それを証明するかのように、バーの上でグラスを滑らしてきた。

「まあ、気にしないで。私もうまくないし。あそこにいる友だちが見える?」私は聞いた。「緑色のドレスを着てる子。お淑《しと》やかなのはあの子のほう」

だけどリーは金色の目で私を見つめたままで、そのうちどっちが催眠術師で、どっちが催眠術にかかった側なのかわからなくなってきた。彼のキャンプ・シスルの話に私は大笑いし、バーのスツールから落っこちるんじゃないかとヒヤヒヤした。リーのさざめくような笑い方は夏の雷みたいで、この頃には私はすっかり酔っ払っていた。リーは家族の気の毒な境遇について話しはじめた。「親父が元凶なんだ。全財産を使い果たして、すべて失い、俺を家から追い出した。俺が家族を支えなきゃならなくなったんだ……」

私はうなずいた、彼の話の輪郭を認識して。他の労働者たちはどんな風にここまで流れ着いてきたのだろう。自分の子ども時代を、雪崩以前の人生を覚えている？ それとも思い出は彼らの中に埋められてしまった？

死んだ青年の一団が踊っているのを見るのは、ものすごく孤独な気持ちだった。ペアになって、互いの肩をつかんでいた。「練習してるんだ」とリーは説明した。六角形のフロアの上で、青年たちはお互いを自信なさそうに操った。

「なあ、どうだい？」リーが急に言った。「せっかくだからやってみよう！ 人生は一度きり」

数秒後には私たちはフロアにいて、ホールの中心でフォックストロットを踊っていた。

「オッ、オッ、オッ」彼はささやくように歌った。

リーと私はキスをした。生きている口にキスするのと何ら違いなく感じられた。私たちは五人の死んだ山の兄弟たちが奏でる金管楽器や弦楽器、ハーモニカのリズムの中に沈み込んでいった。純粋に喜びながら、幽霊たちは私たちに向けてきらきらした楽器を鳴らしてくれた。

手が私の肩をつかんだ。

「お邪魔してもいいかしら？」

クララが私をフロアから引き摺り出した。

＊

再び化粧室の中で、クララの瞳はアライグマのそれのようにキラキラしていた。彼女が疲れ果てていることに私は気づいた。笑顔は反射神経でしかないこともあれば、勇敢な行動であることもある。クララのは後者だった。時計はちょうど二十二時半を告げたところだ。パーティーは落ち着く兆しもない。少なくとも時計は動いている、と私は指摘した。私たちは昇る太陽を頭に思い描こうとした、エメラルド・ロッジの千もの窓を突き刺す光を。

「大丈夫？」

「断然気分がよくなったよ」

「山から降りるんだからね」

「もちろんそのつもり」

＊

西側の階段に近いところで、リーは飲み物を手に待っていてくれた。彼の脚のまわりに影が不自然に溜まっていて、はげかけたペンキを思わせた。もし見つめすぎたら、床からわずかにめくれているように錯覚しそうだ。

「ジーン！　さあどうぞ！」

自分の本当の名前の響きに、私はびくっとした。嘘の名前で自己紹介をしなかっただろうか？クララと私は偽名を選ぶための電話帳を持っていた。それはパーティーの時に着飾るのと同じことで、私たちはまるで宝石を選ぶように、お互いの分身を選んだ。

「本当はキャンディーだよ」私は丁寧に微笑んだ。「キャンディスの略なの」

「おおせのままに、**ジーン**」リーは私のブレスレットを軽く弄びながら言った。

「誰に聞いたの？　私の友だちから？」

「君だよ」

私はゆっくりとまばたきをした。彼の笑顔がはっきりしたり、ぼやけたりするのを見ながら。私は飲みすぎていて、私たちが話したことの半分も覚えていないことに気がついた。他に何を口から滑らしてしまったんだろうと私は思った。

「どんな由来なんだい？　なあ、本当にかわいい名前だね」

私は自分のことを聞かれるのに慣れていなかった。リーは私の体に腕を回し、そしてそれから、驚いたことに、私は暗闇の中で、幽霊に向かって本当の話をしている自分の声を聞いた。

ジーンと呼ばれたいのだと、私は話した。フロリダでは、ほとんどの人が私のことをオビーと呼んだ。

両親は私をオーバジンと名づけた。魅惑的な名前をつけたかったのだ。それは両親が私に与えることのできた贅沢、保護の魔法だった。「オーバジン」は父が従軍中に習ったフランス語で、「夜明け」という意味だと父は言った。こういう名前が、娘に神秘的な雰囲気をまとわせるだろうと両親は思ったのだ。おむつから死に装束まで。

ある夜、めずらしくレストランで外食した日、私たちは同じく客だった、禿げていて気取り屋の、盗み聞き男から真実を知らされた。

「オーバジン」男は考え深げに口にした。「なんて面白い名前だ」

私たち家族一同は、熱心に彼に笑いかけた。

「もちろんフランス語で、茄子、を意味する言葉ですよね」

「まあ、なんてこと！」母が悲しみを抑えることができずに言った。

「もちろんですとも！」老いた父が大きな声で言った。

けれど私たちは、一瞬で財産を失うことにとっくに慣れきっていた。実際、父はドッグレースと自らの能力においてさまざまなことを見誤り、破産した。

「お似合いですよ」と禿げた客は言った。笑いながら、そして新聞のページをめくりながら。

「ぽちゃっとしているでしょ、ね？　茄子にそっくりだ！」

「私たちはジーンって呼んでいるんです」母がすらすらと返事をした。

＊

クララはいつも私をからかった。「誰も好きになっちゃ駄目だよ」彼女は言い、私たちはこの冗談に値しないくらい笑い続けた。なぜならその筋書きは、私たち両方にとってあり得なそうに感じられたから。けれど幽霊にもたれかかりながら、私は私の人生の辻褄があったように感じた。リーの目はまるでスポットライトのように光を放ち、私の中から過去の塵をそっと取り出してくれ、私はそれがうれしかった。彼は私に話をさせてくれ、私は口を閉じたくなかった。彼の目はどんどん見開かれていく。金色の繊維で織られた金色の網みたい。私は彼に、父の自殺について、母の死について語った。すんでのところで唇をかんだけれど、今にもクララのアザについて、あの無言の青い星座について話してしまいそうだった。リーに助けてほしいわけではなくて（このお化けに何ができるだろう?）、そうじゃなくて、ただ私のことを見続けていてほしかった。**落ち着いて、オビー**。クララの小さな、蛾がひらひらするような声が聞こえたが、それはすぐにリーの熱い喜びを帯びた眼差しによって焼き捨てられた。

　私たちは二度目のキスを交わした。私たちの歯がカチッと鳴るのが感じられた。二つの温かい手が私の頬を挟んでいる。けれどリーが顔を上げると、彼の苦悩が私に飛び込んできた。野生的な目は、まるでガラスに弾かれ続けている、窓の間違った側に囚われたハチのようだった。「きみは……」彼は口を開き、私の頬をなでた。「きみは感じる……」とても繊細に、もう一度私にキスをしようとした。「きみは味わう……」当惑した声が次第に薄れ、消えた。片方の手が私のドレスの上を滑っていき、もう片方は彼の青白い喉をかきむしった。

「どうかな?」しゃがれた声で私の耳にささやきかける。「いい感じかな?」

　リーは暗闇にいすぎた。どうすれば助け出すことができるのか私にはわからなかった。もしリーが私だったら、実際どれくらい一緒にいたいと思うだろう。**楽にさせてやれ**。田舎の人たちは病気になった犬に対してそう言う。けれどリーはとても幸せそうに見えた。しかも、未来を楽しみにしていた。

「上に行こうか、ジーン？」

「だけどクララはどこ？」私は小声でぶつぶつと繰り返した。

私はなんとか彼女の名前を思い出した。

「いなくなったのかい？」リーは言い、ウィンクをした。

「その子も上に行ったんじゃないかな？」

部屋を横切りながら、私たちはクララを見つけた。彼女の両手は大柄な青年の首の、羊毛のような無精髭に巻きついていて、二人は六角形の中心で揺れていた。手を振って注意をひこうとすると、彼女は私をじっと見つめた。クララは笑みを浮かべていて、シャンデリアが彼女の髪の赤色を弾き、彼女の最もひそやかな色までかき鳴らしていた。

にやにやしながら、リーは敬礼の真似事をして、彼の黒い眉に触れた。血の通っていない手は紙のように薄く見えた。私はフロリダで出窓に立っていたことを、そして夜空が水平線にさざ波のように打ち寄せるのをやめて、内地にいる私に向かって流れてくるのを感じていたことを、鮮明に覚えていた。今私に向かって注がれている何かは、青年の粉っぽい皮膜を通して吐き出された無だ。もし私たちの広げた手の透明度の違いに気づいていたとしても、リーはそう口にしなかった。クララは青年のビロードのような唇にキスをしている。指はいまだ相手の黄褐色の首に組み合わされていた。**クララ、クララ、私たち、私たちの役柄を忘れちゃったね**。私たちはキスをするべきじゃなかった。あの黒い水を引き受けるんじゃなかった。リーは自分が死んでいることを知らないままだったのかもしれないけれど、私の体は知っていた。まるでキスで体が麻痺したようだった。自分がどんどん沈んでいくのを感じた、何も考えられないくらい深いところに。二人の青年はそっくりなうやうやしさで私たちを階段へと運び去った。制服を着た彼らの体は私たちを陰の中へと引っ張っていき、私たちの髪や肌、紫色とエメラルド色のパーティードレスは、まるで二本のろうそくが吹き消されたかのように、突如として青く染まった。

そして今、クララがずんぐりしたダンスのお相手について流れるように階段を上っていくのを私は見ていた。彼女は心から笑っていて、頭は後ろに反り返り、喉が露《あらわ》になっていた。すぐ後を追いかけたけれど、距離は縮まりそうになかった。私はリフトの上でそうしたように、上っていく彼女を見ていた。足元をふらつかせながら、彼らが花柄の壁紙の廊下を進んでいくのを見た。目を細めても、ドアの上の薄いアラビア数字を判読することはできなかった。これらのドアはすべて、もちろん、まったく同じだった。一つがバタンと開き、そしてクララを呑み込んで、閉まった。もうお互いを見つけ出すことはできないんだろう。それでも、この頃になると、私はとても穏やかな気持ちになっていた。まるで子どものように、リーが私の手首を引いていくままにさせた。私のブレスレットだけが震えていた。

＊

四〇九号室の壁は天然のマツの木で、つやつやと薄暗がりの中で輝いていた。午前四時の黄色い欲望をたぎらせたリーは、椅子に腰かけると作業用ブーツを引っ張って脱いだ。闇が彼からどんどんあふれ出し、私はそれを吸収した。「ジーン」彼は何度も呼びかけた。その言葉はよく耳慣れた響きをしていたけれど、その意味は今では私から逃げてしまった。彼の口を私の口で塞ぐ。幽霊の青年の膝に乗り、首にキスをし、脈を感じているふりをした。そのうち、ボソボソと謝りながらリーは立ち上がり、浴室に姿を消した。水道の栓がひねられた音が聞こえてきた。何が流れ出ているのかは神のみぞ知る。部屋にはクィーンサイズのベッドがあり、私は柔らかな綿のキルトの端っこを引き寄せた。すごくきれいで、エーデルワイスの白さだった。私はいまだドレスに留めつけられたまま、ベッドにもぐり込んだ。あくびが止まらない。数秒後にはうとうとしているだろう。もう絶対に外の世界に戻りたくない、私は心を決めた。なぜ偽る必要が？ どうせもう私たちを連れ帰ってくれるリフトなんて一つも待っていない。でしょ？ 山もない、黄鉄鉱の月もない。私たちが後にしてきた地球は写真みたいに感じられた。それにこのロッジで暮らすのはそんなに悪いこと？

まるで劇場の重いカーテンのように、何かが私の体の中をゆっくり下りてきていた。真実を知りたい気持ちが引いていき、幸せで暖かな狂気へと変わっていくのを感じた。みんな死んでいて何が悪いの？ 私たち、私と死んだ青年は恋に落ちてもいい。私たち、クララと私は、ここで姉妹になればいい。同じくらい貧しくて、同じくらい美しく。

リーが戻ってきて、枕の上の私の髪をなでつけていた。「少し眠るかい？」彼は尋ねた。

それ以上に望むものはなかった。けれど、赤い爪に目を落とした私は、マニキュアが欠けて、半透明の表面が少し覗いているのに気づいた。クララが昨日の朝、パーティーの前に塗ってくれたんだ。大昔に感じられる。**クララ**、私は思い出した。**クララはどうしてる？** 私はもがきながら、重いベッドの上かけから這い出た。まさにその瞬間、ドアがドア枠にあたってガタガタしはじめた。外で男がリーを呼んでいる。「あの人が来た！　あの人が来た！　あの人が来た！」バリトンの声がうれしそうに怒鳴った。「おい、ちくしょう、リー、ボタンを留めて下りてこい！」

リーは金色の目をこすると、巻き毛をなでつけた。私は何だかわからなくて彼を見つめた。「邪魔が入って申し訳ない、愛しい人。だけどこれを逃すわけにはいかないよ」口の大きさをした空洞を晒しながら、私に笑いかけた。「写真に写りたいだろ、な？」

*

クララと私は階段のところで再会した。部屋の中で何があったんだろう？　その錠は私には開けられないものだった。いつもの夜でさえ、私たちはよく二手に分かれ、後で下宿屋に戻ってからも、それらの非現実的な時間のことを会話に持ち出したことがなかった。探鉱業では、一度閉じたドアは、いかなる時も閉じられたままだ。クララは彼女のお相手に腕を回していたが、私の記憶よりもふくらんだように見えた。丸い顔はほとんど特徴がなく、眉毛は消えていた。彼の緑色のつまようじの先端さえもぼやけているようだった。リーは彼に駆け寄り声をかけ、男たちが写真屋のもとへ先を争うように下りていく一方で、私たちはためらった。今回は、私たちは安堵を隠そうとしなかった。

「眠ってしまいそうだった！」クララは言った。「ものすごく眠たかったけど、このどこかにオビーもいるんだって思い出したの」

「私も眠ってしまいそうだった」私は言った。「だけどクララの顔を思い出したよ」

クララは私の髪をまとめ直し、私は彼女の裾を整えた。私たちは大丈夫、とお互い言い合った。

「何も手に入れられなかった」クララは言った。「だけど空っぽの手で帰るわけにはいかないよね」

私はぽかんとしてクララを見た。まだ探鉱するつもりなの？

「この場所からは盗めないよ」

クララは向きを変え、鉄の手すりから咲いている彫刻の花を調べた。そしてまるでその花を手すりから解放できるかもと思ったかのように、試しにそれを引っ張った。

「クララ、目を覚まして。そうじゃないでしょ」

「そうじゃない？　そのために連れてきたんじゃなかったの？」

彼女はパッと目を上げて私を見た。その眼差しはまっすぐで、非難の色が浮かんでいた。そして私は、目で語られる言語に自分が上達したことを感じた。私は今、クララがこれまでずっと理解していたことを見た。探鉱の日々の中で、彼女が呑み込み続けてきたことを、凍える下宿屋で、彼女がたった一度として私に向かって叫ばなかったことを。**あんたは私を利用した。パーティーのたびに、釣り針に私を餌みたいにゆらゆらぶら下げて。食べられた私は何をもらえるの？　金属くずとか？**

「ごめんなさい、クララ……」

私の謝罪は外に向かって開いた。満開の恐怖。私はクララのアザを、フロリダから去ることを正当化するために利用した。彼女の顔を、ドアを開けるために利用した。欲張りな私は山の上でもクララを守ることができると思い込み、そのくせ彼女を一人にした。どのくらいの間クララは私のやり口に気づいていたのだろう？　私自身でさえほとんど気づいていなかったのに。

けれどクララは、今も私の手を握ったまま、時計を指さした。午前五時だった。

「夜明けはもうすぐ」彼女は大きな、心からの笑顔を見せた。「家に帰るよ」

下の階では、CCCの青年たちがダンスフロアであちこち動き回り、千鳥形配列をつくろうとしていた。背の高い男たちがひざまずき、背の低い男たちがその後ろに整列した。私たちが階段から見ていることに気づくと、彼らは手を振った。

「どこにいたんだい？　写真屋は**ここにいるよ**」

火はいまだ燃えていて、巨大な薪は減っていない。壁さえも、どうやら期待で身震いしているようだった。この場所は、私たちの生きている目の中で輝き続けたかったってこと？　死んだ青年たちは、私たちに注目されることを楽しみ、建物そのものもそうだった。

死んだ青年数人が私たちをつかむと、ポーズを決め、にっこり笑った制服姿の労働者たちの列へと急《せ》きたてた。私たちはロッジの隅に三脚台を見つけた。一人の男が体を折り曲げ、その頭は黒い覆いに呑み込まれていた。男は派手な衣装を身につけていた。カメラの覆いと同じ、スモックの素材でつくられているぼろぼろの黒いケープに、明るい赤色のサテンのズボン。

「写真の時間だ！」男の声がとどろいた。

エメラルド・ロッジのありのままの姿を曝け出す光が、規則的な爆発をはじめた。私たちは写真屋の首の上の、太陽のような、金属の閃光にたじろいだ。労働者たちは硬直し、彼らの骨張った顔は笑ったことでふくらんだ。それは通常の銃殺部隊の反対だった。二ダースの男たちは、写真屋と準備万端整った大砲の前で身を屈めた。「**チーズ！**」ＣＣＣの青年たちは叫んだ。

私たちは光の爆発に目を細めた。これらの爆発音は、地球上で押されたどんなシャッターよりもまぶしく、うるさかった。

フラッシュが焚かれるごとに、男たちの輪郭がはっきりしてきた。顎はとがり、頬には笑顔が実る。ぼやけた眉毛は黒い弧へと変化し、目の金色は、まるで顔ごとにウィスキーをたっぷり注いでもらったかのように、濃くなった。幽霊たちがカメラの光から引き出そうとしているのは命なのか？　いや、フラッシュは、幽霊たちを他の何かで満たしていた。

「写真に写っては駄目」私はクララのひじをつかんで言った。私たちは大急ぎで逃げた。閃光電球が部屋を照らすたびに私はたじろいだ。「写真撮られなかった？　私は撮られた？」

動物的な恐れから、あの光を避けなければならないと私たちにはわかった。写真屋に私たちの姿をフレームの中に収めさせるわけにはいかない。六角形のフロアでぎくしゃくと踊っている彼らをいまだここに留めているフィルムなんかに、捕らえられるわけにはいかないのだ。**そうなったら、私たちは終わりだ。**私は思った。**私たちは永遠にここにいることになる。**

まぶたがないみたいな目で、写真屋はピアノの後ろにしゃがみ込んでいた私たちを見つけた。腰を曲げ、皺のよった真っ黒な覆いに頭を隠し、彼はカメラを回転させた。それから私たちに向かって指を振り、フレームに入るよう合図した。

「笑って、お嬢さんがた」ミッキー・ローチは、シーダー材のテーブルのあたりに駆け寄っていく私たちに指示した。

顔は見えなかったけど、彼は私たちを捕らえようとしていた。この悪魔は、おっと、誰のことも過度に怖がらせたくないので、この人のことは「パーティーの写真屋」と呼び続けよう。彼は三脚をぐるりと回した。毛深い両手は三脚の左右を握っていて、覆いは奇妙なひだのついたウィッグのように、肩に垂れ下がっていた。たった一つの青いレンズは、私たちの体に向けられ続けていた。クララは枝編み細工の椅子の後ろに身を屈めて飛び込むと、私を引っ張り込んだ。

その間、ダンスフロアに集っていたCCCの青年たちは、氷のように動かなかった。笑顔が顔のあたりで不鮮明に浮かんでいた。部屋からうなり声が上がり、その音は夏のトンボのようだった。男たちが意識を保つために必死でうめき続けているのだと私は気づいた。嘘の血で彼らの顔を満たすために。そして、じっとして、じっとして、笑顔をつくるために。

それから椅子が倒れた。追っ手の一人がクララを抱き上げ、嫌がって暴れる彼女をダンスフロアに連れ戻した。男たちは動いて彼女の場所をつくった。

「真ん中へどうぞ、お嬢さんがた」一団の隊長がしつこく呼びかけた。「ドレスを直して、かわいい人。ストラップがだいぶねじれてますよ」

クララが男たちとともに写真に撮られるという恐ろしい幻影が私には見えた。彼女の目は茶色から赤褐色へ、赤褐色から不死のまばゆい金色へと変わっていく。

「やめて！」私は叫んだ。「離してあげて！　その子は……」

その子は生きてる。そう言うわけにはいかなかった。

「その子は写真写りが悪いの！」

水のようなよそよそしさで、カメラがその目を上げた。

「ねえ、申し訳ないけど、写真には写りたくないの！」

「離して！」押さえつける男たちのタコのような腕の中でクララは言った。一人残らずこれはまだゲームだというふりをしている。

私たちはかつて熱っぽく誓い合ったものだった、どんな時もお互いを守ると。本気で。下宿屋で安全に過ごしている時には誓うのが簡単な約束だった。けれどこの山の上では息をすることさえ危険に感じられた。

けれどクララは押しのけた。クララは私たちを救った。

ロッジにあるすべての物に対し、彼女は声の照準を合わせ、垂木《たるき》そのものに向かって叫んだ。それは見事で、彼女の演説にはつばと血とすべての濡れているもの、すべての生きているものがどくどくと流れ、彼女は彼らに、死んだ者たちに向かって怒鳴りはじめた。彼女は赤い泡を立てた。私の親友は、私たちが一晩中こらえていた言葉に実体を与えた。魔法を破る言葉に。

「もう終わりにしましょう、みなさん。もうおしまい。あなたがたの歌は終わった。あなたたちは新聞の書体、あなたたちは文字なの。一人一人の死亡記事を読んであげたっていい。このどれも……」

「だまらせろ！」男がうなるように言った。

「だまれ、だまれ！」さらに何人かが叫んだ。

クララはずきずきと痛むこめかみに片手を当てて、繰り返した。「このどれも、このどれも、このどれも、**本物**じゃない！」

耳を塞いでいる男たちがいた。ドア枠に体を支えてもらっている男たちがいた、地震の時にそうするようにと西部の子どもたちが教えられるように。クララがバンシーさながら幽霊たちにシヨックを与え続けている声に、私まで耳を塞ぎたいという衝動を覚え、抗った。

「二年前、あなたたちの建設地区で雪崩がありました。恐ろしいこと、悲劇でした。私たちは本当にお気の毒だと思っています……」

彼女は息を吸った。

「あなたたちは死んだんです」

クララの声は優しくなり、ほとんど母親みたいに聞こえた。それはまるで風が世界から逃げ出すのを見るようだった。総帆《そうはん》をぺったんこにして。彼女の肩が落ち、両手が開かれた。

「みなさんは全員このロッジとともに埋まっています」

彼らの目が私たちに向けられた。疑うような目つきだ。硬くて黄色の、数十匹の棘《とげ》だらけのアルマジロたち。次の瞬間、CCCの一団は突然笑いはじめた。ある者たちは涙まで流し、クララに向かって大笑いしていた。リーはその中の一人で、彼はだいぶ違って見えた。頭はうなぎのお腹のようにすべすべで、柔らかく白かった。

この男たちは……クララを信じなかったのだ！

そしてなぜ私たちは、彼らが信じてくれると少しでも思ったのだろう。二人の誰でもない女たち、二人の侵入者を。相手は大工の名人、石工と織工の名人、自らを欺く名人、幽霊だというのに。

「死んだ」一人の悲しい男が言った。まるでその言葉を試しに言ってみたみたいに。

「死んだ。死んだ。死んだ」彼の友人たちが訝しげに繰り返した。

けれどその響きは浅い結果しかもたらさなかった。まるでそれぞれがシャベルの先端で表土を引っ掻いているようなものだった。もしかしたら、あともう少しやる気を出して掘ったら、この世界の表面の下で、呼吸をせずに横たわっている自分の体を見つけるかもしれない。

「死んだ」　「死んだ」

「死んだ」　「死んだ」　「死んだ」

「死んだ」

彼らはボールルームの至るところで、池のカエルの群れのように鳴いた。「死んだ」は異国の言葉だった。青年たちが完璧に、地道に、そして淡々と口にすることができながらも、その意味を理解していない言葉。

けれども、そのうちの一人か二人かが、目線を交わした。私は、たくましい蹄鉄工《ていてつ》が真紅色の頬をしたトランペット奏者に目配せをしたのを目にした。それは狡猾な、どうしたものか、って顔つきだった。

つまり彼らは知っていたのだ。もしくはほとんど知っていた。もしくは自分たちが死んだということを葬り去っていたのに、私たちが掘り出してしまったのかも。死者が何を知っていて、何を知らないかなんてどうしたらわかる？　死んだという事実を絶え間なく吸い込むことが、おそらく幽霊になるために欠かせない糧なのだろう。この人たちはクジラの脂肪のようにその事実を燃やし、輝き続けることを選んだ。

でもそれから、ボールルームの床が揺れはじめた。見事なジグザクの構造をしたシャンデリアが、私たちの頭上でガラスの欠片《かけら》を撒き散らかした。九十センチもの幅を持つ支柱が真っ二つに折れた。外からは、まるで世界がその息を集めているかのように、すべての隅から轟きが聞こえてきた。

「ああ、なんてことだ」私は彼らの一人がうめくのを聞いた。「また雪崩だ」

私の目がクララの目と合った、いつもパーティーでそうなるように。彼女は私に言葉にして伝える必要はなかった。**走ろう**。

ロッジを駆け抜けながら、その混沌と騒音の中で、クララはなぜか別の音を耳にした。鮮明なさえずり。まるで金貨が投げられ、キャッチされ、堅く握りしめられたような音。その音に彼女は立ち止まった。建物全体が土台から震えていたが、けれどその揺れの中で、彼女はロビーに吊られていた半球形の鳥かごを見つけた。小さなブランコの上で、黄色い鳥が揺れていた。鳥かごは錬鉄の骨組みをしていて、幽霊の手によるものだったけれど、鳥は本物だと私たちは二人ともただちに察した。それは凍えるような空気の中で翼をバタバタさせ、私たちと同じように生きていた。その影は氷の宮殿の中の何にも優ってくっきりとしていた。鳥の歌は私たちの鼓膜を引き裂き、陽光の色に満ちた羽は私たちの網膜に焼きつく。その小さな体は命でいっぱい。

山の反対側、エヴァーグリーン・ロッジには、CCCによって設計、建設された三・五メートルもの扉が二つ、外の空気に対峙する歩哨のように立っていた。三百二十キログラムの重さの、オレゴンの原始林からやって来たマツの木。エメラルド・ロッジの内側で、私たちはこの双子の幻影、夢の原型を見つけた。ありがたいことに、ドアはまだ機能していた。私たちはドアを押し開けた。まぶしい光、本物の日の光が、私たちの顔を射した。

太陽が昇っていた。リフトは積もったばかりの雪の枕カバーの上に存在し、運行していた。

私たちはリフトに向かって駆け出した。金色の太陽の光が鋼のケーブルを染めた。乗降口へと大急ぎで走っていき、イスに飛び乗り、そして私は、私たちが地球に戻ってくるまでにどれだけ速く、どれだけ遠く飛んだのか、知ることはないだろう。西部で探鉱した歳月すべての中で、これは私たちが成し遂げた最高の盗みごとだった。クララはポシェットを開き、黄色い鳥を膝に乗せた。山から降りる間ずっと、私はその鳴き声を聞いていた。

悪しき交配

I　発芽

その土地は、まるでのし棒で全側面、全方向にのされたように平らに見えた。ハイウェイ六二号線から左右を見渡すと、蒸発した文明、砂漠の下に眠る消滅した城の幻を砂が映し出す。車のフロントガラス越しでは、どんな人間の目であろうと、モハーベ砂漠にそんな幻覚を融合させてもおかしくない。しかも、ダッジ・チャージャーに乗った娘と青年は飛び抜けて夢見がちだった。現実の岩から夢が噴き上がるかのように、蜃気楼が巨石群から立ち上った。

それに、あの旅はおとぎ話みたいじゃなかった？　恋人たちは後になって、ジョシュアツリー国立公園の馬鹿でかいアンズ色の巨石群を歩いたカリフォルニアでの最初の日、あの奇妙な一日を思い出しては言い合った。娘は一週間早く生理が来て、体がだるかった。青年は片方の靴から存在しない小石を取り除こうと何度も前屈みになった。どちらも自分の不快感を口にしようとしなかった。今この瞬間にも、すぐここでやれるような開放的な人間だと相手に思われたかった。そして、この暑さにこの時刻ではあり得ないと双方がわかりながらも、いちゃつくたびに、それはあり得ることとして沸き立ち続けた。青金色のモハーベ砂漠に踏み入る二人には、お互いしかいなかった。

二人がジョシュアツリー国立公園に着いたその日は、摂氏四十一度だった。砂漠ははじめてだった。巨大な太陽の下で修理を待つかのように固まっている、故障中の赤いロケットみたいな巨石群の大きさを、青年はとうてい信じることができなかった。空の広さ、カラッと空虚な青いドーム、静寂と明るさと暗さと距離がつくり出した砂漠の幻覚的な演出、そして正午前のそのすべてを。すごい一日だったと、二人は意見を一致させた。実際、ものすごい日で、その日のすごさを永遠に把握できたためしがなかった。砂漠でのたった一時間が恋人たちの未来全体を突然変異させ得るとは、二人とも思いもしなかった。ある意味で、ブラックロック・キャニオン近くのこのループ型のトレイルから一生逃れることはできないだろう。ハイキングの準備は万全のはずだった。グラノーラバー、水、そして紫外線と同じくらい有害そうな強力なSPF値の日焼け止め。「アルビノの春休みだな」と、娘の鼻にクリームを塗り込みながら青年は言った。この場所から九キロ半ほど離れたところで、脱水症で命を落としたカップルの話を聞いたことがあった。珍しく慎重に行動できている自分たちに満足し、長い旅のスタート地点にいるのだと確信していた。ふわふわと西に飛んでいく胞子みたいに。

この旅行はハネムーンみたいなものだった。青年と娘は駆け落ちをした。とはいえ、結婚はまだだし、これからもしないと誓い合った。そんな退屈な関係ではない。青年はアンディという名前で、読書家だった。ぼくたちは船乗りであり、放浪者なのだと彼は言った。**「永遠の自由」**というメルヴィルの小説の一節が、彼の腕の静脈の上に赤いインクで刻まれていた。娘はアンジーという名前で、禁酒してから三年目になり、乾いた土地で拠りどころとなるものを見つけようとあがいていた。最初のデートで、二人は一緒に逃げ出そうと決めていた。

アンディは馬鹿げた大きさのナイフを買った。アンジーは金色の鎖に通した、小さな赤紫色の懐中電灯を首からさげていた。彼は二十二歳で、彼女は二十六歳になったばかりだった。子どもはおそらく、そのうちに。彼らには子ども時代の自分の姿がいまだ見えたし、その棒つきアイスキャンディーみたいに赤々とした笑顔に囚われていた。それでも、二人ははじまりを祝いたかった。そしてモハーベ砂漠はともに流浪の旅に出る出発点としてうってつけだった。すでにペンシルベニア州の過去の日々が噂と化し、カリフォルニアの熱い太陽と完璧に青い空に溶けていくように二人は感じていた。

三日間運転し通しだった。彼らがいなくなったことに気づいた者はまだほとんどいなかった。二人は古い小切手を現金に換えた。仕事を辞めた。計画性はなかった。ダッジ・チャージャーは激安で借りることができた。青年の従兄ソーウェルは中古車販売店の経営者だったし、車内に何十年分ものタバコのにおいが染みついていたからだ。合わせて、九百五十ドル残っていた。支出、支出、支出。サービスエリアのたびに、アンジーはボールペンのキャップを外し、気分の悪くなる計算をした。万事快調とはとても言えなかった。ネバダ州に入る頃には、八百ドル以上がガソリン代に消えていた。

＊

パームスプリングス付近で、二人は名もないダイナーで食事をしようと車をとめ、淀んだセダンの外でさらに強烈な空気にあてられ、気持ちが悪くなりかける。前日の夜、アルバカーキのちょうど手前で、二人はバーベキューレストランの裏に駐車し、もうもうと立ちこめる肉のにおいに包まれて眠りについた。その経験はごく新しい地獄として、アンジーの思い出の中で今もジュージューと音を立てていた。これからも毎夜こうなのだろうか？　ぼくたちはジプシーなんだ、光に酔った二匹の蛾だ、一つの赤い夕日の花から次の花に飛んでいくところなんだ、という恋人の言葉を信じたくはあったが、助手席でまどろむと、かつての彼女の寝室と柔らかい枕が出てくる不実な夢から目覚めたことが何度かあった。

夕飯の後、アンディは眠たげで、車はわずかに蛇行しながら進む。砂、砂、砂、粉々になった時間の粒だ。大昔、世界の砂時計が破裂し、中身がここにこぼれたらしい。今では年月が積み重なり、くるくると円を描き、非人間的な辛抱強さで、未来の海に押し流されるのを待っている。二人の車のヘッドライトに照らされ、濃いオレンジ色の空気の中、砂は舗装道路を侵食し、道の向こう側まで覆い尽くす。

「誰がこんなところに住んでるんだろ？」アンジーは言う。トレイラーハウスの列を窓越しに指差しながら。本音は、**なんで**、だった。四メートルほどの柱サボテンは、滑稽で恐ろしくて、道ばたの巨大なヒッチハイカーに見える。アンジーのむき出しの太ももに手を置いたまま、アンディがうとうとしていると、一筋の色が道を横切る。

「うわ！　今の何？」

角のある獣の行進。ただの羊だと、アンジーはホッとして言う。

アンディはサイドミラーの中で、羊が一頭ずつ雲になり、ただちに思い出に還元されるのを眺める。ラジオからは、誰かの不幸な愛や失われた愛、もしくはただ中にいる誇大妄想的な情熱についての歌が鳴り響く。アンディは恋人の赤い唇を見つめる。知っている歌だとアンディが気づかなかった歌の歌詞に合わせて動いている。**奥さんの唇**、と彼は思い、予想外の幸福感に襲われ、怯えた。こんなところまで来て、彼らは本気だったのか？　ただのおふざけ？　さらに本気になった？　それとも飽きてきた？　おそらく次のサービスエリアですべてはっきりするだろう。

その夜、二人は五十ドルのモーテルに泊まる。夜が明ける前に再び出発した。逃げたいという切迫感を二人とも言葉にしようとはしない。同じ気持ちだったし、抗いようもない。

午前十時、アンジーは腕を伸ばし、西の空を指差す。砂漠に弧を描くように薄い虹がかかっている。まるで神様が色ものと白い服を一緒に洗濯してしまったみたいだ。**虹まで色褪せるなんてどうなってるんだろう？**　彼女は不思議に思う。

「見て！」彼女は出し抜けに言う。「着いたよ」

案内標識には、**「ジョシュアツリー国立公園入り口」**とあった。

静かに、二人はぼんやりとした虹のアーチの下を進んでいく。アンディはチャージャーのスピードをゆるめる。彼はこの分岐点を記録したかった。重要なことに感じられたから。たいてい、自分にとっての大きな瞬間というのは、ビッグフットを視界にとらえるくらい稀で、サイドミラーにちらっと映り込むぐらいだ。

さらにゆっくりと、二人は国立公園に車を進める。砂が窓の外、四方八方で熱を発している。方位磁石の針が揃ってくるくる回る。どこを向いても、地平線に迎えられる。呑み干せないほどの青い空。人が自然の中の恋人たちを思い浮かべる時は、のどかな緑の田園風景を想像するものだ。イギリスの詩人たちは谷や小川を登場させることで、自らの情熱を詩にしてみせた。けれど砂漠は森の小川や渓谷が与えてくれたためしのないもの、距離を与えてくれる。恋人たちのための、雲一つない下宿屋。何もない、混じりけのない空間を提供し、どんな旅人の夢も泊めてくれる空。お互いを熱く求め合う恋人たちをサポートしてくれる生態環境という点では、これ以上の場所はなかった。見渡す限り、熱に浮かされた恋心の遺跡だらけだ。クレーターは一年中雨にこがれる。蛾は多肉植物にまとわりつき、ネバネバした花粉を花から花へと飛ばす。

キャンプ場の近くで、二人は年齢不詳の青い目の男に出くわす。国立公園の従業員である彼は、頬髯を忙《せわ》しげに震わし、いらつくほどの明るさで向かってくる。ブーツを履いている彼の足は巨大で、ジャックラビットみたいに見えた。

「きみたちはどこから流れついたわけ？」彼は訊ねる。

二人が答えると、男は鷹揚に相槌を打つ。

「公園に来るのははじめてかい？」

ハネムーン中なのだと青年は説明し、娘が喜びで赤くなるのを見る。

間近だと、その森林警備隊員は落ち着かないほどまっすぐな眼差しと、多くの野外好きの人たちと同じ、滑らかなブリストルコーンの木のような肌をしている。大きな蜂がサボテンから飛び立ち、帽子の縁を歩いても、二人に寛大さを見せるため振り払おうとしない。

「ワーレンピークを行きなよ。ジョシュアツリーを見なきゃ。ユッカ蛾の儀式もね。きみたちはラッキーだ、ちょうど爆発の最中に来たからね。おそらく、ジョシュアツリーの全範囲が今真っ盛りだ。**きみたち**恋してるんだろ？　蛾の恋には負けるぜ。今までの人生で、あれに敵うものを見たことがない。峡谷のあきれた乱痴気騒ぎだ」

　二人の旅行は、南西部全域をまたにかける大規模な開花の時期とちょうど重なっていたことがわかった。非常にエロティックだと、気味の悪い、独り者特有の笑顔を浮かべて、森林警備隊員は言う。とんでもない数の緑がかった白い花が、ジョシュアツリーから噴き出したように咲き誇っていた。パイナップルみたいな大きさで、どの枝にもかぶさっている。

「さて、お二人に一つお勉強といきましょうか？　チャールズ・ダーウィンも俺と同じ意見だ。自然界で最も並外れた受粉システムだってさ。『砂漠の蛾とジョシュアツリーの恋愛ほど悲惨で、純粋なものは他にない』ってね」

「悲惨て？」娘は訊ねる。それから、ジョシュアツリーが絶滅の危機に瀕していることを森林警備隊員から知らされる。植物学者たちは、危機への協調的対応を目の当《ま》たりにしているのだと考えていた。植物の紫がかった葉から読み取れるのは、おそらく日照りがこの窮地を生じさせているということだった。大量の種子。古代の種の一か八かのロングパス。花々の鋭い香りに引きつけられたユッカ蛾は、勇ましい伴侶であり、同じくらい花に依存していて、同じくらい絶滅寸前である。蛾の幼虫たちはジョシュアツリーのユッカの種子をむさぼる。

「絶対的共生関係ってやつさ。それぞれの種の未来は全面的に互いにかかっている」森林警備隊員は言い、二人に向かって満面の笑みを浮かべてみせる。青年はその計算は妥当だなと考えていた。二つの種、一つの運命。娘は自分たちの駆け落ちのことを考えていた。より依存しているのはどっち？　二人が最初の誓いを破り、結婚したら、チャールズ・ダーウィンはどんな乾杯の挨拶をするの？

　そういうわけで彼らは森林警備隊員の言葉に従い、チャージャーをさらに四百メートルほど走らせ、ワーレンピークのさびれたふもとに駐車する。

　アンジーはおしっこがしたいと言い、アンディはボンネットに座って彼女を見る。

　二人は、ワーレンピークの東の稜線に向かうトレイルを上りはじめる。ジョシュアツリーの森林地帯が二人のまわりに広がっている。

　この場所で、悪しき交配が生じた。

　その後の人生ずっと、彼女は国立公園に戻らなければという気持ちに駆られるだろう。この日に彼女を侵食し、彼女の肌の下に住みついたあの感情の源を探し求めて。

　上りはじめる前に立ち止まると、公園の名前の由来となった木を二人は感嘆して眺める。ジョシュアツリーは**面白いくらい**エイリアンじみて見えた。まるで悪魔の電柱だ。原始的で、不規則な枝は腕のように上下に痙攣し、注射器のような細さの葉にまばらに覆われている。どっちかというと棘《とげ》かな、とアンジーは思う。成木によっては、とんでもないくらい長い間この馬鹿げたポーズを保ち続けていることになり、まるで麻薬を常用し、自らに幻覚を見せ続けているみたいに見える。

　森林警備隊員によると、この木は十九世紀に、モルモン教徒の一団が、彼らが不毛の地だと見なした土地を通りがかり、名づけられた。まるで手だらけの森を見て、彼らは預言者ヨシュアの祈りを想起したのだ。けれど娘には、これらの木がいかなる聖なる兆しにも見えなかった。彼女の頭に浮かぶのは、絵本に描かれた不気味なかたちの木や、サイケデリックな幻覚世界だ。

「蛾が見えるか、アンジー？」

爆発、と呼ばれるのも無理はない。羽という羽が至るところではためいている。

アンジーにとって不運なことに、二人が出会った森林警備隊員は、霊的なジャンプについてまったく何も知らなかった。だから彼は、ジョシュアツリーの爆発が人間に及ぼす危険について彼女に警告することができなかった。二月から四月の間に、ユッカ蛾は命を持った風のように姿を現し、ブラックロック・キャニオンを飛び回る。花々が噴き出す。花粉がふわふわと宙を舞う。

それからジョシュアツリーは、自らのほぼすべてを爆発させる。

アンジーはめまいがしていた。手近なジョシュアツリーに身を乗り出し、体を支えると、指が何か鋭いものに刺される。短剣に似た木の棘の一つに。当惑して、彼女は自分の指の上の赤い点を見つめる。流れる血は、黄化した草のそばで魅惑的に見えた。

アンジー・ゴンザレス、ペンシルベニア州ネストル育ちのこの放埒《ほうらつ》な娘は、砂漠の短剣に指を刺され、まったく新しい生き物になった。

ジャンプが生じた時、アンジーは少しも変化を感じなかった。彼女には、たった今何の命を結びつけられたのかわかりようがない。

しかし、砂漠の他の生き物たちは、何が起こっているのかちゃんと理解しているようだ。巨大な瞳孔の照準線越しに、タランチュラはアンジーの肌が危険を吸い込むのを見る。ジョシュアツリーの花粉が彼女の指の赤い血と混ざり合う。石灰岩の赤紫色の縁から、たくさんのトカゲがジャンプを目撃する。彼らはベトベトした目を一斉につむると、自分たちの光る体が伝染しないよう、自然界の均衡が崩れる瞬間から身を守る。

爆発の季節には、大気の巡り合わせといったことが起こりかねない。通りすがりの動物やハイカーの心に蓄えられた類まれなる水分には、ジョシュアツリーの魂に樹木の皮膜を通り抜け、ジャンプさせることを強いる力がある。その変化は形而上学的なものだ。木の魂は移動している意識に吸収され、そこに寄生し、その宿主に絡みつく。

本能に導かれ、アンジーの心の中の、呑み込まれるほどの暗闇を進む。一刻も早く何らかの土壌につながるようプログラムされているので、木の魂は土地を探し求める。

アンディはバックパックを開けると、フィジーウォーターとスヌーピーのバンドエイドを取り出す。

「鼻が日焼けしちゃったね」彼は言い、彼女に微笑みかける。

そして、この段階では、彼女は微笑み返すことができる。

彼は鼻にキスをする。

「さあ、さっさとここから離れよう」

この瞬間、まぶたの裏側で緑色の何かが放射状に爆発し、痛みで彼女の目が眩《くら》む。首がうずく、お腹も。痛みは低い位置を移動する。まるでおへその下で傘が開いているみたいに感じられた。**生理痛だろう**と彼女は思う。ほんの数秒後、はんだごてを使ったかのように、鋭い熱が一直線に脊柱をはい上がる。

最初、そのジョシュアツリーは、自らが生きていることを知って、大いに喜ぶ。**ジャンプはうまくいった。わたしは消滅しなかった。「わたし」が何であろうとも。**

娘の意識とかけ合わされ、木に自我が芽生える。緑色の意思を彼女の眼柄《がんぺい》まで伸ばし、外の世界を覗く。

そこ、砂漠の鏡の中に立っているのは、何百もの自分の姿だった。真昼の太陽の下、腕が六本ある繊維質の巨人がみだらに実を結んでいる。この場所がふるさとだった。この場所こそが、この樹木の魂を最近まで所有していたのだ。一本の木にとって、これは恐ろしい体験だった。根こそぎにされた木の意識は異質な体の中を漂う。アンジーの眼球の裏、水分がある場所で、それは自分自身を集中させる。この溶けない魂、このジョシュアツリーからの亡命者は、地獄にジャンプしてしまったことを悟った。間違った場所、間違った器《うつわ》に。勝手がわからず半狂乱になりながら、それは外に向かって脈打ち、緑に燃え上がり、触手を伸ばす。温かくて、広大な砂漠の砂に比べると、人間の体は袋小路だ。

この誕生したばかりの実体なきものは、その脆弱な借地が脅かされて、ようやく自分自身のことを理解しはじめたところだった。アンジーはくしゃみをし、こめかみを揉む。それが免疫学的な反射行動だということにも気づかないまま、彼女は幼少期の自分、遠く離れたふるさとへの郷愁の波に襲われ、身を震わす。野の花が無秩序に咲き乱れ、ドクニンジンに縁取られた子ども時代の裏庭が、どういうわけか目に浮かぶ。

それからその痛みは思い出を解体しにかかる。彼女は頭を抱え、アンディに助けを求める。

木の反撃。

娘はうめく。

「アンディ、薬持ってない？　鎮痛剤とか？」

侵略者の植物は、幽閉されたことに怯える。新しい宿主はジョシュアツリーの森から歩き去ろうとしている、アンディを追って。こんな風に生き残ったことに何の意味があるというのか？

本人たちは知らなかったとはいえ、放浪中の恋人たちが逃げ出すことは今や不可能だった。アンディはセダンのドアを開け、アンジーが乗り込み、そしてサイドミラーの中では、遠ざかっていく何百ものジョシュアツリーが小鬼みたいなかたちに見えた。

「アンジー？　やけに静かだね」

「太陽のせいだと思う。ハニー、頭が割れるように痛くて」

彼女の意識の中で分散し、木は成長をはじめる。

アンディは自分が三角関係の一員になったことに、まったく気づいていない。わかっているのは、恋人の様子がかなりおかしいということだった。

「水でも飲む？　少し休む？」

＊

モーテルで、娘は浴室の蛇口に直行する。彼女は水をがぶがぶと飲み、夕食は食べたがらない。アンディが服を脱がそうとすると、払いのけられた。彼女の動きはバレエのようで、いつになく機敏であるように彼には見える。とはいえ、部屋を歩きながら、何度も奇妙なタイミングで立ち止まりはしたが。その夜、まるで日光浴をするように、彼女はテレビから洩れる光を浴びる。黄色は最高に心地よかった。

「この番組きらいだ」青年は言う。モーテルのテレビではなく、彼女をじっと見つめながら。

「消そうよ？」

きみは誰だ？　彼は口に出そうとはしない。

静かに、自分の愛する娘がこの部屋からいなくなったことに気がつく。普段、この感覚に襲われるのは、彼女が眠りについてからだ。今夜、彼女はベッドに身を起こし、眼は爛々として、完全に起きている。その眼は普段はハシバミ色なのに、今夜はまばゆい緑色。まるで電気が煌々と点いた空室に通じる、二つの巨大なドアが開け放たれたみたいに。

ジョシュアツリーはここぞと、「思考」を爆発させ続ける。

ああ、とんでもない間違いを犯してしまった。

ああ、ここから出して、ここから出して、帰らせて。

「頭痛」彼女ははじめ、その奇妙な痛みをそう呼ぶ。「緑色の頭痛」

午前四時、その力に凌駕され、怯えながら眠れずに横たわる時には「精神病」。それが薄らげば「倦怠感」、もしくは「脱力感」。

侵略者がその根を体内に根づかせ、何千もの幻の触手で自らとあなたとをつないでいるのだと告げられていたら、彼女はどうしただろう？

＊

次の日、日の出とともに一日をはじめ、心の赴くまま生きる、というそもそもの計画通り、二人は夜明けに目覚める。二四七号線を北に進む、バーストーで給油しようと漠然と考えながら。

娘の眼はうずく。モロンゴ盆地を横断する途中で、彼女は激しく泣きじゃくりはじめ、青年は車をとめるしかない。

「あきらめよう」彼女は言う。

「あきらめるって何を？」

「これ。これ全部。この船乗りの生活ってやつ。もう続けられない」

青年は驚いて彼女を見つめる。

「まだ四日だよ」

けれど彼女の唇は青ざめて見え、話が通じそうにない。

「ここで降ろして」

「お金もないくせに」

「働く。街は求人だらけだよ。気づいてた？」仕事は、説明できないほど幸せなことに娘には思えた。午後に水を飲む。机に座る。

「なんだって？　一体全体何言ってんだよ？」

青年は、ハンドルに押しつけた自分の腕の内側をじっと見る。彼女は耳慣れない、抑揚のない低い声で、どれだけ砂漠を愛していて、どれだけジョシュアツリーを愛していて、どれだけここに残りたいかを話し続ける。黙ったまま、彼は自分のタトゥーに目を落とす。**永遠の自由**。なぜだかわからないが、台無しにした彼女を責める気がたいしてないことに気づく。彼が憎んだのは、二人の計画、あのご立派な計画が、転覆したことだった。

脆くも崩れやすい真実はこうだ。青年は、裏切るとすれば、自分のほうだと思っていたのだ。

「アンディ、ごめん。だけど私はここにいなきゃ」
「わかった。はっきりさせとくけど、〝ここ〟って、この駐車場のこと?」セダンは〈コホのミリタリー用品とフローズンヨーグルトの店〉の前にとめてあった。迷彩柄の下着とニセ有名チェーン店のフローズンヨーグルトが買える場所だ。「それともこっちのこと?」彼は砂漠を示そうと、腕を振り回す。

もし先に進んでいたとしたら、ユッカバレー北西の目と鼻の先に、高速道路の「I－15北」入り口があったはずだ。そしてその先からは、魔法にかかった料金所のピンボールがはじまる。洋々たる未来がアメリカの州間高速道路のシステムによってつながれ、多元的宇宙のように続いていく。

それからの二時間、二人は車の中で口論する。

彼女の目の前で丸いかたちの葉がゆらゆら揺れて落ちる。緑がかった白い花の房だ。心の中の砂漠を彼に見せることさえできたなら、とアンジーは思う。自分に見える通りに。

相手が大真面目だということがはっきりすると、青年は車をUターンさせる。ペンシルベニアにいる従兄のソーウェルに電話をかけ、状況を説明する。「もうちょっとの間いるよ」彼は言う。
「ここが気に入ったんだ」

ソーウェルはどれくらいになるか知る必要があった。彼らは輸送手段を手配して、車をペンシルベニアまで戻さなければならなくなるだろう。
「もうしばらく」青年は自分がそう口にするのを聞いた。彼女の言葉通り、彼女がそうして欲しいらしい通りに。

二人はモーテルの料金を週払いすることにする。散歩に出る。ドライブをする。彼女のお気に入りは、街のはずれで見つけたトルコ石色のジャグジーの乾いた残骸に腰掛けることだ。運に見放された入植者が置き去りにした娯楽用のバスタブ。実際、彼も気に入っていた。バスタブの中に座っていると、自分たちは観光客の街に囚われてなんかいなくて、どこかに向かって航海しているところなのだといういうふりも簡単にできた。それに、永遠の砂漠に夕日が沈むちょうどその時、彼女の顔に訪れる変化が好きだった。逆に、月の光は、言いようもないほど恐ろしい影響を彼女に及ぼしているように見えた。**目が違う**、と彼は思う。

II　変異

二週間経った四月の終わりに、所持金が尽きる。二人は何日も外で過ごす。アンジーはモーテルの中庭で軽く体を動かし、アンディは東部にいた頃に盗んだ図書館の本を読み、この悪しき魔法が解けるのを待つ。アンディは、もう別れるとアンジーに告げる。借りたダッジ・チャージャーは、ソーウェルの気のいいペテン師の友人が東部まで運転していったので、二人には車がない。部屋の窓から砂漠に通り雨が降るのをじっと見つめながら、アンジーはうなずく。空の濁った色という色が地面に触れる。

「聞こえてる？　別れようって言ったんだけど、アンジー」

その午後、アンディは西部開拓時代風の、〈ジョシュアツリー酒場〉で働きはじめる。

その後、四月から五月半ばまでは、アンジーの体内のジョシュアツリーの休眠の時期と重なり、平和な時期が続く。国立公園では、ジョシュアツリーの花がすべて落ち、乾いた幹が残った。先に進もう、とアンディはもう言い出すこともなく、アンジーとまた笑い合えることがうれしくてたまらない。彼は観光客がくれた緑色の紙幣で両手をいっぱいにして帰宅する。ファイヤーボールとパインソルのにおいをプンプンさせて。**これで良し。**彼は思う。**ああ、神様ありがとう。これでぼくらは元通りだ。**

それからある日、劇的で突発的な雷雨の後に、アンジーは彼に家に帰ってと言う。もしくは、どこかに行ってと。どこか他の場所、このモーテル以外の寝室に。

彼女はひどい気分で、自分が何を言っているかもわからない。**ここから出して。**木はアンジーの心の中でまるで筋肉のように震え続ける。内耳で鳴るカサカサという音は、木の足音。喉元のジャリジャリした食欲は、口いっぱいに熱い砂漠の砂を詰め込むさまを、彼女に思い浮かべさせる。アンディが去っていったらすぐに、彼女は自分の内部を調べ、何がおかしくなってしまったのか確かめるつもりだ。

「リノに行こう」アンディは言う。すっかりやけくそで、ラジオのダイヤルを雑音の海の中ぐるぐる回している。彼が今週仕事で成し遂げたのは、ストレートのジンを気前良く注ぐことで郵便配達人のジェリーとの新しい友情をまとめ上げ、四角い型の郵便トラックを借りられるようになったことだった。

「リノに行って。大勝ちしてきて。私はここにいるから。砂漠から離れたくない」

なんでだ？　モハーベ砂漠から二人をさらってしまうかもしれない高速道路に向かってアンディが車を走らせるたび、娘は取り乱す。彼女はワーレンピークとブラックロック・キャニオンのキャンプ地のそばにいる時が、一番調子がいい。

次の二週間、彼女は別れようとアンディを促し続ける。時々、彼女は喉に飲み込むことのできないしこりを感じ、これはもう触れたり、消したりすることができない硬い玉になってしまったペンシルベニアでの過去であり、かつての自分の名残なのだというふりをするのも難しくなかった。アンディのためにも、もう一度あの頃の娘に戻れたらと願う。以前の自分が旅を、冒険を強く求めていたことは、ぼんやりとわかっている。絡みつくアンディの脚の強さを思い出すことはできるが、その時の気持ちは思い出せない。世界は彼女の手に負えないことになっていて、日によっては、今の彼女の心が望むのは、Tシャツを引っ張り上げ、モーテルの散歩道の先に広がる、燃えるようなピンク色の砂の上に腹這いになることだけだ。

ある夜、アンジーは壁に顔を向ける。ゴルフボールの大きさのオレンジ色と黄色の花柄の壁紙。加えてかつての水漏れによる染み。はじめて気がついた。ジョシュアツリーの影響下で、彼女はこれらの水の染みを美しいと思う。このロールシャッハテストはテレビよりも面白い。「何に見える？」彼女は青年に訊ねる。

「そんな気分じゃない」喜びや、スリルを欲する気持ちをなんとか彼女に思い出してもらおうとこれまで日々を費やしてきて、ようやく自分の気分を優先する余裕ができたのに、彼は言う。これまでのつながりをすべて捨て、彼女を選んだことは自分でもわかっている。つまりペンシルベニア州に戻る目的が何一つない。それは解放的で、身のすくむような感覚だった。もし彼女が彼から去ったら、もし彼が彼女から去ったら……それからどうなる？

＊

木はあることを理解しはじめる。

この三ヵ月の潜伏期に、それは飛躍的に思考能力を伸ばした。次第に、木は青く「思う」ことを、鼻から雨の匂いを「嗅ぐ」ことを学ぶ。

気だるく知能を広げながら、それは彼女の両目から外の世界を見る。それがかつて深い日の光や淡緑色の露を探したように意味を探し、今はそれ自身の人生を想像する方法を探して。娘の体内で自分が何になってしまったのかを理解していきながら。

ジョシュアツリーは発見した。自分は教会を**愛している！**　両膝を紫色のベンチに根づかせ、歌とともに伸びてゆく。血色の悪い男の頬に塗りつけられた、リンゴのように赤い苦痛。教会に満ちるすべての光が夢のようにジョシュアツリーの上を漂い、ゆっくりと這うように進む礼拝の時間、娘の中で木は体を伸ばせるだけ伸ばす。木はこの場所のことは認める。ここは巨大な種子の殻に似ている。地面に根を張った経験を土台に、木はその建築とその意図を完璧に理解する。静寂を必要とするあまり、人間たちはこの拠りどころをつくり出したのだ。

「どうだった？」迎えに来たアンディが訊ねる。彼は一緒に行きたがらなかった。日曜日はせっかくの休みだ。「神のパンはおいしかった？　歌はたくさん歌った？」

「良かったよ。何にそんなに嫉妬してるの？」

「アンジー、言ったことなかっただろ」

「ん？」

「信心深いなんて知らなかった」

長い首の幹の上で彼女の頭がコクコクうなずく、まるで二人で面白い話をしているみたいに。

「うん。お互い知らないことならたくさんあるよね」

今ならまだ逃げられる、と彼は思う。どうやって罠にかかったのか釈然としなかったが、その歯が自分に食い込んでいるのが感じられた。

「次は一緒においでよ」彼女は誘う。「窓を気に入るかも」

「窓なら今だって見える」

「私たちの側から見るのもいいかもよ」

種子の殻、と彼女の頭に浮かぶ。特に理由もなく。

*

時々、臨時収入を得るため、アンジーはモーテルに泊まっている子どもたちの面倒を見る。一時間六ドル、子どもが増えるごとにさらに四ドル。彼女はたいていうまくやった。

ティミー・バブソンはそのベビーシッターを嫌っていた。彼女の目は、冴えない、親しみやすい茶色で、少年の姉の目と同じくらい思いやりをたたえている時もあれば、二つの真空の時もある。これだけでもかなり恐ろしい。けれど今夜、ふと目をやると、悪しき光が彼女の目に流れ込むのが見える。黄色ではなく、緑色でもない。もっと古い色、ティミーが目で認識することはできるけれど、名前をつけることができない色。そんなの最悪だった。

ティミーの目はじめじめと痛む。金色の髪が汗で暗くなり、水滴が滑らかな六歳児のおでこの上で際立つ。見つめ返すほどに、こっちをじっと見つめる目は大きくなるようだ。まるで満面の笑みみたいに。彼女の目は硬い熱の棘を発し、それが少年を突き破ってこようとする。ティミー・バブソンは自分に穴が開いたように感じた。「見られた」

「ジェーン！」ティミーは母親に助けを求める。人生ではじめて母親を名前で呼びながら。「ジェーン、ジェーン！　あれがまたぼくのことを見てる！」

＊

調子のいい日は、アンジーは侵略者と闘おうとする。彼女は自分の敵は倦怠感だと思っている。モーテルの中庭でジャンピングジャックをやり、ジュノーに住む親友にモーテルの公衆電話から電話をかけ、高校時代に二人が属していた下手くそなバンドについて必死に思い出話をしようとする。懐かしい歌を一緒に歌い、自分はほとんどまともであるように彼女は感じる。

けれど、次第に、胸に広がっている温かさには抗えないことを娘は知る。真昼の無気力、何か緩慢な、深く、名づけようのないものへの渇望。客室係は遮光カーテンを閉めていた。電球が一つ天井で揺れている。暗闇は、押し固められた土を、水分をアンジーに思い起こさせる。伸びてゆく感情だと彼女が感じていたものは、実はジョシュアツリーだった。ここで生まれた。ブラッククロック・キャニオンの砂の中で。ここで死を迎えた。そして人間の体の中を漂う存在として転生した。かつての生命体にジャンプして戻ることもおそらく可能ではないか？

電球はアンジーの頭が痛むごとに脈打ち、異世界のように、胎児に似た白い光を放つ。

帰りたい、帰りたい、帰りたい。

下へ、下へ、下へ。

かかとは無駄にカーペットに押しつけられる。爪先は繊維に巻きつく。娘は子宮のように静かな部屋に立ち、「ルートブレイン」からの指示を待つ。植物の脳にあたる根の先端、彼女の侵略者が追放されてしまった古代のネットワークだ。伸ばせるぎりぎりまで腕を伸ばし、手のひらを開く。水分を逃さぬよう、耳は尖った葉のようにピンと立つ。

アンディが夜の十時に食料品を手に戻ってきても、アンジーはまだその姿勢のまま立っている。ぶーんとうなる電球に手のひらは向けられていて、あまりに完璧に静止していたので、彼女に気づくと、彼は叫び声を上げる。

*

どれだけ遡らなければならないだろう、放浪する人間と植物の不運な出会いの伝説なんて！これまでに何度も悪しき交配が起こっているというのに、ほとんど誰も気づきもしない！

一八五二年、ジョシュアツリーを名づけたモルモン教徒の入植者たちが、デスバレーのいい香りのするまばらな森を歩いて回った後、彼らの一団に起こったあらゆる出来事をあまねく記した。一人の年長者が森のはずれの岩に座り込み、そこから動こうとしなかった。

一八七三年、パナミントシティーの無法の街。一八七四年、ダーウィン開拓地。一八七五年、モドック郡。銀の採掘が盛んだった頃は、何十人もの鉱山労働者が行方不明になった。多くは立《たて》坑《こう》に飛び込んで死んだ。銀の採掘ブームは爆発の時期と重なっていた。木々は飽くことなく咲き乱れ、花粉をこぼし、そしてジャンプし、植物の古代の魂に対して手も足も出なかった哀れな人間たちの心を覆い隠した。死は悪しき交配の一つの兆候だった。侵入生物種は鉱山労働者の脳にグルグルと緑に絡みついた。

一八七九年には、すべての街が棄てられた。分類された鉱石が地上に残された手押し車の中に置かれていた。近くのジョシュアツリーたちに向かって空虚にきらめきながら。

一九二二年、今では国立公園の南にあたる、遺棄されたイーグルマウンテンの鉄鉱山の近くで、一人の男がジョシュアツリーの宿主である人間によって殺害された。犯人を見つけるのは難しいことではなかった。まだ温かい死体から一メートルも離れていないところで、一人の娘が静かにすすり泣きながら、うずくまっていたからだ。

「痴情に駆られた犯行だな」動機をロマンティックに考える傾向のあった若い警官はつぶやいた。同じく現場にいた白髪まじりの年長の警官は、誰が何に突き動かされて何をしようと、特に言うことはなかった。

娘が覚えていたのは、どこかにいたいという気持ちと、どこにもいたくないという気持ちの、恐ろしい、取り返しのつかないほどの葛藤だった。そして、肥沃で、なじみのある土壌のすぐそばにいることで正気を失ったその木は、何度も娘からジャンプしようと試みていた。そのせいで、長いナイフを持っていた彼女の手は持ち上がり、地に向かって振り下ろされ、彼女の恋人の肉づきのいい胸に根づいた。深く、深く、水分を求めて。

*

ジョシュアツリーは恋人たちに圧勝し、滞在は四ヵ月目に入る。二人は賃貸契約を結ぶ。国立公園のはずれにあるバンガローだ。コヨーテの侵入を防ぐ柵と屋外シャワー付き。

シャワーの水が口に入ると、まるで毒みたいな味がする。奇妙な爬虫類たちが、まるでつまようじに刺さった色とりどりのオリーブみたいに、柵の支柱に張りついている。アンディはアンジーの手をぎゅっと握り、これらの小さな怪物たちを見つめ返す。そいつらに喉を鳴らされると、アンディは妙に気まずくなる。砂漠の逗留が四ヵ月になっても、いまだ何の名前もわからない。間近だと、バンガローはほとんど納屋に見える。家主の書類に署名した彼の名前の膨らんだ母音は、水の中でぼやけて見える大きな手を彼に思い起こさせる。

三本のジョシュアツリーが二人の新しい裏庭にも生えている。

賃料は、公共料金を別にして、四百ドル。

「高すぎるよ」彼は娘に言う。彼女にではなく、静かな木々に話しかけるようにして。巨大な宇宙の法廷速記者が自分の異議を記録してくれたらいいのにと思いながら。

ユッカバレー出身のこの家主は、若い恋人たちに注意事項を説明する。〈砂漠のジョン〉という名前の彼は、〈砂漠のジョンの生き抜くヒント〉と名づけたものを東部から来た若者たちに教えてやる。上機嫌だがぶっきらぼうな調子で、裏庭のチャパラルを夏場は腰の高さに刈り込むようアンディに助言する。ガラガラヘビの赤ん坊との「ささいな」危険を避けるために。アンジーには、「積極的に」水分を取るように言う。特に、もし彼女が妊娠しようとしているのなら（アンジーはおへその上に片方の手を乗せ、ヒトデのように広げる。これまで誰にも言われたことがないことだった）。礼儀正しくゾッとしながら、恋人たちは以前住んでいた人たちの話に相槌を打つ。熱性疲労に倒れた過去の居住者たちは、あらゆる種類のヘビや蜘蛛に嚙まれていた。「くるぶしや尻にがぶりとやられた。嘘じゃないからな、おまえたち。砂漠でハンモックは危ないぞ」

平均年間雨量十二センチ。摂氏マイナス十三度の十二月の夜、摂氏四十四度の七月の日々。アンディはモーテルの枕の上のアンジーの顔を思い浮かべている。四ヵ月のうちに、おそらく十四回は寝たと彼は計算する。生き残りをかけた戦略という点からすれば、砂漠にいるにしては上出来じゃないか？　これらの砂漠の植物は、モハーベ砂漠ではこれ見よがしに生き生きして見えるが、アンディも負けてはいなかった。

III　樹立

一度、本当に一度だけ、二人は完璧に通じ合う。

なかなか大変だったとはいえ、アンディは最終的に彼女を家から連れ出すことに成功する。「二人の記念日だろ」彼はでたらめを言う。これまでに一度も記念日を決めたことなどなかったから。

彼はアンジーを〈パピーとハリエットのパイオニアタウンパレス〉に連れていく。バイカーと芸術家、そしてその他の退化した現生種たちが上機嫌で入り浸る、辺境をテーマにしたダンスホールだ。二人の新居から北東にわずか九キロメートルのところにあり、広大なモハーベ砂漠を背景に、筒型花火のように燃えている。ジェリーのトラックで遠出の下調べをし、アンディはアンジーの許容範囲の境界線を把握した。ある範囲を越えると、彼女は自分の頭が「緑」に感じると言い、骨が痛みはじめる。痛みが娘をこの場所に縛りつけている、そう二人とも思っていた。だからアンディがトラックを駐車しても、彼女が微笑んでいることに二人とも安堵する。

ジョシュアツリーは発見した。自分はダンスを**愛している！**　教会よりもさらにいいところは、六角形のダンスフロアの柔らかい光だ。見知らぬ人々の腕の中でくるくると回され、アンディとアンジーは気持ちが悪くなるまで、宇宙のはずれで踊り続ける。アンディはアンジーにラムを三杯おごってもらった。嵐が二人をつかまえ、吹き飛ばす。ジュークボックスの歌という、二十五セントで注文できる嵐が。

いい夜だった。ダンスホールの外では、駐車場は車とトラックでいっぱいで、人の姿はない。ハンドドライヤーの熱風並みに熱い風が車体に入り込む。アンジーは赤いサボテンの花のような月にアンディの注意を引く。「赤く見える」彼女は言う。確かにそうだった。誰かの車の泥よけに腰かけ、二人とも嫌いなポップソングの終わりかけのメロディーに耳を傾けながら、アンディはやさしく訊ねる。「何が変わったんだ、アンジー？」

そして彼女がその問いに答えず、答えられないままでいると、彼は訊ねる。「何が変わろうとしてる？」

その問いのほうが二人は気に入った。少なくとも、その時制のほうが、希望があるように思えたから。

ジョシュアツリーは、娘の心の中で葉を出す。熱が彼女を覆う。一瞬、きっと気を失ってしまうと彼女は思った。視界が晴れる。ダンスホールの中で、〈バンボレオ〉がかかる。照らし出された四角の窓越しに、踊っている人たちの上半身が草原の小麦のように揺れるのが見える。つや消しのガラスの向こうで、彼らの口が怒りとショックに駆られたように大きく開く。音楽に合わせて歌っているだけだと、アンジーにはわかる。外では、青年の口が彼女の口に押しつけられる。彼は彼女をぎゅっと抱きしめ、彼女の中で、彼のライバルが押し返す。

「行こう。なあ。さっさとこんなところから帰ろう」

「中に戻ろうよ」

最後には、三人はお互いに妥協し合う。彼らは人気《ひとけ》のない駐車場で踊る。斜めに降る雨のように、東に流れる星々の下で。

一瞬、ジョシュアツリーは宿主への支配が弱まりつつあると感じた。現在というものは、木の存在を脅かす。恋人たちの燃え上がる幸福に幻の木は追い出されるかもしれないのだ。だから娘をもう一度強く握り直し、彼女の思い出に根を下ろす。

「アンディ、はじめの日を覚えてる？　国立公園をハイキングしたのを？」

それに比べて、とアンジーは思う。**現在の私たちに何があるというの？**「郷愁」、我々はこの現象をこう分類しがちである。それは、自らを過去につなぎ止めることだけを望んでいる侵入植物の勝利だった。なぜ先に進むのか？　そもそもなぜ動こうとするのか？

＊

「この場所だった？　本当に？」

アンディはブランケットを広げる。まるで月そのものが夢を見ているかのように、柔らかいオーラが空の低いところに浮かんだ月を包んでいる。その赤い光の輪は、鉱山労働者が使っていたカーバイドランプを彼に思い起こさせる。

最初、娘が国立公園までドライブしようと言い出した時、彼は困惑し、それから怖くなった。あの光が再び彼女の眼に現れ、たった一秒前まではそこにいた娘を消そうとしていた。しかし、いったん彼女の計画に従ってからは、その夜は驚きの連続となり、その一つ目は、彼自身がはっきりと喜んでいることだった。自分がブラックロック・キャニオンのキャンプ地に彼女と一緒に戻って来られたことにわくわくしているのがわかる（アンジーの眼を通して微笑みながら、ジョシュアツリーも同じく喜んでいた）。ワーレンピークでのはじめてのハイキングの道のりをたどり直すというのは、彼女の思いつきだった。「二人の記念日に」彼女は涼しい顔で言ったが、この理由づけはむなしく響き、砂漠の〝バンガロー〟を借りた時の、彼のむちゃくちゃな言い訳をアンディに思い出させた。もちろん、彼は真実に気づいていない。ジョシュアツリーが悪賢くアンジーの中で増え続け、隙なく蔓延《はびこ》りたいという強い欲望から、六本の腕のそれぞれが彼女の全身で枝分かれし、花を咲かせていることに。**ジャンプ**、**ジャンプ**、**ジャンプ**。何ヵ月にもわたり、それはこの場所に恋人たちを連れ戻そうとしてきた。その広大な「ルートブレイン」は、地面の十二メートル下で待ち受けている。

アンジーは暗い道を軽々と進んでいく。首にさげた小さな懐中電灯は、鎖につながれた緑色の太陽のように弾んでいる。振り返ってアンディを見た彼女が満面の笑みを見せたので、今夜のハイキングに誘ったのは自分だったっけと錯覚するほどだった。全員にとって、何か予想外のことがそれから起こる。彼らは過去の出会いをもう一度繰り返す。

どうして我々はあの時……。三人は一斉に思う。

素早く、その感傷は時制を変える。

どうして我々は今……。

あのジャンプが起こった場所から百八十メートルほど離れた貯水槽までやって来ると、アンジーはアンディにブランケットを広げるように頼む。彼女は刺された指を吸う。

ブランケットのまわりで、木々の枝が分かれ、絡み合う。静寂の中、それらは反抗的に見える。アンディは映画の場面が想像できた。ジョシュアツリー軍に攻撃するブルース・ウィリス。青年がその場面を頭に思い浮かべ、木々が痙攣性の腕を激しく揺らし、砂漠のタコのように地面を泳いでいると、娘が彼の手首に指を絡ませる。

「する?」

「いいよ」

どうしてあの時やらなかったんだろう、とアンディは思う。このループ型のトレイルにはじめて足を踏み入れた時、二人にはやりたいことがたくさんあった。アンディはジーンズのジッパーを下ろし、ゴワゴワした黒いジーンズを固まった埃のように振り落とす。アンジーはワンピースを着ている。ブランケットを囲んでいる、静止した曲芸師のようなサボテンたちの、青白く、肉付きのいい反響を浴びながら、二人のむきだしの脚は絡み合う。今ではジョシュアツリーは彼女を愛している。それは育ち、花を咲かす。

アンジーは後になって、どうやってアンディのナイフを手にしたのだろうと不思議に思うことになる。そのむき出しの刃は、赤い月を内に秘めている。彼女はそれがかすかに光るのを見つめると、アンディの右肩の真上に振り上げる。ブランケットの下の地面は波打つようだった。まわり一面、織物めいた砂漠がしわくちゃになり、たなびく。死んだふりをしていたジョシュアツリーたちでさえ、今では動きはじめている……、眩んだ目を不規則にパチパチさせている娘にはそう見えた。

青年の口は娘の喉のくぼみのあたりにあり、さらに下がっていく。侵入者の葉と根に体の内側を突《つつ》かれ、彼女はうめき声を上げ、それでも彼は危険が迫っていることに気づきもしない。

ジャンプして帰ろう。木は思う。

アンジーは自分がやろうとしていることをこれ以上見ていられない。目は閉じられ、思考は停止する。小さな手がアンディの首の上にあり、もう片方の手はナイフの先端を地面に向ける。**下へ、下へ、下へ、**侵入者が命令する。何かが大きなため息をつく。それはアンディか、それとも森全体だったのかもしれない。

ジャンプ、ジャンプ、ジャンプ、ジョシュアツリーは切に願う。

青年を救ったのは実に単純なことだった。アンディは肘をつくと、一息ついて呼吸を落ち着かせる。彼のくちゃくちゃの服の山から彼女がナイフをそっと取り出したことには気づかなかったので、まさかその刃が自分の首のわずか数センチのところできらめいているとは思いもしなかった。アンジーの青白い、真剣な表情を見つめながら、彼はあふれる思い出に圧倒される。

「ねえ、アンジー」彼は訊ねる。彼女の腕の細くて黒い毛をなでながら。「出会った時のこと覚えてる？」

＊

我々の種の並外れた適応能力の一つは、偶然の出会いを、第一章に変える能力である。

アンジーはこれまで何かをやり遂げるのが苦手だった。高校も退学した。高卒認定の試験の途中で退室した。アンディと恋に落ちる前、一番長く続いた関係は七ヵ月だった。だけどそれから二人は出会い（たいした話じゃない。地元のバーではスポーツの試合が流れていた）、彼女の性質の何かが自然に変化した。

彼は店でかかっていた曲を覚えている。お金もないのにもう一杯ずつ注文したことを。キンキンに冷えたビールを自分に、ジンジャーエールを彼女に。二人は同じ木製のスツールに腰かけていた。何世代にもわたり、地元の若者たちの計画と約束を支えてきた、使い古された三脚の台だ。

ジョシュアツリーは根を動かす。必死に、それは自らの命を彼女の命に結びつけようとする。人間の心の中では、ジョシュアツリーの魂は思い出がつくり出す放射束と風によって殺されることもあり得る。幻の根をあたりに投げかけながら、怒り狂った木は赤くなる。非常に人間的な感情、「屈辱」を感じて。

ゴールデンホップやショウガ、ペンシルベニアの粘土質頁岩《けつがん》なんかに破滅させられるとは！

それは彼女の腕の支配力を失う。その力は彼女の張りつめた上腕二頭筋から流れ出る。娘の指がゆるみ、ナイフは、気づかれることなく砂に落ちる。

二人の出会った頃の高揚感が再び熱を帯び、緑の侵入者は居場所を失う。アンジーの意識の最も隅っこに追放され、ジョシュアツリーは今や悶《もだ》え苦しみながら漂う。半ば忘れさられ、半ば消えつつあり、彼女の意識における影響力を、そして自らの現実を失っていく。

「なんて完璧な夜なんだろう！」恋人たちは同じ気持ちだった。

アンジーは立ち上がると、スカートの砂を払う。アンディはナイフに気づいて眉をひそめ、拾い上げる。

「記念日おめでとう」彼は言う。

今日は記念日ではなかったが、ここからのはじまりを祝うことは、二人にとって筋の通ることではないか？　この砂漠でのハイキングは、二人が同じ未来を望んでいた最終地点となった。二人が懐かしむのは、かつての計画、あのはじまりの計画だ。二人の過去の地平線。

トレイルを下り、時間を上り下りして、恋人たちはキャンプ地の駐車場に向かう。もう一度計画を練りながら、それぞれ興奮して互いにまくし立てる。リノもいいかも。ジュノーはどうかな。

アンディは借りた逃車用の車まで先に小走りで戻る。

ブラックロック・キャニオンのキャンプ地は、国立公園の中で観光客がジョシュアツリーに囲まれて眠ることができる数少ない場所の一つだ。砂漠の空の、何千年もの間にできた複合体結晶からの星明かりを浴びながら。何人かのキャンパーが今もテントとキャンピングカーの外にいたが、そこに見覚えのあるシルエットが一つあった。あの森林警備隊員だ。骨ばった、巨大で真っ白な足を、炉のそばで温めている。彼の後ろで一メートル半ある毛深いサボテンは、まるで巨人のミイラ化した親指のようだった。

「やあ、アツアツカップルじゃないか！」彼は熱っぽい声を上げ、手まねきをする。

しぶしぶ、アンディは引き返す。覚えられていたことに、アンジーはうれしく思いながらも、ぎょっとする。

「おやおや！　ハイキングがお気に召したようだね」

非現実的な数分間、パチパチと跳ねる炎を前にして、彼らはハイキングと、蛾と、ジョシュアツリーの森について言葉を交わす。アンディはその場を離れたくてうずうずし、酒場に退職願を出し、荷物をまとめ、永遠に枝分かれし続ける州間高速道路に戻ることをすでに思い浮かべている。けれどアンジーは強い興味を示す。実際、質問をする彼女の切迫した口調に、アンディは少しきまりが悪くなる。彼女はユッカ蛾とジョシュアツリーの結合についてもっと知りたがる。それって絶望的な出会いなの？　二つの種は関係をほどいて、別々の道を行くことはできないの？

アンディはトラックを取りに行く。

そして爆発の季節は？　蛾はみんな飛び去ってしまったの？　ジョシュアツリーは死に絶え、この国立公園で絶滅してしまうの？

キーを回してエンジンをかける。ブラックロック・キャニオンの入り口で、アンディはハンドルにもたれかかり、目を細めてフロントガラスを覗き込む。青年は暗闇から娘が姿を現すのを待っている。もちろん彼女は現れるに決まっている。それから少し自信がなくなる。

「いや、あれはしぶとい種なんだ」森林警備隊員は言う。彼の頬髯は赤い炉火をたたえる透明な筒のようだ。「あの木の根は深くまで達する。ああいう木を甘く見ないほうがいい」

沼ガール／ラブストーリー

若者は泥炭地帯で重機を操作しながらも、はじめてのガールフレンドに首ったけだった。名前はキリアン・エドウィス、十五歳。違法だが、ボス・アディーは彼を雇った。セロリみたいな緑色の目。吃音は公費で治療済みだったが、緊張するたびに顔を出し、仕事にありついた時には、「あり、あり、あり」とお礼を言った。どうやってキリアンはボス・アディーに自分のことを雇ってくれるよう言いくるめたのか？　強靭さ、成熟度、経験者であることなどなど、少年は嘘を連ね、それがうまくいかないと、四百メートルほど先にある、自分の部屋の窓を指差した。湿地のかすみのかかったあたりにあり、針葉樹の林の間には、今もよどみがきらめいていた。伝えたいことは明白だった。ガリガリの奇妙な少年が筋力に欠けるというなら、職場からの近さをアピールするしかない。

泥炭《ピート》は沼地から収穫される。地面がパックリと口を開いた、水っぽい土地だ。底は静止している。冷たく、酸性で、柳の枝やそこに埋葬されたキツネたちの、小さくて動かない顔を自然分解する酸素もない。ミズゴケが毛皮、木、皮膚に巻きつき、化学的防御の呪文をかけて、何一つ欠けることなく保存してくれる。成長は不可能、死はその無駄のない仕事を完遂することができない。ひとたび切り出されれば、泥炭は泥炭塊となり、北ヨーロッパ沿岸沖のこの緑の島で、たくさんの地元民がいまだこの風変わりなエネルギー資源で家を暖めている。この燃料が死を起源にしていることについて、誰も深く考えない。キリアン、彼の母親、そして数千人の人たちがこの島に住んでいた。上の世代には「四騎士」として知られている群島の一部だ。あなたはおそらく訪れたことはないはず。すごく辺鄙《へんぴ》なところだから。

新石器時代の農民たちが最初に島の林を取り除き、その二千年後、泥炭が牧草地の名残りを呑み込んだ。沼は丘を毛布のように覆った。鉄器時代には、これらの湿地は遠い世界への入り口だった。さらに広い領域への。神々は沼々を行き交い、紫色のヘザーの荒野の上に浮かんでは、星のかたちをしたアスフォデルの花冠を戴いた。

今では産業用収穫機が、疲弊した土地を均一にならしていた。沼ガールを発見した夏の朝、キリアンは沼地の西端の木々の死体まで〈ピートマックス〉を運転し、黒い畝《うね》に乾燥した泥炭を押し込んでいた。実際、まるで糞便を耕しているような光景だったが、キリアンには高尚な目的があった。ご近所のポゴの白いハッチバックを買うためにお金を貯めていたのだ。車さえ手に入れば、女の子や女の人と一夜をともにするのだって、そう大それた挑戦ではなくなるだろう。キリアンはどちらが相手でも乗り気だった。もしくはどちらともでも。けれど彼は奥手すぎて、同じ学年の誰とも、同じ目線で恋をすることさえできなかった。ディーディーも無理、ステイシアも無理、ヴィッキも無理、イヴィンヌも無理。そんなことしちゃいけないし、みじめだけれど、彼は叔母のキャシーの靴下を履いたくるぶしに恋をした。シャンプーの広告の、無名のモデルたちの肩に恋をした。

ちょうど湿地の西の畝に突っ込んだあたりで、キリアンは〈ピートマックス〉の傍らを見下ろして、叫び声を上げた。手が一本、泥から突き出ていた。キリアンは肺の中のすべての空気を使って、沼ガールへの最初の言葉を発した。「ウワワワワワナンダコレ！」

ここにある秘密が、彼をつなぎ止めようとしていた。世界が二千年の間守ってきたが、もう二秒だって黙っていられないという秘密が。沼地が彼女を告白していた。

他の男たちが到着した時、キリアンは膝をつき、泥炭を犬のように引っ掻いていて、すでに彼女の頭を掘り出していた。彼女は何一つ欠けることなく、頭を骨盤の左のほうに向け、眠っている子どものように丸まって、泥炭の中で守られていた。濃い、艶のある髪が防水シートの上に広がっていた。オランウータンの毛皮のような、沼の酸が染め上げた自然の赤橙色。動いていく雲が彼女の色を次々と変えていった。今は黄色みを帯びたブロンズ色、今はミネラルブルー。とても幼い顔だった。

彼女の頭を揺らしながら、キリアンは脚の感覚がまったくなかった。小雨が降り出していたが、この場所を誰かに譲るつもりはなかった。集まった男たちは皆、二人をじっと見ていた。いつもなら、彼らの先の尖った眼差しが棘《いばら》の王冠のようにキリアンを包囲すると、彼は自意識過剰に陥り、心の視野には赤い恐怖が漏れ出したが、この日、彼を見下ろしている間抜けたちがどう思うかなんてどうでもよかった。こんなに美しい、こんなに完璧に穏やかな顔、これまで見たことある人いる？

「なんてこった！」男たちの一人が悲鳴を上げ、ロープを指差した。泥炭の黒に染まった縄が一本、彼女の背中に流れ落ちていた。

殺人。それが男たちの一致した意見だった。ボス・アディーが警察に通報した。

けれどキリアンは頭上の会話をほとんど聞いていなかった。沼ガールを一つの角度からだけ見たならば、大切にされてきた娘であり、彼女を愛していた者の手によって埋葬されたのだと思うだろう。けれど実際は殺されており、その微笑みに一層強い印象を受けたキリアンは、この先の災いから彼女を守ってやりたいだけだった。男たちが彼女のことを「死体」と呼び続けることに当惑した。その言葉のせいで、彼女の微笑みの奥にある、深くて豊かな夢の人生が男たちには見えなくなっているようだった。「あいつらが言うよりきみはもっと素敵だよ」そうささやいて彼女を安心させた。「大変だったね。これからは僕がいるから安心だよ」

この秘密の会話ののち、キリアンはたちまち恋に落ちた。

キリアンは、こんな離島で彼のガールフレンドに出会うことができて幸運だった。たとえば、アイルランドや、ディズニー・ワールドとカナヴェラル岬の間に散在する湿ったフロリダの沼地でこういった湿地遺体が発見されると、こうはいかない。その地区は交通を遮断される。専門家チームが到着し、現場を片づける。それから湿地遺体は注意深く研究所や博物館に移され、ビニール手袋なしで触られることは二度とない。

キリアンは彼女の髪に触れ、縄に触れた。彼は彼女の人生の手綱を握っていた。警官が三人到着し、キリアンの頭上で話し合う彼らの黒いブーツは、ワタスゲのあたりの泥を踏み潰していた。少女が最近殺されたわけではないことがはっきりすると、警官たちは安堵した。署長はキリアンに一つだけ尋ねた。「じゃあきみがこの子を預かってくれるかい?」

＊

ギリアン・エドウィスは三人の姉妹たちとグループ通話をしていた。受話器をあごで押さえ、レンジから真紅のケトルを下ろすと、窓を開けて青いスチームを追い出した。リビングでは、テレビからスタジオの笑い声のどよめきが沸きあがった。キリアンと沼ガールはカナダのトレイラーパークを舞台にしたホームコメディを見ていた。二人がずっと黙ったままなのが不安だったが、母親から三メートルのところで何かしでかすはずはない。彼女は息子をしつける理由がこれまでなかったし、どこからはじめるべきか見当もつかなかっただろう。親切で、聡明で、並はずれていて、繊細。エドウィスの一族の中の〝離島〟であり、叔母たちは、現代の褒《ほ》め言葉である「ゲイなのね」を彼におくった。

声がギリアンの左耳に刺さった。

「二人に注意はしないとね」シスター・アビーが言った。

「だけど、修道院長、注意なんてできないですよ！」シスター・パティが言い終えた。

「私たちもみな、かつては十六歳だった」キャシーがうなるように言った。「そしてみんな、なんとかなった」

「キリアンは**十五歳**」ギリアンは訂正した。「それに彼女は二千歳」

アビーは沼ガールの写真を地方紙で見たことがあり、**誰かが**サバを読んだんじゃないかと言った。

大学の男も同様に、沼ガールが発見されたことについての記事を目にしていた。電車とフェリーを乗り継いでやって来ると「歴史になり代わって緊急のお願いをしに参りました」と言い、沼ガールを国立博物館で保存したがった。提示された金額は、郵便局でのギリアンの月収の半分ほどだった。

最終的に、どうなったか？　クリスチャンとしての感情がギリアンの口を封じた。どうしたら女の子を見知らぬ人に売り渡すことなんてできるだろう？　どうしたらこの鉄器時代の孤児に対する権利は自分にあると言い張ることができるだろう？　ギリアンは大学の男に沼ガールは我々の客人であり、ソーシャルサービスが彼女の近親者を突き止めるまでは一緒に暮らすつもりだと告げた。それを聞いた男の首の血管という血管が紫色に浮き出た。彼は不機嫌な敗北者の声になり、「よく覚えておきなさい。あなた方みたいな人々は、適切に彼女をケアする知識がありません」と言った。「あなたたちのせいで彼女はひどいことになるでしょう」沼ガールは、アイロン台の隣で突っ立って、無慈悲な笑みを浮かべ、言い合う彼らを見ていた。大学の男は手ぶらで去り、そして一日中、ギリアンは息子に崇《あが》められた。

「じゃあその子は居候ってこと？　あなたのすねをかじるわけ？」キャシーが尋ねた。

「まあ、そうね。あの子はその点ではすごく厚かましいの」

ギリアン自身がほとんど認めていないことを、どうしたら姉妹たちに説明することができただろう。息子は恋に落ちている。それは醜悪な、間違った愛情だった。それでも、尊重しなければならない。

「沼ガールはキリアンに悪い影響を与えてる」ギリアンは姉妹たちに言った。「働かないし、手伝いもしない。一日中家で怠けてる」

パティが咳をして言った。「そう思っているならどうして……」

キャシーが大きな声を出した。「ギリアン！　その子と暮らしちゃダメ！」

温厚なアビーが解決策を考案した。「沼にその子を帰しなさい」

「ギリアン、**今夜そうしなさい**」

「誰も寂しがらないでしょ？」

「沼に帰すことなんてできない。そんなことをしたら……」

静寂がギリアンの耳を突き破ってきた。彼女の家族は言葉を発さずに意見を述べることのできる才能があった。ギリアンが高校生で五ヵ月の妊婦だった時、みんな声もなく、彼女の未来が犠牲になると思っていることを伝えた。ギリアンはキリアンの父親と家出をし、そして虫の目をした幼児を連れて一人この湿地に戻ってきた。

「こわいの」ギリアンは姉妹たちに打ち明けた。「もし彼女を追い出したら、あの子も家出してしまう」

「そんな！」みんな声を揃えて言った。まるで一本の針によって彼女の恐れが全員に感染したみたいに。

「何かクレイジーで、馬鹿げたことをするんじゃないかって……」声もなく言い足した。「**私たちがそうだったみたいに**」

＊

「なあ、ちっちゃなネズミの糞め。正直な話、あの子のこと、何もわかってないだろ」キリアンの叔父はピーチ味のアイスティーに指を突っ込むと、かき混ぜた。二人はキリアンの家のポーチの最も薄暗いところにあるブランコに腰かけていた。叔父のショーンは穏やかで、大きな足の爪並みにブサイクだった。卵のように禿げていて、陽気な失業者。おかわりを何度もするタイプ。

ある時、キリアンは叔父がシールを剝がさないまま緑色のリンゴを食べるのを見たことがあった。ショーンは四六時中コテージに居座り、ギリアンのコンピューターで〈ポーカー３０００〉をしていた。叔父は母子の家中に跡を残した。飲んだビールの輪っかの跡は、写真につけられた太った親指の指紋のようにあらゆる表面に出現し、彼の言葉も同じくぶらぶらと漂い、空気中に彼の脳のシミを残した。ショーン叔父はキリアンが愛している物すべてに我が物顔で興味を持った。だから驚きはしなかった、叔父が沼ガールにのぼせ上がっていても。

「自分が彼女を愛してるってことはわかってる」キリアンは用心して言った。罠にかかるのは嫌だった。

ショーン叔父は、弱々しく揺れている茶色の大麻をガラスの人魚のバラ色の股に詰め、甥にパイプを渡した。「気が早くないか？　愛しているのに、彼女のことを一つもわかってないのか？」

彼は彼女について何をわかっていたか？

彼は彼女の何を愛していたか？

キリアンは肩をすくめた。体は感情でいっぱいだった。「それに彼女が僕を愛してることもわかってる」ややそそくさとつけ加えた。

ショーン叔父はピンク色の薄笑いを浮かべ、枝編みの腰掛けにべったりと背中を張りつけた。「へえ？」彼のにやにやが大きくなった。「それであの子はいくつなんだ？」

「二千歳。だけど沼に沈められた時は僕ぐらいの年齢だったし」

「俺の知ってる女のほとんどは自由に年齢を偽るけどな」ショーン叔父が警告した。「あの子は十一歳かもしれない。一方、**三千歳**でもあり得る」

星に照らされた丸々としたギリアンがポーチに現れた。おいしそうな玉ねぎのにおいが彼女から漂い、ショーンの大麻のじめじめとした香りと混ざり合っていた。

「吸ってる？」

「吸ってない」二人は声を揃えて嘘をついた。

「あなたの……あなたの**お友だち**に一緒にご飯を食べましょうって伝えて」仰々しく、ギリアンは子猫柄の鍋つかみをはめた両手を天へと掲げた。鍋つかみのかたちは、ギリアンがこの状況を認めた証のように見えて、キリアンは微笑んだ。二つの大きなゴーサイン！　哀れな母親。彼女は初対面の人たちの周りでは緊張しすぎてしまうし、沼ガールの静けさは彼女をさらに怯えさせるだけだった。手料理に自信がなく、沼ガールが手をつけなかったらだいぶ根に持つだろうと息子にはわかっていた。

夕食は玉ねぎを添えたミートローフで、ショーンには大量のビール。落ち着く食卓ではなかった。

ギリアンはライマメにバターをからめながら、息子のできたばかりのガールフレンドを目で脅した。**このちっちゃな悪女め。あんたが眠ってた穴に這い戻りな。私の息子に近づくな。**

「ビスケットはどう?」ギリアンは尋ねた。「キリアン、この子はビスケットは好きなのかな?」

沼ガールは壁に向かって穏やかに微笑んでいた。彼女の頭が洗濯乾燥機の丸窓に映っていた。回転する泡に対して、彼女はとりわけ静止して見えた。

三杯飲んだショーン叔父は沼ガールの細くて青い肩に腕をかけ、家族の一員として歓迎した。「甥を誇りに思うよ、年上の女性、**成熟した女性**……年下好きな女をつかまえるなんてね!」

キリアンは叔父を殺す勢いでにらんだ。テーブルの下で、彼は自分の脚をガールフレンドの脚にくっつけた。お詫びの気持ちを伝えようと眉毛を上げる。母親は蒸した豆の入った大鍋をたずさえ、ライマメを強制的にもう一掬いずつ全員に配ると、ビールをテーブルから片づけた。飼っている犬が夕方のネズミとりから帰宅し、戦闘モードのままキッチンに入ってきた。気の狂った調子で吠え立てていて、沼ガールの縄で綱引きをして遊びたがった。「水たまりちゃん、やめ!」キリアンの目は泳ぎ、体中が恥ずかしさで熱くなったが、沼ガールの顔を覗き込むと、気持ちが安らいだ。そこには何の意見も浮かんでおらず、神秘的な優しさをたたえて笑いかけていた。再び、彼の羞恥心は、彼女の果てしない穏やかさによって和らげられた。彼女の微笑から縄へと目を落とし、**そりゃ、僕たちなんかより断然ひどいものを見てきたよね**、と思った。窓の外では、ポーチの光に虫がうじゃうじゃと集まっていた。湿地のこおろぎたちは、耳障りな鳴き声で星の代弁をしていた。おそらく彼女にも虫たちの小さな声が聴こえたかもしれない。そのうちショーン叔父はたまっているグレーヴィーソースの横で自分の大きな腕に突っ伏し、軽くいびきをかきはじめた。キリアンは月光の下で板のように背筋を伸ばして座っていた。沼ガールがぼんやりと微笑み続けていた。

＊

はじめの二週間、沼ガールはソファーで眠り、テレビの光が彼女の体の上で優しく明滅した。それはギリアンとしては問題なかった。鉄器時代からの孤児を路頭に迷わせるつもりはなかった。

それから、雨の月曜日の夜に、兆しも言い訳もなしに、キリアンが沼ガールを連れ出した。彼は子どものように彼女を揺らし、彼女の葉状体のようなたよりない脚は空中をぶらぶらと揺れていた。キッチンで馬と子馬の柄のジグソーパズルをやっていたギリアンは、二人が姿を消したタイミングで目を上げた。紫色のみみずばれが心の中を這い上がってくるような気持ちだった。驚嘆と呼ばれる、啓示的な痛み。ショックの根底に、他の感情が流れはじめた。その中には、不安の混じった誇らしさがあった。なぜならまるで息子は父親**そっくり**ではなかったか？　自信にあふれ、落ちついていて。母親の許可を求めなかった。自分の行動を偽らなかったし、隠し事もしなかったし、説明しようともしなかった。彼はただ、沼ガールの青い首に顔をなすりつけながら、彼女を腕に抱いて立ち上がっただけだ。ドアが閉まり、彼は視界から消えた。鍵がかかった音がして、それはまた一つ画期的なことだった。

「ねえ、おやすみなさい！」ギリアンは二人に向かって声を張り上げた、狼狽《うろた》えながら。

ギリアンの知っている優しくて、引っ込み思案な少年と、この強情で恥知らずな子が同じ人間だと思えなかった。部屋まで上がっていくべきだろうか？　ドアをどんどん叩く？　ああ、誰に電話すればいい？　誰も、姉妹たちでさえ、こんな問題についての電話には応えないに決まっている。アビーの息子、ケヴィンはガールフレンドと教会で出会った。キャシーの息子、パトリックには、幼稚園で教えている、かわいらしい婚約者がいた。マレイのガールフレンドは自動車事故の過失致死罪で刑務所にいたが、少なくとも生者だ！

朝、ギリアンは、コーヒーポットに手こずっている息子の静かな背中の筋肉を眺めた。ではこの子はコーヒーを飲むようになったのだ。新情報だ。キリアンは母親のおでこにキスをして仕事に出かけていったが、自分に向けて口笛を吹いていた。彼女の悲しみにも、恐れにも気づかず、彼の新たな幸せに完璧に没入して。いくらなんでも早すぎる、と彼女は思った。そして、**あなたまで行ってしまわないで。お願い、お願い、お願い**、と祈った。解決策を思いつくことのできないありふれた母親たちの、不完全な祈り。

その夜、ギリアンは新しいルールを発表した。「みんな服を着ていること。今後ドアに鍵はかけないこと」

＊

ある寒い土曜日、キリアンはフェリーに三時間揺られて、本土にある博物館に行った。十二体の湿地遺体が「**鉄器時代の王たち**」という巡回展の一環として、展示されていた。彼の家族に会ってくれた沼ガールにできる、せめてものお返しだった。キリアンはすでにはじまっているツアーにまぎれ込むと、墓室から墓室へと、案内人の後をついて回った。ガラスの下で、鉄器時代の王たちは噛まれたタフィーのように横たわっていた。一人の男はキツネの毛の腕章を着けている他は裸だった。一人は巨人だった。一人は親指が片手に二本ずつあった。

キリアンは、冷たい大西洋の島々に存在する沼地は特に強い酸性であることを学んだ。これらの深い大桶に漬けられ、浮かびあがってきた鉄器時代の体たち。胎児のように丸まっていた遺体の数は、しばしばしわくちゃの地図に印された殺人現場の数の二倍にも上った。人身御供《ひとみごくう》だったのかもしれません、と案内人は言った。収穫の神に捧げられ、沼の底に置き去りにされた、王、女王、身代わり、犠牲者。そういう誰かだったかもしれなかった。

「彼の胃の内容物から、最後に食べたのはカラスムギのおかゆだったと推測されます……」

「法医学的な分析によると、彼女は矢で殺されたと推測されます……」

「ベルトのバックルの紋章から、この人たちが裕福だったことが推測されます……」

え？　そんなことしか推測できないの？

案内人は陶器の破片の点と線を指摘した。星々や動物だったかもしれない濃灰色の染み。「強固な文化」の証拠だと彼女は言った。キリアンはメモした。

みんな暇だった。あと、芸術が好きだった。

再びフェリーの上で、他の湿地遺体たちの誰にも、何の感情もかき立てられなかったことにキリアンはホッとしていた。愛しているのはたった一人。さっきの風変わりな案内人なら完全に見過ごすような、沼ガールについてのいろんなことを彼は見通すことができた。たとえば、その微笑みが隠している秘かな深みとか。彼女は同時代の人たちからどれだけひどく誤解されてきたのだろう。生者が誰も訪れることのできない星からやってきた異星人、西暦一世紀の地球からの。彼の腕の中で柔らかく、それは骨がないかのような柔らかさだったが、同時に不滅でもあるようだった。専門家によると、湿地遺体の体は空気にさらされると急速に腐敗がはじまるそうだ。おかしなことに、沼ガールは違った。キリアンはこの仮説を誰にも言わずに、お守りのように胸のうちで磨き上げていた。つまり、彼の愛が彼女を守っているのだと。

*

八月までには、彼らの関係は計り知れないほど深まっていた。二人は言葉を発する必要がなく、完璧にお互いを理解できることをキリアンは発見した。沼ガールに恋をするのは、素晴らしいことだった。それは他の人みんなを無視する免罪符になった。九月に学校がはじまると、特注の背負い紐をつくって彼女を連れていった。彼のガールフレンドは立ち並ぶロッカーに箒《ほうき》のように寄りかかり、彼が生物学や音楽Ⅱの授業を受けている間待っていた。世界で類のない、最も有名な女の子たちみたいに、クールで平然として。

学校の経営陣は誰も沼ガールの出席に反対しなかった。先祖から伝わる迷信が島の人の心の中で今も飛び回っており、静かに影響を及ぼしていた。それに、過去からの訪問者を怒らせる立場に立ちたい者もいなかった。すぐに彼女はキリアンの授業をすべて聴講する許可を得て、どぎまぎし、怯えている教師たちに辛抱強く微笑み続けた。

ある午後、副校長は沼ガールをオフィスに呼ぶと、学校で身に着ける赤色と金色のバッジを進呈した。〈**留学生**〉

「お言葉ですが、それはあんまり正確ではないと思います」キリアンは口を出した。

「そうかい？」

「彼女は留学生ではありません、ここで生まれたんです」実際、沼ガールはこの島の最も高齢の住人だった、少なくとも千九百年ほどは。「それに、ご覧の通り、目が閉じられています。だからその、勉強ができないんです……」キリアンは口をつぐんだ。

「だったら！」副校長は手を叩いた。彼は学校の経営者であり、果たすべきノルマがあった。「じゃあ我々が彼女について学ぼうじゃないか！ 現代の生活や時間に対する刺激的な新しい視点をいろいろ教えてもらおう……おっと！ おやまあ」沼ガールが副校長のアロエの鉢にはまり込んでいた。

キリアンは沼ガールの着ている、年代ものでクールな、彼の母親から借りたポリエステルのブラウスにバッジをつけた。これまで自分の服装を気にしたことなどなかったが、朝学校に行く沼ガールに服を選ぶのは楽しかった。母親のクローゼットに侵入すると、母の丈の短いワンピース数着を蘇らせた。同級生の女の子たちは、沼ガールのために服の寄付を募ってくれ、万引きされた秋物のチュニックとブーツがたくさん集まった。

噂が広がる。沼ガールは、本当はお姫さまなのだという噂。お姫さま、もしくは魔女なのかも。一週間も経たないうちに、彼女は人気者グループの女の子たちのテーブルで昼食を食べていた。

女の子たちは、キリアンが沼ガールを学校用かばん二つの間に挟んで座らせていたベンチから彼女をさらい、昼食に連れていった。沼ガールの髪にさっさとラインストーンのバレッタをつけ、ヘアスタイルを変えていた。

「僕のガールフレンドを返してよ」キリアンは言った。

「何か恐ろしいことがこの子に起こったんだよ」ヴィッキがうやうやしく言った。

「かわいそう」ジョージェットの声が響いた。

「何があったのか話したくないよきっと」プリシラが言った、沼ガールを守るように腕を回しながら。女の子たちはおそろいの昼食を食べていた。レタスのサラダ、ダイエット・バー、ダイエット・シェイク。みんな沼ガールがちょこっとしか食べなかったことを羨んだ。

キリアンはなぜこうなることを思いつかなかったのか？　沼ガールはちっちゃくて、傷ついていて、神秘的で、赤毛だった。何よりも、女の子たちがばらまく彼女についてのどんな噂も、否定することが絶対になかった。

「生きるには美しすぎたんだよ！」プリシラが息を呑んだ。「美しさのせいで殺されたんだ」

「そ、そ、そんなこと」キリアンは言った。「起こってないと思うけど」

人気者グループの女の子たちは、それぞれレギンスを直しながらうっとうしそうにした。「そう？」

キリアンは、他のテーブルの子たちが盗み聞きしていることになんとなく気づいていたが、その注目の密度に影響されることは決してなかった。「僕は彼女のもので、彼女は僕のものなんだ」と大きな声で言った。「彼女のことならなんだって調べ尽くすって決めたんだ」

嫉妬のため息が、人気者グループの女の子たちのテーブルに発生した。生きているどんな男の子だったら、彼女たちのことをそんな風に言ってくれるだろう？　奇跡が起こった。誰もキリアン・エドウィスを馬鹿にしなかった。みんなこんな風に愛されたくてたまらなかったのだ。人気者グループの女の子たちは、グリルドチーズとワッフルフライを食べている彼をむさぼるように眺めた。彼の緑色の虹彩が燃えていた。噛むごとに、彼の左手は沼ガールの赤い三つ編みに触れた、まるでランプのチェーンを手荒く引っ張るように。

＊

ギリアンはどうしようもなく、悲嘆に暮れていた。彼女にとって最も大切な過去の時間はすべて、息子に関係するものだった。お乳を飲んでいた頃、歌ってあげた曲の数々は？　小さな月のような爪を切ってあげた時に払った細心の注意は？　午前四時の授乳は？　消えてしまった！　息子は成長し、自分の幼少期をすっかり忘れてしまった。彼女の体は今や、思い出が保存されている唯一の場所だった。キリアンは、すべての息子たちがそうであるように、この裏切りに対して無頓着だった。

「どれもこれも忘れてしまったのね」ギリアンはある夜夕食の後に息子を責めた。キリアンはキッチンのテーブルで火成岩についてのレポートを書いており、顔を上げなかった。

「小さな男の子だった頃は」ギリアンは絞り出すように言った。「掃除機をこわがっていた。カエル柄のパジャマが大好きだった。美術の宿題でのりをたくさん使いすぎて先生が……」

「そんな馬鹿げた話はやめてよ、ママ！」

「馬鹿げた話？　あなたのお父さんからの援助なしに、一人で育ててあげたのに……」

「彼女の前で恥ずかしいだろ！」

沼ガールは琥珀色の肘掛け椅子から二人に微笑んでいた。背の高いビアンカが寄付したレザースカートは、どうかと思うほど短かった。礼儀正しく、キリアンは彼女の膝にテレビ番組の雑誌をかけてやった。彼女の水の入ったグラスに虫たちが飛び込んだ。蚊やトンボは、まるで奇妙な連帯を見せるかのように、常に沼ガールの食べ物や飲み物に飛び込んだ。

キリアンは勝ち誇ったように全身を伸ばして立った。母親よりも三十センチほど背が高い。

「僕に大人になってほしくないんだ」

「何言ってるの？　そんなことあるわけない！」

けれどキリアンは言い返す準備ができていた。「ママ、親と子どもで韻を踏む名前をつけるなんてどうかしてる！」

これは事実だった。ギリアンとキリアン。この名前を思いついた時、彼女自身が十代で、名前のないカワウソ、渦を巻く小さな生き物を妊娠していた。韻を踏む名前は、当時はぴったりに思えたが、十七歳の彼女にはなぜなのか言葉にできなかった。キリアンがもし女の子だったら、リリアンと名づけていただろう。

「若いのにわかるわけがない……」けれど息子に何を言いたかったというのか？

それからギリアンの体は彼女自身に向かって崩れ落ちるように丸まり、どんどん小さくなっていき、自らの愛の壁の後ろで何も見えなくなっているキリアンでさえ気づいて、不安そうにした。

「ママ？　どうかした？」

「物事は移り変わる」ギリアンは不吉そうな調子でつぶやいた。「ただ、お願いだから待って、かわいい子。**身を固めて**しまわないで……」なんて言葉だろう！　彼女は自分の息子が赤い沼の水に首までつかっている姿を思い描いた。

気づけば、ギリアンはしゃっくりをしていた、自分の感情に名前をつけられずに。無意識に、どろどろの水のグラスをつかむと、飲んだ。「有望だって……先生たちは皆、将来有望だって言ってるのに」

さっさと本心を言ってしまえばいい。「沼ガールなんかのせいで**人生**を棒に振らないで！」

「ああ、ママったら」キリアンはしゃっくりが止まるまで母親の背中を叩いてやった。彼女の頭は明かりの消えた部屋の中、しわしわで、青く見え、座った沼ガールの上でゆらゆらしていた。一瞬、二人は姉妹だったかもしれなかった。

＊

沼ガールは浮かんだ。ドレスのように薄く、マットレスの上で。ピンクと紫色のバレッタが枕の上に散らばっていた。彼女は生気のない穏やかさで、キリアンか、キリアンの奥のほうに向かって微笑んでいた。下では、ギリアンが朝食をつくっており、バターの香りが牛の鼻輪のようにキリアンの小鼻を縫っていき、彼を惹きつけていた。けれどギリアンが呼んでも、息子はほぼ部屋にいないも同然だった。彼は再び草炭の湿地を掘り進めていた。両手で沼ガールの青い頬をなで、彼女がやって来た王国に近づこうとして。

「キリアン！　バスが来るよ！」ズボンをはくのには二十秒もかからないだろう。一体何をしているのか？　何のことだかわかりようもないが「ミーム」とやらで自慰でもしているのか。母のクレジットカードで沼ガールに香水を買ってでもいるのか。

「行くよ、ママ！」

キリアンは常にガールフレンドについての新しい面を学んでいた。彼女を長く見つめれば見つめるほど、彼は知った。彼女の顔は個性的で、沈泥のような質感。沼に消えた頃は若かったものの、年月に耕されたその顔は細かな皺で埋めつくされていた。何か夢か気分のようなものが、眉間に皺を刻みつけてきた。この顔には、沼ガールの心の天気が彼女の肌に生じさせた、尾根や小峡谷があった。

キリアンは彼女の花房のような頬をじっくりと見た。脳はちゃんとあります、と大学の男は言っていた。彼女の脳は無傷のまま、沼の酸に守られてきた。キリアンは何時間もこの法医学的な人相占いに費やし、彼女の心を読もうとした。

＊

週末になると、キリアンは沼地で〈ピートマックス〉を操った。彼らにはお金が必要だった。ある土曜日の朝のラジオで、泥炭掘りは害悪かどうかを二人の男の人が議論するのを聞いて彼は驚いた。

「泥炭は石炭よりも汚い燃料です」と〈島の仲間たち〉の代表者が言った。「欧州は泥炭への対応策を私たちに指示してくれません。私たちは何千年にもわたって泥炭の中で働いていています……」

キリアンはラジオを消した。今行っているまさにその動詞が、こんなに激しく責められているのを聞くのは不思議なことだった。さらに不思議なのは、世界の殺人機械の運転台に座っているというのに、この議論に対してまったくと言っていいほど無関心でいられることだった。正しいのか、間違いなのか？　正しいのか、間違いなのか？　番組を聞きだした時、〈ピートマックス〉にはすでにギアが入っていた。愛は、将来へのすべての恐れから彼を完璧に守っていた。一日に何百回も、何千回も、彼女の青い手が彼に伸びてくるのを思い描いた。**みんなどっちか決めようとして時間を無駄にしすぎている**、とキリアンは思った。彼女といるのは、正しさと間違いの両方だった。

＊

「あの子と話してみてくれない……？」ギリアンはショーンに頼んだ。「このままだと絶対によくない！」

「初恋ってやつ、初恋ってやつ」ショーンは腫れ上がった鼻を掻きながら、悲しげにぶつぶつ言った。「なあ、俺たちに邪魔する資格があるか？　初恋なんてそのうち自然に死ぬよ」

「自然に死ぬだって！」

ギリアンはかわいそうな少女が首を絞められたことを考えていた。背骨の下のあたりで縄の先とじゃれ合っている沼ガールの明るい赤い髪。ねえ、死から逃げることができなかったんだよね？　死と一緒に逃げてきたんだ。

＊

十月半ば、ストレッチリムジンがコテージの前で停まり、キリアンと沼ガールを学校主催の恒例のダンスパーティーに連れていった。〈バンプ・デ・アス！〉というテクノレゲエの歌がバックシートを満たしていたが、六人のティーンエイジャーたちは、まるで教会にいるかのような静けさで座っていた。沼ガールの沈黙は伝染性だった。救急車の光が着色ガラスの窓から射し込み、それを見た全員が飛び跳ねた。一人の例外を除いて。キリアン・エドウィスのデートのお相手、魅惑的な異国人、もしくは先住民……、誰も彼女をどう見なせばいいのかはっきりしなかった。はるかに年上のガールフレンドを手に入れてからというもの、子どもたちを大目に見ている独身男のような声音で、キリアンは同級生と言葉を交わすようになった。「カーラ」咳払いをしながら彼は言った。「もう少し窓の近くで息を吐き出してもらえるかな？　煙を僕たちに吹きかけないで」

女の子二人は、友人が今夜ＢＭＷの中で処女を失うべきかどうかを議論しはじめた。車の内装はどんな感じ？　これは至極重要な問いだった。その女の子のボーイフレンドは二十六歳のコカインディーラーだった。沼ガールが登場する前は、みんなその人の年齢に感銘を受けていた。ディーラーをしているボーイフレンドはダンスパーティーに同伴することができなかったので、その女の子は高二の従兄弟、緑のカマーバンドに締めつけられて死にそうになっている哀れなイオインを連れてきていた。二十六歳はパーティーの後、BMWの中で彼女を待っていることになっていた。彼女は彼を抱くべき？

「待って。ええと。彼が抱くんじゃないの？ それともお互いが抱くのかな？ どっちがどう？」

「やっちゃえばいいんだよ、そんで嘘つきゃいい」カーラが肩をすくめた。「あたしはそうしたけど」

「僕から言えることは」キリアンが不自然な声で言った。「僕に言えるのは、待ったほうがいいってこと。生きてる間ずっと一緒にいたいと思える人を見つけるまではね」輝くティアラをつけて澄ました沼ガールが彼の肩に寄りかかった。「それか見つけてもらえるまで。その人がそうだっていうなら、まあ、おめでとう。でも、そうじゃないなら、待って。いつかソウルメイトに出会うから。そしてその人に自分の人生のすべての分子をあげたいって思うはずだから」

学校の体育館をアラビア風のワンダーランドに様変わりさせるという試みは、うまくいっていなかった。キリアンと沼ガールは、セロファンと段ボールの筒でできた、巨大なトイレブラシのように見えるヤシの木の下に立っていた。リムジンで一緒だった女の子三人が近寄ってきて、踊らないかと誘ってきたが、ガールフレンドは一人ぼっちにされるのを嫌がるからとキリアンは説明した。全員むっつりとして彼女の望みを尊重した。

アフターパーティーは、島の西側にある、古びた車の部品工場で行われた。すべてが閉ざされ、打ち捨てられた場所だった。この三十年間、島の人口は着実に減り続けていた。まるでこぶしで壁をボコボコにしているような響きの音楽だったし、床はべとべとで、キリアンは沼ガールを抱き上げて、揺らしてあげた。片腕に彼女の銀色のドレスを巻きつけて。キリアンはこれまで一度もアフターパーティーに出席したことがなかった。ついでに言えば、パーティー自体にも。豚みたいな顔をして、プラスチックカップを手にした、かつてのいじめっ子たちや最高学年の生徒たちを彼は見回した。彼女なし、彼女あり、童貞、童貞じゃない。けれど一人だって、キリアンは確信していたが、愛について何もわかっちゃいなかった。高二のイオインがやってきた。彼のお相手は影も形も見えなかった。カマーバンドのせいで息も絶え絶えで、今にもバカルディを吐きそうになっていた。キリアンのいる方向に充血した目をぎょろつかせ、物欲しげににやにやした。

「つまり」彼は言った。「ちょっと気になっただけなんだけど。二人ってもう……」

キリアンは質問に対して先手を打った。「紳士たるもの語るべからず」

それは歯科医院で根管治療を受けるのを待っている間に、男性誌で一度読んだことのあるフレーズだった。実際、彼の母親は特にこの恐れのために眠れない夜を過ごす必要はなかった。夜になると、キリアンは沼ガールの隣に横になり、ほとんど彼女に触れなかった。落ち着いた、幸福な静けさが彼女からあふれ出て、彼は同じく多幸感で満たされた。

キリアンは沼ガールをダンスフロアに抱えていった。彼女の縄が彼の肩の上で揺れていた。そしてイオインでさえ、数分間の意識喪失の後に、この少年がこの物語での自分の役柄だと信じている姿を理解した。〝救済者キリアン〟。

「ああ、なんてことだ！　気づきなよ！　永遠にお預けをくらうぞ、なあ！」イオインの孤独な笑い声は悲惨な死によって息絶えた。まるで釘が突き刺さった鳥のように。

＊

午前三時、明かりはまだ点いていた。やばい、キリアンは思った。ママがまたジンにハマってる。

飲酒はギリアンの静寂を饒舌に湧き上がらせた。母親の静寂を聞きながら、キリアンもしゃっくりが出そうになった。ああ、まったく。彼女の内側には痛みがたくさん、息子に伝えたいことがたくさんあった。キリアンと沼ガールは爪先立ちで通り過ぎ階段まで行こうとしたが、ギリアンはびっくり箱のように飛び上がった。

「キリアン?」母親は暗闇の中で子どものように小さく見えた。声は震えていて、幼く、そして不明瞭な話し方はキリアンの吃音を思い出させた。彼が若かりし頃の死にきれていない痕跡を。その声は、四、五歳の眠たい少女のように聞こえた。裸足の、ずんぐりとした爪先で立ち上がると、キリアンの腕をつかんだ。「どこ行ってたの?」

「別に。ダンスパーティーだよ。楽しかった」

「どこへ行くつもり?」

「ママったら。どこだと、お、お、思ってるの?」

「おやすみ!」ギリアンは息子の背中に必死に呼びかけた。「いい夜だったのならよかった!本当にハンサム!　すっかり大人だね!」

＊

冬のはじめには、沼ガールの静けさにキリアンは落ち着かないものを感じるようになっていた。ぎゅっと絞られるような、ずきずきするような感覚。三科目で落第しそうになり、「まともになる」まで、キャシー叔母さんの家で暮らすのはどうだと母親から脅されていたが、どうでもよかった。凍えるような雨の中でバスを待ちながら、キリアンは車を所有することをもう夢見ておらず、ボス・アディーの下で夏の間に貯めたお金をどう使うか決めていた。彼女と逃げるのだ。

キリアンは学校を辞め、沼ガールを本土に連れていく。彼女ははじめホームシックになるかもだけど、二人は都市公園へと遠出をする。それは棘々《とげとげ》した平和であり、幸福であり、その棘が彼を新たな一歩へと駆り立てる。ああ、彼は同時に恐れてもいた。

妄想の中で、キリアンは縄をきつく、さらにきつく引っ張る。二人が過ごすことになる狭い生活を想像すると、奇妙な喜びを覚えた。子どもなし、セックスなし、バーの外で吐くだらしない夜なし、予想外の妊娠なし、街中での喧嘩なし、裏切りなし、サプライズなし、破られる約束なし、約束なし。

沼ガールはこの夢物語の連帯保証人だった？　キリアンにはそう信じる理由がすべてあった。計画を詳しく語った時、あの微笑みが彼女の顔から消えることはなかった。心配そうな、想像力のない大人たちが言い張り続けたように、二人の間の愛は片想いだった？　まさか。けれど両想いが証明されて、誰よりも驚いたのは、他でもないキリアンだった。

十二月半ばのある夜、ベッドに横たわった彼は、左の頬に蜘蛛の巣のような柔らかさを感じた。ぱちぱちと当たるそれは、彼女のまつ毛だった。月光の下で、まつ毛はラディッシュのように赤々と燃えていた。キリアンは目をぎゅっと閉じたまま、自分の顔をぱちっと叩いた。いまだ夢の中に沈み込んでいて、うめきながら、寝返りを打った。

キリアン。

キリアン。

沼ガールが体を起こした。

苦労して羽ばたくように、彼女の青い顎の筋肉があくびをした。片方の目が開き、長いことドレッサーの鏡で自分自身をじっと見つめてから、穏やかにキリアンのほうに向き直った。非常にゆっくりと、まるで腕が外れたように、彼女の左の腕は格子縞のベッドカバーにパタンと倒れた。指がブランケットの端をつかみ、引き下ろした。布地が動くにつれ、原始的な喜びが沼ガールの頬を赤く染めた。彼女はさらに強く引っ張ると、白い肌着で丸まっているキリアンの姿を露《あらわ》にした。眠りの中でうなりながら、彼はカバーを引っ張り返そうとした。

「キリアン」彼女ははっきりと言った。

ようやくキリアンは目覚めた、もう戻れないほどしっかりと。自分を見下ろしている彼女の顔を見上げ、目をパチクリした。二人の目が合うと、彼女の凍っていた微笑みが広がった。

「ママ！」思わず叫んでいた。「助けて！」

沼ガールも真似をして、ひたすら叫びはじめた。そしてキリアンは、彼女に注いできたのと同じ無条件の優しさを、相手の眼差しに見てとった。今や、彼がその対象だった。純粋に恐ろしいことが起こってしまった。つまり、彼女も彼を愛しはじめたのだ。

何ヵ月もの間、キリアンは沼ガールの沈黙を解読してきた。彼女の夢、恐れ、心の奥で思っているこことを翻訳しようとしてきた。けれど彼女の本当の声は、彼が想像していた彼女の声とまったく違った。同級生のヴィッキと、歌手のパティ・ラベルの声を足して二で割ったみたい。その甲高い叫び声が彼に降り注いだ。キッチンでは、犬が吠えはじめた。彼女が話す言葉は、地球上のどこでもとっくに使われなくなった言語だった。

キリアンはよろめきながら立ち上がった。ボクサーショーツを引っ張りながら。沼ガールも、一緒に立ち上がった。過去が、途方もない深さと長さとともに、キリアンがどうしても与えることのできない理解を求めて押し寄せてきた。彼の心は、ほとばしる彼女の人生に持ちこたえるには、若すぎ、そして狭すぎた。見えない森が二人の寝室に存在し、木々の香りが増幅していく。沼ガールの内側で起こった精神の地震のようなものは緑色をしていて、キリアンや、生きている誰にとっても未知の世界、つまり彼女の故国を出現させた。彼女の視線は彼を連れて、内側に向かって駆けた。彼女の両親が一瞬見えた気がした。兄弟たち、姉妹たち、彼女の民族。彼らの頬は今や輝きはじめており、彼女の村で一人残らず再び生きていた。マツの木々が海に向かってさざ波を立てている。角《つの》があり、顔のない神々は、かつてキリアンの家を覆っていた湖の上を歩いていた。キリアンは水の中に、彼女の液体のイメージの中に埋められた。彼女の心の表面に到達するためには、いくつもの記憶の層を進んでいかなければならず、自分が目にしたほとんどのことに怖気《おじけ》づいた。心は火傷《やけど》をした舌のようにただれ、無感覚で彼女の現実に触れていた。

「き、き、きみ誰なの?」

失恋は、愛の終わりにつきものの、普遍的な痛みの診断名だ。けれどこれは普通ではない別れであり、その中でキリアンの心は先に粉々になった。彼を守ってきた夢物語がはがれ落ちはじめた。錆びついた甲冑《かっちゅう》の破片が、ガラガラと彼の胸から砕け落ちた。**きみ何なの？**

沼ガールは腕を広げ、よろめきながら彼に向かってきた。最初、その動きには予想外の浮遊感があり、ぴょんぴょん跳ねるひよこのようだったが、かかとと爪先を使って歩くことを思い出したようだった。宇宙飛行士のように、灰色のカーペットの上をはずむように迫ってくる。彼女が知っていた唯一の英語の言葉は、彼の名前だった。

ほとんど重さを感じさせず、彼に手を伸ばす。彼女も同じくらい怖かったのでは？　この少年の他に浮標はなかった。泥炭の湿原から彼女を体当たりで掘り出し、再び時間の中に戻して、細い、そばかすだらけの腕でしっかりとつかんでくれていた人。

キリアンはドレッサーの後ろに隠れた。

彼女の指が彼の手を見つけ、からみつく。

彼はまた叫んだ、その手をぎゅっと握り返しながらも。

彼女の声は溶け出した滝のように一気にほとばしり、オクターブの間を複雑に行き来した。いまだ彼に理解できたのは、自分の名前だけだった。おそらく、カップルとして過ごした六ヵ月の間に彼が言ったことは、一つも理解されていなかったのだろう。キリアンは自分の脳のレバーを動かし、自分を解放してくれる言葉を必死に見つけようとした。

「ドアの鍵を開けて」母親の美しい声がした。

キリアンは沼ガールにつかまれて凍りついており、声を出すこともできなかった。けれど次の瞬間、鍵穴に鍵が差し込まれる音が聞こえた。黄色いパジャマを着たギリアンが廊下に立っていた。すべてを見通す理解力で、彼女は何が起こったかを悟り、そして今、どうしなくてはならないのかがわかっていた。もし彼女自身がこの二人を抱擁から解放できるのなら、そうしていただろう。けれど彼女はこれが試練であることを理解した。息子は自分でなんとかしなくてはならない。「その子をお家に帰してあげなさい、キリアン。安全にお家に帰れるようにね」

パニックで目を見開いたキリアンはうなずくだけだ。

ギリアンは沼ガールに近づくと、セーターを着せてやった。「帽子をかぶって。ズボンも忘れずにね」

階下に下り、ポーチに出ていく二人に母親は付き添った。二人がコテージの中を移動していくのに合わせて、家中の電球を点けてやりながら。観測史上最も暖かい十二月で、雪のかわりに雨が降っていて、雨粒が朽ちた森へと消えていった。キリアンは沼ガールを光の果てるところまで抱えていき、そこで母親が一緒に来ないことを悟った。

「優しくしてあげて！」ギリアンは後ろから呼びかけた。

まあ、これくらいなら息子にしてやれた。雨の芝生の上でランタンを持った腕をしっかりと伸ばし、カラマツのあたりまで届く光のタラップをつくってやったのだ。彼女は二人が真っ暗な水へと向かっていくのを見ていた。沼ガールは彼女の異国の言葉でうめいており、この距離だと、ギリアンは何と言っているのかわかるような気がした。

ああ、ギリアンは二人の別れが固まることを願った。キリアンの父親と離婚した後、彼女はしばらく彼の新居に移り住んだ。真から関係が終わるのに数年かかった。終わるには、本気で耕さなくてはならない。終わりを根づかせるには、ひざまずき、埋葬地の手入れをし、継続的に自らの決意を保ち続けなくてはならない。

ひどい別れだった。コテージから四百メートルほど離れた明るい月の下で、キリアンと沼ガールは泥の中で転がりまわり、それぞれ違う言語で叫んでいた。二人の叫び声は重なり、二人の手は互いを求めた。別れの最中だったけれど、ようやく、二人はカップルとして心から結びついた。懐中電灯は、水陸両用の赤と黄の目を葦の茂みからぎょろつかせ、二人とともに転がった。「終わりだ、終わりだ、終わりだ」恐れで我を忘れながら、キリアンは楽観的につぶやき続けた。彼女の喉が彼の肌に響いていた。自分自身の恐怖と悲しみの反響を感じ、再び彼の心は打ち寄せる時間の波に打ち負かされた。彼のTシャツの首元をつかんでいる彼女の体は、暗い泥とワタスゲのひび割れた茎《くき》、青い地衣類に覆われていた。ようやく、彼女の力が緩まったのが感じられた。彼女の目は月光を浴びて暗く輝き、透明で巨大。その目が開く前には誰も想像できないくらいに大きすぎ、柔らかな驚きと、そして落胆をたたえてこっちを見ているように彼には思えた。彼も、彼女が目を開いた時にその場にいてほしい人ではなかったのだ。今、十代の二人は互いに別れを告げる必要もなかった。そんなものだ。そして、もう音を立てることもなく、沼ガールはキリアンを自由にし、沼の水の中に仰向けで落ちていった。彼女は沈んだのか？　水が上がってきて、彼女を包んだようにしか見えなかった。クランベリー色の髪は頭から波が引くように離れていった。そして彼が見ている間に、彼女の体そのものが崩れはじめた。

膝をついていたぬかるみの端から立ち上がりながら、キリアンはズボンについた泥炭を払った。彼の腕の、彼女が突然力を緩めた場所がズキズキした。透明な雨が服をびしょ濡れにした。きびすを返し、走り出した時、沼はまだ泡立っており、彼女の断片が黒い泥炭に戻ろうとしていた。それからの数日間は安堵とともに怯えていたが、沈んでいく彼女を目撃したことで確信してもいた。沼ガールを目にすることはこの先二度とないだろうと。

けれどそれは間違いだった。何週間も、何年も経つうちに、キリアンは彼女の記憶とともに取り残されている自分に気づいた。狭苦しい教室で、単調な同級生たちとの会話に集中することに苦労しながら。自らの足取りを再びたどって、沼のふちにふらふらと舞い戻り、覗き込むことが何度あっただろう？　どの夕暮れも、原始的な雄弁さがあり、空気中を飛び回る虫たちが、彼女の名前の百万もの音節を話し続けた。

「ママ！　ママ！　ママ！」あの夜、キリアンは暗闇から叫びながら帰ってきた。光を、沼地の隅にある彼の家を目指して膝を動かし、走り続けて。「あれ誰だったの？」

ボヴァリー夫人のグレイハウンド

Ⅰ　初恋

　バンヌヴィルのひっそりとした邸《やしき》の近くにあるブナ林までふたりは歩いた。ジキタリスとナデシコ、ベージュ色の地衣類が、ひびだらけの窓々を厚く覆いつつあった。青と赤と真っ黄色の三日月の柄をつけた蛾たちが、網に引っかかった目を思わせる羽を瞬かせた。

　エンマはしゃがみ込むと、パラソルの骸骨めいた先端で草を突っついた。まるでそれぞれの葉を光から隠そうとするように。

「ああ、**どうして**結婚なんかしてしまったんだろう？」彼女は何度も何度も、大きな声で嘆いた。

　グレイハウンドはご主人さまの心の痛みに心を痛め、一緒にうめいてみせた。時々、裏切りの遁走曲《フーガ》の音色の中で、犬は不幸になることを忘れてしまい、駆け出して、紫色の蝶々を追いかけたり、トガリネズミを殺めたり、装飾的に刈り込まれた木々に大喜びでおしっこをしたりしてしまった。けれどたいていは、もしご主人さまが泣いているのならば、子犬もまたそうだった。名前はジャリ。彼女は若い女性の夫、シャルル・ボヴァリー医師からの贈り物だった。

エンマは時が経ち、寒くなるごとにより激しく嘆き、白い単調な木々に自らを抱かせ、むき出しの木の幹たちにより深くすがった。犬は後ろ足で立ち上がり、まるで糊が固まるのをゆるめるように、エンマの肩と粗野な森とを融合させる雪を舐めた。森全体がその女性と彼女の幻の恋人たち、そしてジャリに心を寄せ、ともに震え、うめいた。

バンヌヴィルでは風は海から直接吹きつけ、ふたりを青い塩の膜で覆った。グレイハウンドは、彼女とエンマが強風の薄膜に閉じ込められて、こんな風に野外で過ごすのを最も愛していた。けれど太陽が沈むと、ジャリは再びご主人さまの名前のない恐怖に感染した。オレンジ色に赤色、それらは森から漏れ出したようだった。犬は不安の予兆を何も嗅ぎつけなかったが、愛はエンマ・ボヴァリーの心の天気に対する、彼女の免疫力を奪ってしまった。

血のごとく赤いもやが銀色がかった青色の光に変わり、まるで茂みに覆われた危険のようなものに対して反応するように、エンマは突然身震いした。ふたりは街道沿いのトストの街に戻った。

グレイハウンドは多くのことについて無知だった。彼女はまったくわかっていなかった。たとえば、自分がグレイハウンドだということなどを。自分の血統はイタリアが起源であること、ポンペイの古代のペットであったこと、鼻の尖った英国の領主と領主夫人に愛されたこと、そして、優しく、知的で、忠実であると知られていることも知らなかった。全身を駆け巡る高揚とともにジャリが知っていたのは、ご主人さまが歩いてくると音楽が奏でられること、扉がバタンと開いた瞬間の、くらくらするような香水の爆発だった。ご主人さまに喜ばれている時がジャリにはわかり、そうして認めてもらうことが、彼女の幸福の拠りどころだった。

「子爵！　子爵！」エンマは眠りながらすすり泣いた（ロドルフはその後の場面に登場するかも

しれない。グレイハウンドが空を飛んだ後に。そして哀れなシャルル・ボヴァリーは妻の無意識の劇場において、一度も重要な役割を演じたことはなかった）。それからジャリは立ち、冷たい部屋のひび割れた床の上を行ったり来たりして、ご主人さまの夢が漏れ出している場所に入っていくと、耳をピンと立てて闇の奥を覗き込んだ。この女性と犬とは、奇妙なアコーディオンのように結びついていた。同じ瞬間に、蒸気のようなすきま風が、桃色と灰色のお腹の内側を緊張させた。一つの心からもう一つの心へと気分は吹きつけ、喜びと憂鬱の間を行き来した。寝室の青い空間の中では、ふたりはもうほとんど（けれどどこか違う）一つの生き物だった。

眠っている間でさえ、小さなグレイハウンドはご主人さまの後をついて回った。パリの大通りに沿って、緑の星々とガス灯の織物の中を。パリの住民からすればどこかわからない魔法の都市であり、この都市を創造したエンマ・ボヴァリーの頭は枕の上だ。彼女のパリは、時代遅れの地図のついたガイドブックと、バルザックとサンドの小説、枯れゆく花々、燃える大燭台、そしてトリュフの香りとともに、ヴォビエサール荘での子爵の舞踏会の、鮮やかで乱雑な記憶からできていた（震えている街の境目のあたりの多くの地域が、興味深いことに、子爵のダイニングルームと同じような香りをさせていた）。バラ色と金色の輝きが店頭の窓をかすませ、大聖堂の鐘が、ふたりが同じ四つの名所をぶらぶらと通り過ぎる間に、途切れなく鳴り続けた。とどろくセーヌ川にかかる揺れる橋、ヴァニラ色のドレスの店、さらに金色の光に覆われているオペラハウスのぼんやりしたファサード、そして劇場の粗雑なステンシル模様。一晩中、ふたりはそんな風に歩き回った。エンマの空想の迷宮の同志として、彼女の希望に満ちた霧の中に宙吊りにされて。そして、夜明けごとに、犬は二人目のボヴァリー夫人、マットレスの上で軽くいびきをかいている女性を目覚めさせる。孔雀のスリープマスクにご主人さまの目はいまだ隠れている。夜、覆いの下で、シャルルのずんぐりとした脚は不安を抱いてエンマに強くからみつき、破滅する運命から、彼らの結婚のベッドに彼女をつなぎとめようとした。

II　心変わり

ご主人さまを捜し回る犬ほどに、疲れを知らない愛が他にあるだろうか？　エンマが食料品店にヌガーを買いに出たり、教会の墓地に神を訪ねたりするといつも、ジャリはエンマの不在による狂乱状態に襲われた。家の中での犬の無益な狩りは、狂気的な残忍さを帯びた。自らの毛皮が濡れ、暗くなるまでかきむしった。廊下をゆっくりと行き来し、前足を噛む時しか休まなかった。ボヴァリー家の怯えた使用人フェリシテは、水の皿とともに犬をクローゼットに閉じ込めざるをえなかった。

犬の心変わりは九月にはじまった。ヴォビエサール荘からボヴァリー夫人が戻ってきて数週間後のことだ。そこでエンマは他の男の腕の中で踊り狂い、シャルルを愛すという仕事を永遠に投げ出した。エンマが放浪癖をどういうわけかジャリに伝染させたと結論づけたくもなるが、おそらくこれは、物語のつくり手による、二つの揺らめく心を共鳴させたいという感傷的な衝動だろう。

ある日、エンマの匂いは安定しはじめた。エンマの香りはカビ臭く、平凡で、その女性がその動物にとってほぼ見えなくなってしまうくらいまで、家のよどんだ空間に溶け込んだ。ジャリはエンマの指の水かきについたアーモンドパウダーを舐めた。ご主人さまの手の下に頭を何十回もこすりつけ、彼女を独占したいという昔の情熱が戻ってくるのを待ったが、彼女の脳は燃え上がらなかった。その手は意味を持たない重みであり、じめじめした熱を帯びていた。エンマが機械的にジャリの耳の間をなでても、喜びは降ってこなかった。金色の指輪をした、うわの空の彼女になでられた犬の毛は部分的に薄くなった。寝室の中で、ともに、そして孤独に、ふたりは雨が降るのを見ていた。

二月の終わり、シャルル・ボヴァリーが彼の若い妻に鎮静剤としてカノコソウを服用させるようになったのと同じ頃に、犬はマトンチョップを食べなくなっていた。エンマは鏡に映るやつれた顔を確認するのをやめ、死んだ蠅らが青いガラスの花瓶の中を泳ぐに任せた。犬は、赤い羽の宿敵、雄鶏に吠えるのを怠った。エンマはピアノを弾くのをやめた。犬は森林での殺戮行為への熱意を失った。鏡のように穏やかな風呂の水面下、エンマは何時間も、溺れた女のような恐ろしい静穏さで自らの鼻を満たした。彼女の裸の体は採石場の石英のように静かで、輝いていた。彼女の指はへその周りをぐるぐるとなで、出口を探していた。二つの大きな丸太が燃え尽きる間炎の前でじっと横たわり、後ろ足を回転させて抵抗するエネルギーを奮い立たすことができずにいるジャリの背中で、ノミが騒々しいサーカスを開催していた。彼女の耳は彼女の頭蓋骨に押しつぶされていた。

シャルルはエンマの脚の間をむさぼるようになで、彼女は彼をピシャリと打った。エンマが犬の首をなでると、ジャリはこわばり、手の届かないところにそっと移動した。当惑したボヴァリー医師によると、女性と動物は両者ともに、悲しみに魅せられているようだった。

この伝染力の強い不幸の重圧は、この失恋は、犬と人間の中で、違う症状、独特の混乱を招いた。グレイハウンドは、たとえば、あらゆる場所で糞をした。

一方エンマは、街で布地を買い求めた。

犬が落ち込むようになってから五週目、シャルルがベッドスカートを持ち上げると、グレイハウンドは死んだ目の穏やかさのまま、あえぎながら飛びついてきた。エンマが不器用に繕ってくれた、青いウールのお気に入りの脚長靴下を捜していた彼は叫び声を上げた。

「エンマ！　おまえの小さな雌犬をどうしたもんかね？　どうかしているよ！」

「ジャリ」エンマはマットレスの上からつぶやいた。そして犬は、ご主人さまの声にどうしようもなく縛られていた。ボヴァリー夫人への愛が冷めたとしても、いまだ愛の亡霊とは契約が切れていなかった。起き上がると、夫人の裸足の足を舐めた。

「いい子ね」エンマはささやいた。

動物の乾いた舌が口からだらりと垂れた。ジャリの体の中では、不吉な予感が事実へと固まりつつあった。これまでの献身を無に返すことにためらいはなかった。

III　もしも？

「サロンでうんちをするのをやめないのなら」フェリシテが子犬に怒鳴りつけた。「もうごはんはあげませんよ」

トストでの生活の六ヵ月目、犬は憂鬱そうに床に横たわっていて、ひどく退屈していた。暖炉の炎が彼女のピンクのお腹をオレンジ色に染めていた。エンマが寝室に入ってくると、動物は小さな磨かれた爪の間から頭を上げ、また戻した。

「あなたになれさえすれば」エンマは嘆いた。「あなたの毎日には心配事も悲しみもない！」そしてまるで自分自身に話すように、単調に喉を鳴らしながら、犬をなでつけた。

シャルル・ボヴァリー医師が、田舎のヒルと放血で今日も上首尾に終わった一日に口笛を吹きながら、不満を抱えた女たちの家に帰宅した。

エンマはセイヨウスモモをピラミッド状に積み上げていた。

小さなグレイハウンドは自分の性器を舐めていた。

ごわごわとして変わりばえのしない、エンマの寝室の敷物はすぐに耐えられないものになった。犬の心は起源のない匂い、摩擦のない音で満たされた。非現実的な場所。目を閉じると、彼女がこれまでに見たことのない背の高い紫色の草の中をこわごわと踏み出した。

ジャリは何か他の道はなかったのだろうかと考えた。他の女性に出会うような、違う境遇の可能性が。そして彼女は起こらなかった出来事、影の人生を想像してみようとした。彼女のご主人さまは血のついたスモックを着た男だったかもしれない。バリトンの声をした、ポケットの中に常に骨の袋を隠している肉屋だ。もしくは子ども、肉屋の娘とかで、ポークチョップの匂いのする、棒を投げるのが好きな子。ジャリは公園で鼓腸症のマラミュート犬が飼い主の老人を追いかけているのを観察したことがあったが、それぞれがお互いに夢中だった。近親交配で太った青い毛色のプードルたちは自惚《うぬぼれ》が強く、女主人たちに崇拝されていることを信じて疑っていなかった。王様の息子に溺愛されている禿げかかったポメラニアンが、おもちゃのワゴンの上でお高くとまっているのも見たことがある。すべての人間がエンマ・ボヴァリーのようではなかった。習慣から、ジャリはエンマの足に向かってかつての求愛の歌をうめき、エンマはうわの空で手を伸ばし、犬の耳を堅苦しくなでてやった。彼女は寝室の鏡台の前に腰かけ、にきびをじっくりと調べることに夢中だった。四時にルオー氏がビスケットと意見とゼリー目当てにやってくるのだ。

犬の愛は永遠だ。私たちは互いが不貞を犯すだろうと思っている。私たちは一人の人間が五十年、六十年にわたって同じ興味を持続させることに驚く。もしかしたら私たちの中には、一夫一妻制に対して、それを賞揚しながらも、密かな侮りを抱いており、疲れた参加者たちに対する仮釈放を求めている者たちがいるのかもしれない。けれど犬は私たちの共感や疑いを受け取らない。犬たちから、私たちは永遠の崇拝というものがあるのだと考えさせられる。

ボヴァリー夫人のグレイハウンドの奇妙な例では、しかしながら「永遠」は、震えはじめた、こわばった筋肉のようだった。クリスマス休暇の間、暖炉の前を日々占領した犬は、赤く照らされながら、グラグラする歯のようにだらだらと吠えていた。彼女はこれ以上忠誠心を保っていられなかった。

一方、エンマは妊娠していた。

ボヴァリー家は引っ越しの準備中だった。

終わりつつあるトスト生活のある日の午後、犬は震えるのをやめ、あたりを見て回った。キャベツの畝《うね》の先に、緑の草原が遠く終わりなく揺れていて、手招きしていた。彼女は後ろ足を伸ばした。体中にひどい痒みが広がり、最後の愛情の糸が首輪のように滑り落ちた。これ以上彼女を所有しているものはいなかった。転がりながら、うめきながら、赤い太陽にお腹を向け、背骨を丘にこすりつけた。

「ああ、なんてことだ」御者のイヴェール氏が、庭から犬を見ながらつぶやいた。「あなたのグレイハウンドが何かに襲われているみたいです、夫人。きっと蜂でしょうね」

「ジャリ！」エンマは自分のペットが殿方の前で無様にふるまったことを恥ずかしく思い、たしなめた。「なんてこと！　取り憑かれでもしたの！」

Ⅳ　自由

ヨンヴィルへの道すがら、グレイハウンドはボヴァリー一家の乗った馬車から四十五メートルほど離れたあたりを彷徨《さまよ》っていた。そして、突然走り出した。

「ジャリイイイ！」エンマは甲高い声で叫び、近くのポプラの木からシャンパンイエローの鳥たちがコルクを抜かれたように飛び散った。**「待て！」**

重力を忘れて、犬は森に入っていった。

「待て！　待て！　待て！」人間たちは後ろから呼びかけたが、彼らからの命令は的を失った弾丸のようだった。彼女の以前のご主人さまである叫んでいる女性は、見知らぬ存在だった。そしてグレイハウンドは、緑の斑点のある彼女自身の浅い影の上に乗って、前へと突き進んだ。

その日の午後遅く、犬は立ち止まり、見慣れない木々の苔で覆われた根の大きなくぼみから水を飲んだ。彼女はかつての生活から何キロメートルも離れていた。頭の上をサギが滑るように飛んでいった。彼らの広げた翼は手のひらのように平たく、計り知れないほど離れていても、犬の頭皮から尻尾までをなでていき、彼女の心は空っぽに、平穏になった。空は彼女の胸の中で転がり、小さな胸郭と鉄灰色の皮膚は終わりのない青を閉じ込めた。彼女は自由だった。

川岸近くの丘の頂上から、淡青色の霧越しに、彼女は二匹の生き物が興奮した様子で水の中を掻いているのを見かけた。これまでに目にしたことのあるどんな猫よりも大きく、槍のような肩と、さりげない獰猛さを持っている。つがいのオオヤマネコ。この季節にしては北に残りすぎていた。ボヴァリー家の納屋の猫たちよりも三倍は大きかったが、同じ引き締まった解剖学的構造を備えていた。類似した金色の目。彼らは別世界のような獲物を貪っていて、平べったく、ずたずたの命を丸呑みにした。

ゲイズハウンドと呼ばれる雌の猟犬だったのだと、生まれる前の自分を彼女は思い出しはじめていた。

冬はいまだその白い鉤爪で森をかすめ通っていた。その年の春は遅れていた。木々の枝はまるで肉の落ちた指。緑の葉や蕾はまだだ。犬は避難所を探したが、避難所は石だらけで、とてつもなく冷たく、常に冷酷だった。彼女が捨ててきた、柔らかい体をした聖域のようでは少しもなかった。

ある夜、グレイハウンドは、川から何キロメートルも離れた深い渓谷で、未知の領土に捕まった。星々が現れ、彼女は光がちらつくようにパニックに襲われた。今やフクロウたちが目覚めていた。フクロウのくちばしからは淡い空腹がきらきらといでて、彼らの燃えている頭の上で縄のように輪を描いていた。トストでは、フクロウのホーホーと鳴く声は木々の笑い声のように聞こえた。けれどここ、彼女を保護してくれる寝室の垂木《たるき》のない場所で、大きな枝が吹き飛ばされて、白い顔から突き出ている夜行性の目が露《あらわ》になるのを彼女は見た。うつろな口たちが奇妙な歌の数々を発しているのを耳にした。死はガタガタ鳴る、家や起源を持たない古い風であり、彼女の上で周波数に乗っていた。

濃縮された闇が金切り声を上げ、頭の近くに飛び込んできた。そしてもう一度、犬は走り出した。夜明けは六時間も先だった。

彼女は渓谷の底からより高い場所へと突き進み、そのうち石灰石の岩壁に狭い亀裂を見つけた。細長い鍵穴に差し込まれる小さな鍵のように暗黒の中へと入っていくと、よく知っている匂いに衝撃を受け、混乱し、うろたえた。月に背後から照らされ、彼女の平たい、尖った頭蓋骨と窮屈な腹部は、起伏する壁の上に象形文字のようなシルエットを投げかけた。

グレイハウンドは翌日からの数日間、新しい家を調べて回った。ここの土は素晴らしい、冷たい鼻のようだった。濡れていて、何かが漂っていて、押すとへこんだ。食べつなぐために、彼女は広大なうつろのネットワークをくまなく探し、赤いリスや野ネズミを狩った。そのうち骨と毛皮の蜘蛛の巣が、洞穴の影の中で自ら織り上げられた。彼女がしとめた獲物を引きずってきた場所に。ボヴァリー家で暮らしていた、まだ愛し合っていたはじめの時期、エンマは柔らかで平らな手のひらから、黄色い卵黄と金色の砂糖を子犬に舐めさせてやったものだった。

意図したわけではなく、後悔と決意から解放され、犬はボヴァリー夫人を忘れ続けた。

ある午後川の近くで大腿に噛みつきながら、彼女は苛立ち、向きを変えた。言いようのない不幸によって、体から切り離された鹿の頭が、銀色のイグサの茂みから彼女を思慮深く見つめていた。その首には這い回るブヨが群がり、沸騰しているクランベリーのような腐敗した宝石を撒き散らし、終わりを迎えていた。その舌は降伏の旗のようにだらんと垂れていた。虫たちが牡鹿の黄色い両耳の間にある、タコノマクラの直径ぐらいの大きさをした、白い取っ手のような骨の柱頭を食べていた。低い、悪い予感が犬を突き動かしていた。

V　後悔

犬が経験した後悔は、ぞっとするような方向感覚の喪失を引き起こした。家の香りを見つけ出すために、ぐるぐると回転し、引き返そうとした。それを引き起こすエンマが不在だったとしても、何かの器官がその役に立たない分泌を決して止めていなかった。炉床と革ひも、粗野な響きのある声、マトンチョップ、愛情のこもったトントン、そのすべてをもう一度取り戻したかった。

ボヴァリー家のヨンヴィルの新居からほんの十四キロも離れていないエーレーヌの街の近くを犬が通った日があった。そして風向きがちょうどその瞬間に変わり、特定の女性のライラックの香りのする汗を彼女のもとに届けていたら、この物語はまったく違う結末を迎えていたかもしれない。

ある真夜中、四月後半の雪解けの直後、犬が目覚めると、渓谷の口のところに大きな狼が立ちはだかり、あからさまに彼女を獲物として値踏みしているのが目に入った。その決定的な視線に晒されていても、彼女の体はすくまずに、むしろ気分は高揚した。このより純粋な存在、孤独で、それだけで完全体である原始的な種への憧れで胸を震わせて。狼は古代から、まっすぐな食欲で膨れ上がっていた。夜毎満たされるお腹の飢え。左の肩にはもろい瘡蓋《かさぶた》の下に隠された古傷があり、若い雄豚の血が立派な顎からだらだらと流れていた。まるで電流につながれたように、グレイハウンドの尻尾は激しく揺れはじめた。彼女の喉の半ばまでうなり声が出かけていた。捕食動物は、それから彼女に背を向けた。ハ、ハ、ハと息を切らし、緑色の粘液を洞穴の壁から舐め、小さな琥珀色のカタツムリの渦巻きをバリバリ嚙み砕きながら。狼は東に向かう前に、もう一度亀裂の中を見回した。夜明けが彼女の背後で、尖ったモミの間をどんどん進んでいき、太陽を引き出した。そして、まるで悲嘆の中であの野獣を呼び戻すかのように、風が遠吠えをはじめた。

二つの等しく矛盾する生き方の間で挟まれて、グレイハウンドは自分自身を嘆きながら眠りについた。ヨンヴィルでは黒い靴下をはいたエンマ・ボヴァリーが酢を飲みながら、まったく同じ調子で泣き濡れていることを知らないまま。両者ともお互いのことを完璧に忘れていたが、それでも同じ独特な空虚を体の中に持ち続けており、同じ恐怖でいっぱいの夢に苦しんでいた。戻ってきた愛は出口がなく、ふたりの中で腐敗していた。

夏には、犬は最後の辺境を越え、殺された熊のぬるぬるした肝臓を開けた場所で食べていた。大きな雌はルーアンから狩猟にやってきた十代の兄弟に腹部を撃たれたが、兄弟はふらふらした生き物の、心にこびりつくような長い断末魔の苦しみに恐れをなし、その場に留まって彼女の意識が薄れていくのを見届けることができなかった。死に物狂いで、彼女は並んだ若木をなぎ倒し、その鼻は赤い泡を吹いていた。グレイハウンドは本来捕食動物ではなかったが、その午後に自然が彼女をそうさせた。三匹の子熊が丸太の上に倒れたトーテム像のようにしゃがみ込んでいて、くすんだ栗色の目で見ていた。孤児になった三つの心臓は一斉に打っていた。

それでも、グレイハウンドが今や野生に戻ったと主張するのは正しくなかった。もしくは完全に森に根づいたというのも。逃亡者として、犬はまずまず成功していたが、犬としては、彼女は吹き飛ばされた胞子であり、どこへでも漂い、そしてどこにも漂っていなかった。彼女の人間への欲求や、彼女一匹分の体の欠点に対する恐怖を克服することができずに。

「我々の運命は今や結びついています、そうではないですか？」これもまた何世紀もの距離を隔てているかもしれないヨンヴィル郊外にある森の、蒸発している青い湖の近くでロドルフがささやいた。おびただしい数のカラスが空を支配していた。エンマは岩の上に座り、長い乗馬によって頬を赤くし、じめじめした木の破片をブーツの先でぞんざいに蹴散らした。馬たちは声を揃えて葉っぱをむしゃむしゃと食べ、ロドルフは彼女のスカートを引き上げた。世界中が欲望でカサカサと音を立てていた。

洞穴では、犬が奇妙な夢を見た。

長い、ぐずぐずと続く、はっきりとしない鳴き声が、森のはるか先にある丘の一つから届いた。それはエンマの静寂と音楽のように混ざっていた。

VI　急変

犬は震えた。彼女は今までどれだけ多くの昼と夜を絶え間なく震えてきたのか？　最初の何週間かの魔法はすべて消え失せ、憂鬱で忠実な痛みに取って代わられた。冬は彼女自身の空洞からそびえ立ち、彼女を震わせた。

筋肉に侵入した痛みに煩わされ、彼女は洞穴から小走りで出ると、イタチの骨の蓄えを隠していた泥だらけの急斜面に向かった。雨が過去を洗い流し、犬は彼女自身の駄目になってゆく体、そしてずきずきと痛む骸骨の沈黙する思考からなんとか逃げきろうとして、猛スピードで走りはじめた。泥の上で滑り、爪は柔らかな表面を無益に引っ掻いたが、バランスを取り戻すことができず、グレイハウンドは峡谷へと転がり落ちた。

皮肉な出来事。

脚の骨が折れた。

エンマ・ボヴァリーの最後の命令が一斉に犬の中で反響した。**待て。**

日没が、まるで心臓が鼓動を乱すように、彼女の上で、彼女の曲がった体のはるか遠くで跳躍した。目の中を血が流れ、あたり一面の木々が揺れて見えた。ブヨの大群の金切り声が上がり、濡れそぼった死んだ葉の山に彼女はさらに沈んでいった。

世界のどこかで、ロドルフ・ブーランジェが、狩猟記念品の堂々たる牡鹿の頭の下にある書き物机に座っていた。二つの太った蠟燭が流れていった。彼は死にゆく光が自分を憂鬱な気分にひたらせるのに任せた、なかなかに文学的な気分だ。彼の前にある手紙はエンマとの情事に終止符を打つものだった。

どう締めくくるべきだろう？　「一心に」？　いや……「友より」？

暗い赤の完璧に丸い月が、地平線から上った。

溝の奥深くで、郷愁が嗅覚器官の幻覚のかたちで現れ、グレイハウンドを沈めた。雪片、立ち上る酵母、すくったかぼちゃの身、靴墨、汗をかいた馬の皮、焼かれた鹿肉、強烈な女性用香水の香り。

彼女は死にかけていた。

犬は鼻を落ち葉の中に埋め、これらの幻覚が引いていき、消え失せるまで鎮めようとした。

そして猟区管理人が森のその区分を歩き回っていたのはまったくの偶然であった。数時間後か、もしくは数日後か。峡谷の何かが彼の目をとらえた。地面の近くで、予想外の銀色のきらめき。

彼は膝をつき、よく見ようとした。

「ああ！」彼ははっと息を呑み、たこのできた両手で死んだ葉をかき分けた。

Ⅶ　ふたりのユベール

グレイハウンドは、街のはずれにある小屋で猟区管理人と暮らした。たいして独創的な男ではなく、犬に彼と同じ名前を与えた。ユベールと。彼は湿布と包帯を用いて、彼女の傷を人間の子どもと同じように扱った。彼女は彼のベッドの足元で丸くなって眠り、毎朝目覚め、何百万もの春の蕾の緑色が新たに丸太から吹き出てくるのを目にした。空の青の色をした鳥のさえずり、細かく刻まれた葉緑素。

「ボンジュール、ユベール！」ユベールは呼びかけると自分でもしばらく笑い転げ、犬のユベールは彼の腕にぴったりと収まった。そして彼らの愛はそんな感じだった。いつまでも古びない冗談のよう。そんな風にして五年が過ぎた。

ある十二月の宵の頃、ユベールはユベールとヨンヴィルに行った。彼の母親のお墓に祈りを捧げるために。雪が墓碑を覆い隠していて、最も勇敢な哀悼者しか、そんなぞっとするような宝探しに出てきてはいなかった。その中にエンマ・ボヴァリーがいた。深紅のマントのフードを目深《まぶか》にかぶっていても、彼女は降ってくる雪の中を疾走する影に気づいた。灰色の幽霊が唇から黒い歯茎をむき出しにして駆けていた。

「まあ！」彼女は叫んだ。「なんてかわいいんでしょう！　こっちにいらっしゃい……」

エンマの口笛は犬の胸を突き刺し、正反対の欲望に引き裂かれた。

走れ。

待て。

そしてこれまでの苦労によって自己を発見した犬は、ゆらめいている意識の前兆を感じた。鏡の中を覗き込むたびにいつも首の後ろの固い毛が逆立つのと同じ、小さな匂いのしない犬を湖の中に見つけるのと同じ、心を掻き立てられる感覚だった。

口笛が高く鳴り、そして今では彼女は**確かに**思い出した。トストの真夜中。荒廃した邸への散歩。黄昏《たそがれ》のカラスたち。革ひもを引っ張る力。ピアノの音色。香水の香りのする手のひらの黄身。耳の後ろを掻いてくれる悲しい、苛立った指。

何かが泡立ち、生き物の心臓の中で弾けた。

エンマは厚い雪の中を、ぼんやりした猟区管理人の方へと歩いていった。一本の編まれた暗い髪がほどけ、月光の中で風に吹かれていた。

「ああ、ムッシュー！　私も昔、グレイハウンドを飼っていたんです！」彼女は目を閉じ、何かを求めるようにため息をついた。まるで記憶だけではなく犬のことも取り戻そうとするかのように。

そして彼女はもう少しで成功しそうだった。

グレイハウンドの尾がどうしようもなく振れはじめた。

「その子の名前はええと、ディィ……ダァ……」

そして犬はこっちも思い出した。死んだ葉を毛皮から払ってくれ、まぶたと鼻の穴をぎっしりと覆ったブヨを取り除き、溝から彼女を抱き上げてくれた、たこのある手。彼女が宵の空を飛んでいる間、たくましい指はお腹の回りをしっかりと抱えてくれていた。彼女を包んでいる、その男のくさい、塊茎《かいけい》のような匂い。救い出してくれた人の瞳の中の火明かり。彼の肩越しに、泥の中に浅く残っている犬の体の跡が一瞬彼女の目に入った。

愛らしい、記憶喪失者の笑顔で、エンマ・ボヴァリーはグレイハウンドの名前を思い出せないままだった。そしてエンマが柔らかい音を口にするたびに、犬は過去へと深く引っ張られた。

それはどうしようもない瞬間だった。しわくちゃの老ユベールと、青白い、今にも消えそうなエンマを順に見ながら、その動物が経験した痛みは、まるで雪で濡れた彼女の毛皮を斧が貫通し、ひりひりする背骨のレールを切断したようなものだった。取り返しのつかないほどに彼女を引き裂く。

「この犬の名前はユベールです」ユベールはボヴァリー夫人に間が抜けた実直さで言った。彼は小さなユベールを愛情のこもった目でちらっと見、墓地の吹き溜まりでグレイハウンドが痙攣しているの原因は、いつものめまいやノミのせいだと考えた。

激しい苦痛に悶《もだ》え苦しみながら、犬は起き上がった。彼女は彼女とご主人さまの間にある小さな、信じられないほど冷たい雪の溝を塞いだ。

座れ。彼女は自分自身に命令し、そして従った。

竜巻オークション

なあ、あの頃だって、そもそも金があったためしがなかった。もしあんたがトントンだったっていうなら万々歳だってことだ。

勢いで競《せり》小屋に顔を出したのは、完全に引退してからほぼ十五年後だった。薬局から帰る道すがら、紫トウモロコシの群れを通り過ぎながら、わたしはわたしの手に操られているハンドルを見ていた。ヒューヒューうなる小屋の内部は風の馬たちの飼育場でもあり、我が家のようによく知った場所だったが、知っている顔がほとんど見当たらなかった。若者ばかりじゃないか！　これまでにわたしが一目置かれたいと思ってきたやつらのほぼ誰よりも、わたしは長く生きてきた。

赤ん坊の南風が、非人間的な甲高い音を立てながら飛び回った。すみれ色の漏斗雲たちが震えている送水管の下で追いかけっこをしていた。青いクロッカスの色をした、蒸発するごとく柔らかな霧が、そいつらの保育器の壁を曇らせた。シュート7を通り過ぎながら、へその下に轟きを感じた。かつてわたしの竜巻たちが飛び出していった出入り口だ。新米のイカれたやつらが両側から挨拶してきた。我が仲間たちが飼育地で創意工夫を凝らし、今現在育てている天気の数々といったら。〈ピンクカリフラワー〉や〈ルシファーのブライダルヴェール〉と名づけられた雲たち。雨で膨れ上がりすぎて動くことのできない雲たち。一年中天気の厳しさを読んできたにもかかわらず、驚かされることばかりだった。

水滴がガラスの上に溜まりはじめたので、わたしは眼鏡を外した。物によっては、断言するが、補正されないほうがよく見える。竜巻はその一つだ。眼鏡をかけていると不必要なものにまで目がいってしまうが、眼鏡なしだと、よりよく見ることができる。パノラマのような、すべてがぼんやりとしたすばらしい世界。エステルは、おそらく、眼鏡をかけていないわたしの顔を見るのを嫌っていた（**まったく、ロバート！　漫画の偏屈じいさんみたいにそこらをうろつき回って、自分がどれだけ怖い見た目かわかってるの？**）。

国歌の音量が上がり、みんな立ち上がった。古くからの慣習によって、その土地の家族が小さな漏斗雲を寄付しており、人々の調子のはずれたクレッシェンドとともに現れることになっていた。だから我々が手を胸の上に添えて歌っていると、シュート1から轟音が吹き出してきた。「なんてことだ」わたしは声を漏らした。教会でこんな風に感じることができたらどれだけよかっただろう。竜巻がアリーナの床を蹴ったり回転したりしているうちに、その中心から轟きが発生し、それは我々一人一人の中で分け隔てなく息づき、我々は一列ずつ、なすすべなく膝をついた。

オークションは年に四回開催される。引退するまで、わたしは毎回顔を出していた。我々は「高齢化したコミュニティ」であり、消滅した生き方だと新聞に書かれていることもあるだろう。けれどオークションの日に、そんな風に感じられることはない。駐車場のあちらこちらで、百を超える、びくついた未熟な暴風たちが、まるで殻を破って出てくるヒヨコたちが殻をこつこつ突《つっ》くように、トレイラーの屋根を震わせている。やつらの轟音は小屋を包み、満たす。機械から発生する音と調和しながら。クサリヘビみたいなホースに囲われたピットには、青い対流モジュールが大きな正方形の露のようにどの壁にも張りついている。成長段階にある嵐を生かし続ける、さまざまな現代の乳母たちだ。「暗黒の時代、我々には液体のプロパンと本当の風しかなかった」と、父はよく言ったものだった。

競小屋への道すがら、どれもみなダルハート市外にある積雲スーパーセルから生み出された、乳離れしたばかりの暴風五人組を追い越した。自分たちだけで立派に育っている美しい孤児たち。こういった種類の雲なら、これまでの人生でずっと目にしてきた。ダルハートの繁殖用セルはわたしが子どもの頃から有名だった。そこの特徴的な雷がまさに今この競小屋の中で轟き、もう一度その音を聞くことができたわたしは微笑んだ。「竜巻場のスーパーセル、地球で最も速い風たち」これらの若い雲がゴロゴロと鳴る音を聞けば、子どものような喜び、子どものような熱に襲われる。わたしはこの三月に七十四歳になるが、関係ない。その喜びは人を若返らせる。

恵まれない季節が続いていた。ここゴスパー・カントリーだけじゃなく、国中で。国歌の後、国旗が純血種の突風の名残りに襲われ、雲が踊りながら退場する間、我々は座っていた。それから、見かけるだろうと予想していた一人の顔を見つけた。一セント銅貨をひっくり返して悲しげなリンカーンの顔を見つけるくらい確実なこと。競売人だ。

「あんたの政治的立場はどうでもいい」競売人は口ずさむように言った。「天気が変化していることを我々みんなが認める時が来たんだ……」

いくつかの野次が飛んだが、だいたいはうなずいており、野球帽のつばが、たくさんの陰気なキツツキのように空気を突き刺していた。ここにいる者はみな、温暖化によって打撃を受けていた。今年は、もし冷たくて、湿気のある空気をお望みなら、パイプを通じて取り込むしかなかった。我々ブリーダーが当てにする乾燥線の日々はやって来なかった。

外野席から自責の念が、まるで嫌なにおいが漂ってくるように立ち昇った。西テキサスの人工降雨会社と比べると、ここ南ネブラスカでの我々のやり方はかなりアーミッシュ的なままだった。いまだ、自然に沿わずに天気を育てていると、「変化」に手を貸していないふりをするのは難しい。

他のやつらに比べて、わたしは自分の過失をそんなに感じていない。なぜなら常に小さくあり続けたからだ。スーパーセルやヨウ化銀には手を出したりしなかった。一万ドルの風力計や二十五万ドルの加速装置に金をつぎ込んだことも一度もない。一度に竜巻一つ、ほぼ自分の手だけで育てた。

そしてわたしは、破壊のために竜巻を育てた。七十年代、竜巻通りの牧場地でのことだ。レンタル竜巻は街を木《こ》っ端《ぱ》微塵にすることができたので、我々は契約を結んでいた。わたしの竜巻たちは火災で損傷を受けたサイロや倒産したカジノ、沈没しかけのフライドチキンのチェーン店、放置された図書館を破壊した。適切に排出口を設定し、シュートを配置する限り、竜巻は問題の建物へと突進していく。まるで妊婦のロッキーロード・アイスクリームへの欲求みたいに、とエステルはまだ娘たちが幼い頃、冗談を口にしていた時分はよくそう言ったものだった。他の地域では、果物の木に受粉するためにミツバチの巣を借りてくるそうだ。最近ではもちろん、アメリカの事実審弁護士の団体たちは天気援助型の取り壊しを違法と定めている。進歩と呼んでいいだろう。

凶暴な竜巻の値段は底をつき、経営者たちは規模を縮小し、塵旋風やシロッコを育てている。塵の壁は自立し、焼けつく太陽の下で、ものによっては二千四百メートルにも到達し、油井を覆うフレアガスを呑み込む。ジェット気流は協力してはくれない。どちらにしろ、それもやはり経済的な問題である。年に一つか二つの竜巻の売上げで家族を養えていた日々は、とうに過ぎ去った。生きるためにはロデオやモンスタートラックの大会に転向するしかない。我々は苦を分け合う。海洋リグによると、水上竜巻はほとんどが干上がっているそうだ。ここ平野でも、早霜が出はじめの漏斗雲の芽を一つ残らず潰した。

最近では、正気な者はみな、風を育てている。風は成長産業だ。クリーンエネルギー。黙示録の先へと抜け出し、風の中へ。

スーパーセルと呼ばれる、筋肉のように雨で膨らむアルファ竜巻は、大きな企業以外は維持費と保険で金を食いすぎる。売ることに適さないと考えられる出来損ないは緑の渓谷に放置され、何平方キロメートルもの土地が天気の墓場としてひそかに保持されている。

いくつかの家族経営の農場がいまだ一流の竜巻を育てようとしている。車を街へと走らせている時に、成長中のものを二つ見たことがある。近隣の保育器で飼育されている姉妹の漏斗雲だった。そこで孤独そうに、片足立ちでくるくると回転していた。コルク色の納屋の二倍の大きさをした紫色の怪物たちは、上に、下に口を開き、苦い空気を消費していた。七月いっぱいそれらの上昇気流を潤し、しっかりと維持するためにどれだけかかるのだろうと考え、わたしは身震いをした。

オークションで目にする竜巻はどれも人工飼育のものであり、人工で維持されていた。我々の家族の会社であるコリオリ飼育場も例外ではない。我々の竜巻を「手籠の中の地獄」と宣伝したものだ。エステルの考えた売り文句だ。だいたい時速九十か百キロメートルほどで回転し、五十メートル以上の大きさにはめったにならない。F0かF1レベル。囲いの中で荒れ狂えるほどの小型で、車をひっくり返せるほどの強さ。

しかし大きな会社で育てられた竜巻でさえ、天災である竜巻の、街ごと破壊する力には遠く及ばない。わたしは移動住宅群が宇宙の缶蹴りゲームに強制参加させられているのを見たことがある。その冷酷さは、見えない力によって、でたらめに割り当てられる。天気による損害は被害者のいない犯罪の逆であり、人々はすべてを奪われ、そして檻に収容する悪人はいない。

もし竜巻農家が間違いを犯せば、大騒ぎになるだろう。地上移動雲が囲いから逃げ出すと必ず、自警団の一団がブリーダーの農場に現れる。人々の苦しみの元凶となった自身の名前を彼らに告げれば、あんただって怒り狂った注目を浴びることになるだろう。わたしの暴風雨が逃げ出した夜、国全体が損害の跡をわたしの署名として読んだ。

誰にも気づかれないことに慣れてきた矢先、レモン・ガイロンが長男を従えてわたしのベンチに滑り込んできた。レモンのことなら何十年も知っている。深いカエルのような笑い声に要塞のような笑顔。

「ワーマンじゃないか？　気づかないところだったよ！」

「お互い歳を取ったってことだな。どうしてた、レモン?」

「絶好調、絶好調さ。天候には恵まれない年だがいつかは過ぎ去る、もちろん」彼の顔にお堀のように笑みがくっきりと刻まれた。「文句なしだ」

レモンの息子はなんて名前だったか?

「実際のところ、ワーマン氏」と、父親のバスーンのような声は受け継いだが、好戦的な陽気さは受け継がなかったこの四十歳の若造は言った。「この春はバイヤーを探すのにさんざん苦労したんですよ。品評会の多くが竜巻乗りから離れていきます。責任が大きすぎるし、子どもたちも興味を持たない」彼は歯茎を見せて笑い、ぐいっと上がった口髭は陰気な虹のようだった。「ハイアライや避妊なしの乱交パーティーみたいなもので、廃れてしまった」我々は前を向き、おなじみのわざとらしい含み笑いを浮かべた。

「今年は競りに参加するのか、ワーマン?」

「買いはしない」わたしは言った。「夢を見たいだけさ」

「何かが降りてきそうだな……」

膝を突き合わせ、我々はみな首を伸ばした。ずんぐりとした鉛筆がメモ帳の上で待ち構えている。今、雲たちは小さな囲いに入れられ、まるで瓶の中の精霊のように、一時的に落ち着かされていた。体を持たず、地面を蹴ることもできない。けれど解き放たれる準備は万全だと、自由を求めて叫ぶ声がどの鉄のドアの後ろからも聞こえてきた。

シュート2が一番に開いた。飛び出してきた塵の悪魔は背が低くておとなしく、オルゴールのバレリーナのように同じ場所で旋回し、すでに金色の午後の空気の中に消散しかけている。

「あそこで疲れ切ってしまうだろうな」わたしはレモンにささやいた。「コルセットみたいにホースでぐるぐる巻きにでもしない限り」

「アーマッド兄弟があれを出したのか？」

「保育器の調子が悪かったと聞いたが」

「出来の悪い風のようだな」

競売人が突風越しに繰り返した。「千、二千入りました、二千です、二千で決まりですか？二千、三千入りました、三千です、三千で決まりですか？」

去年、国内で最も高値がついたジェリコと名づけられたＦ４レベルの竜巻は、〈ゴメスと娘たち〉社によって育てられ、〈フランクリン・フェアとロデオ社〉に二十五万ドルで落札された。高額に思えるかもしれないが、風を生じさせる発電機を作動させるのにどれだけかかるかを考えて、もう一度計算してみれば……言ったように、もしトントンで済んでいるならば、九十パーセントのブリーダーよりはうまくやっているってことだ。人々は自暴自棄になり、おかしな妥協をしてしまう。ピンキー・サールに聞いたんだが、去年の五月、二人のプロデューサーが彼の家族にリアリティショーの話を持ちかけたそうだ。

二列下で、ひどい髭剃り負けをした、骨のように白いステットソン帽をかぶった若者が話していた。「市場が完全に失敗ってわけじゃないけど、リスクは高いよね」

競売人がピエロの鼻のようなマイクに早口でまくしたて、未熟な風を褒《ほ》めたたえた。こいつは十分に成長しており、新たな「世紀の竜巻」であることは確実だった。あいつは「平野の未来の恐怖」だ。買い手の心中で何が起こっているかわたしにはわかった、競売人の熱意が我々にも伝染していたから。ちょうど二つ目の竜巻が立ち上がった。より大きく、速く、強く、そしてかなり稼げそうな、大の大人が寝床を濡らしてしまいそうな崇高な天気だ。

丸々とした漏斗雲が四つ、囲いの中を回っていた。マッシュルームのような風変わりな見た目をした、白い彼女からわたしは目を離せなくなった。

「何が気になってるんだ？　あの不細工な塊じゃないだろうな？」

「かもな。誰が父親だ？」

「スーパーセル4。モリーの農場だ」

「気に入らないのか？」

「ああ、見た目が気に入らない。中国製のクズ機械でイオン化されてるってみんな知ってる」

「モリーがそんなことを？」

「ああ、マジもんだぜ。あの下降気流がおまえには自然に見えるのか？」

「どっちみち買いはしないが……」

モリーのクズ雲は換気扇の下でもたもたと回転し、まるでビー玉の中の恥ずかしがり屋の色たちのように、美しい光が彼女の中心に筋をつけていた。わたしの鉛筆はメモ帳にまったく触れていなかった。

「三千です、四千は？」

わたしは入札用の札を上げた。

「おまえ一体**どうしちまったんだ？**」

レモンは振り向くと、こっちをじっと見つめた。冷ややかな目が値踏みしている。

「馬鹿野郎」やつは言った。「子どもたちに遺してやるものを使い切るつもりか？」

「我が家の女たちはみな大人だ。わたしの金なんていらない」

レモンは憤りながら笑った。わたしのために怯えながら、いや、わたしに怯えているのかもしれない。

「趣味を見つけろよ、ワーマン。子犬を育てろ」

別の札が上がり、値が千ドル釣り上がった。若者の淡青色のベストから、やつがテキサス最大の天気工場であるクラウドマート社の代理人であることがわかった。

わたしは札を上げた。

「娘たちに腹を立ててるんだな、わかるよ」

「あいつらは関係ない」

「怒ればいい。気持ちももっともだ。だがこれは間違いだよ」

「**一万二千**です、一万三千はいますか？」

わたしは札を上げた。

クラウドマート社のガキも札を上げた。そもそもやつの金でもないだろう。おそらくわたしのような輩《やから》に負けたとあっては、アヒルの子並みのプライドが傷つくとでも思ったのだろう。

わたしは札を上げた。

「一万五千、一万六千はいますか？」

「ここだ！」

「なんてこった、ワーマン。そんな大金持ってないだろ」

「おまえに何がわかるっていうんだ？」

「人生を台無しにしたいっていうなら、いっそ川に飛び込めよ。そのほうが早く済む」

わたしは札を上げた。

「よろしいですか、よろしいですね……」

落札。彼女はわたしのものだ。

「ひどい買い物だ」

「人生一最悪のな」わたしは幸せな気持ちでうなずいた。

*

「家にたどり着く前に息絶えることもあります。その可能性はご承知ですね？」

竜巻の飼育は、世話人たちが黒く、膨張した静かな雲たちをグッドナイト・トレイルを越えて運んできたり、コロラド川の霧を馬の背中に捕らえたりしていた頃からはるかに進歩した。けれど、竜巻の売買は、いまだ多分に直接握手を交わすタイプの商売だ。

「わかってる」わたしは売り手の分厚い唇をした管理者に応えた。

（**ボビー、どんな心づもりだったというの？**　物事が脇道に逸れるたびに、妻はそう言ったものだ）

積み荷シュートのところでわたしは証明書を握りしめ、若い竜巻が、平たく、まっすぐになるのを見ていた。レモンはありがたいことに、抵抗する雲を連れていくために彼のトレイラーを貸してくれた。水分がわたしの舌を見つけ、その場所に落ち着いた。**なるほど、これが彼女の味なのか。わたしの竜巻。わたしの、回転を続ける者。わたしの、強くなる者。**水分が頬に垂れてきて、信じられないことに、自分が涙を流しているのがわかった。泣こうとした時ほど、涙を出すことができた試しがない。エステルの葬式では、娘たちには愛想をつかされたが、わたしは乳の出なくなった雌牛のように乾いていた。自分が奥底で感じているものと自分の目玉をつなぐことができなかったのだ。

薄い漏斗雲は規則正しく膨らみ、収縮した。まるで一つの星が宇宙を探索するように。太陽のもと、シュートの暗い壁に対してそれはぼんやりとした蓄音機の針のようになり、飛び跳ね、降下し、すばしこく、そして闇雲に、レコードの溝を探していた。

最近ではそんな災難は珍しいが、どの飼育者も若い竜巻がトレイラーを吹き飛ばし、ハイウェイへと脱出する逸話を知っている。バックミラーには、硬い鉄の円柱しか映っていなかった。しかし心の目では彼女を見ていた。円錐形のかたちをした素早く動く空気。

降り続く小雨の網の中、車を南に飛ばした。誰も家から顔を出して叫んではくれなかった。**ロバート、なんてことをしたの？**

＊

起きてすぐ頭をよぎったこと。**彼女は夜を生き延びたのか？**

寝室の窓から、干上がった草地を挟んだ竜巻シェルターまでの視界は開けていた。綿のような霧が鉄の囲いを覆っていた。さっさと認めよう、競りで愚鈍なクズ雲を買うなんて愚かな行動だったと。現実的にも自分が雲を立派な竜巻に成長させてやることもできない年齢で、利益を産むことはさらに厳しいだろう。半世紀もの間自分自身のシェルターの土を踏んでもいなかったというのに、発育において最も脆い時期に竜巻を買うとは。衝動的に買っていいのは、レジ前のシナモン味のガムだ。よく調べてもいない雲ではなくて。

十二時間前、わたしは積み荷を下ろすためにシェルターの前に車を停めた。すべてがいまだ問題なく機能していることがわかった。信じられないことに、静音ファンが作動していた。長い間働いていなかった巨大な空気嚢《のう》が再び膨らみ、下がりはじめた。わたしは上昇気流を維持するためにホースを規則的に並べ、氷晶をいくつか放り込んだ。垂直渦のレベルを確かめたところ、すべて素晴らしい数値だった。温風と冷風をシステム内で衝突させることによって、赤ん坊を回転させ、呼吸を維持する。これを竜巻が自分でできるようになるのがベストだ。我々のさじ加減で生体恒常性を撃退し、若い竜巻の生育状態を保つこと、それは間違いなく芸術である。竜巻飼育に従事する者は常に、一貫した不安定さ、というパラドックスを追求している。エステルと娘たちに聞けばそう答えるだろうが、もしわたしに一つ才能があるとすれば、これだ。成長過程にある竜巻が怒りを保ち、生き続けるために、何が必要なのかを見極める能力。

「生きてる！」家から出て、安堵のため息をついた。玄関の梁からシェルターの銀色のドームに伝わっている鐘という鐘が狂ったように鳴っており、それはつまり、鉄の壁の中で、わたしの赤ん坊が回転しているということだった。最後にこんなにもうれしく思ったのはいつのことだったか、思い出せなかった。自分の声音は、娘たちが若く、我々が飼育場を経営していた頃の男の声だった。

長女は生まれた時、千八百グラムの重さで、彼女の出現により地球には無限の恐怖と危険があふれ、わたしの腕の中の小さな塊にまったく不釣り合いな、悲劇の可能性が荒れ狂うように押し寄せてきた。愛はパンドラの箱を開けてしまう。わかりきったことか？ 娘が生まれる前のわたしは正直わかっていなかった。娘への気持ちは、エステルへの気持ちとは、まったく違う様相を呈した。それまではあの熱が、事故や死といった、氷のように冷たい可能性と衝突することなど一度もなかった。こんな速さで、こんな強さで、そして絶えることなく。双子は同じ瞬間に生まれてきた。我々の娘と、そして危険は。

竜巻を飼育しながら、それが死ぬ日を常に夢見る。華々しく解き放たれるまで育てあげた竜巻が、これまで耕してきた怒りのすべてを放ちながら目の前で消えてしまう光景は、ブリーダーの究極の理想である。一方、娘たちに対しては、彼女たちが永遠に生き続けるふりをしなくてはいけない。その逆は、とてもじゃないが考えられない。もし来世があって、わたしが死んだとしても同じふりを続けるだろう。娘たちがわたしの中に植えつけたのは、独り身だった頃に抗ったことのあるどんな感情よりもひどい恐怖だった。

シェルターに近づくと、漏斗雲は床と天井の通気孔の間に浮かんでいて、力強い、というよりも、イライラしているように見えた。速度に変化なし、と風力計が伝え、風の帯がまずまず安定した円周を見せていた。だが、その音は渦を巻くように発せられていて、こういった轟音が人間を完全に満たせることをわたしは忘れていた。難聴は老いの一部だが、轟音の不在にも聴覚を失うとは考えたこともなかった。人生におけるすべての喜びの不在にも。こうなってみると、長い年月竜巻を育てずに耐えてきたことが馬鹿げているように思えた。この平和と静寂なしでどうやって生き抜いてきたのか？　耳は思考の余地がなくなるまで塞がった。わたしは動き、その源はこの音だった。

シェルターから樺の木々の間で輝く囲いまでを、二つの透明なトンネルが走っている。取りつけるのには大金を要したが、使い出してから十年も経たないうちに、エステルが最後通牒を突きつけた。若い竜巻が運動をするのを見るのは喜びだった。ドアを開放するレバーを引くと、雲がパッと姿を現し、トンネルの端から端まで、送風機の力を借りて行ったり来たりした。

竜巻を走らせるには十分な牧草地を持つことが重要だ。その開放感を、わたしは豊富に所有している。美しい土地は野生の花に覆われ、雨に恵まれるとユッカが花開く。飛行機からは、大草原が悪地に変わる侵食の境界線が見えるはずだ。「ボビー、こんなに広い土地なのに」エステルは言ったものだった。「他に何か育ててみる気はないの？」

家の反対側に、完成することのなかった竜巻のシェルターがもう一つある。それは、矮生草に紛れて錆びゆく我が父のおんぼろ車とともに静かながらも雄弁で、いまだわたしを非難している（**ロバート、直すか、売るか、できないの？　ねえ？**　エステルならそう抗議するだろう）。そして、**人工の岩礁をつくってるんだ、**とわたしは自分としてはできのいい冗談を言うだろう）。二つ目のシェルターは「完成までの初期段階」だと言い張ったものだが、その後次第に「作業休止中」となり、わたしが「打ち捨てられた」という言葉を使ったのは十年も前のことだ。今や、最近の買い物によりわたしが無一文で死ぬことが決定し、かつての良き計画はいまだ雨の中で待っている。

なぜかはわからないが、駄目になった土台の厚板の間に草が突き出している光景は、わたしを安心させた。風がわたしのシャツをぐいとつかみ、袖を強く引っ張った。協力するような気持ちでボタンを外すと、シャツを地面に放り投げた。

わたしがここで、換気装置の具合を確かめるためにシェルターの周りを四つん這いで這い回っていても見つける者は誰もいない。たるんだ、毛深い腹について文句を言う者も。わたしに反対する者も。誰もまったく見ていないから。

昼頃になると、いい気持ちは言葉を持ち、何が自分をこんなにも幸せな気持ちにさせているのか正確に話すことができるようになった。なあ、ようやくやってのけたってことだろ？ わたしは長生きした。娘たちは成長し、エステルは亡くなった。わたしのせいで傷つく者はもう誰も残っていない。

長生きすれば、再び人生で賭けに出ることができる。

*

三週目の金曜日には、漏斗雲の強さを二倍にするのに十分な不安定性のレベルに達した。わたしは一日十二時間から十四時間は彼女のそばにつき、彼女の成長を見守り、熱い風をこしらえてやり、脈打つシェルターの覆いに耳を当てていた。彼女の上昇し、下降する叫び声は夜帰宅しても追いかけてきて、夢の中にもついてきた。何か素晴らしいことがわたしに起こっていた。寝ている間と起きている間の生活は、歌う竜巻に満たされて区別がつかなくなった。

シェルターで気にかけなくてはならないことは山ほどあり、わたしは薬を飲み忘れ続けた。ある午後、仰向けで目覚めた。頭上で本物の空が暮れていき、平らで白い雲が静かに動いていった。一瞬、自分が湖の底にいて、百もの浮かぶ波止場を見つめているのかと思った。


父は二十七歳でドイツから戻ってきた時、悪夢と勲章の重荷を背負い、すでに脊柱側彎症を患っていた。幼かった頃は、我々から離れてばかりいる父のことが憎らしかった。今ではこのことについて怒っていない。同じ欲求がわたしの中にもあり、こんなものが遺伝したメカニズムを不思議に思う。思い出は父の中で陰気に葉を出し、その葉が育っていくのを父は制御できなかった。もちろん父は我々を取り残し、竜巻たちとともに過ごした。父には我々の母と、父の顔にそっくりで、いつも父の名前を呼び、ひざにくっつき回る三人のチビ助たちがいた。家の中に休める場所はなかった。父の心に巣くう大きなヒュルトゲンの森に匹敵する斧は、竜巻だけだったんじゃないか。何度も何度も、必要な時はいつでも。後悔があまりにも密に撒かれていると、それらに対して耳を塞いでも意味がない。泣き声は内側からやって来るからだ。父が思いつき、早い段階でわたしに教えてくれた解決策は、内側の音をすべて消し去ってくれるくらいうるさい竜巻を育てることだった。

わたしはいつも夕食に遅れた。**待たないでくれ。**そう家族に頼んだ。すべての窓の外に、我々の黒い竜巻たちが食事をしているのが見えた。竜巻たちの轟音に負けないように叫ばないといけない夜もあった。**娘たち、学校はどうだった？** 指関節を鳴らしながらテーブルを強くつかみ、シェルターに駆け戻ってしまわないように気をつけた。轟音は磁石のごとく、わたしの背骨を引っ張った。家は段ボールの箱であり、わたしが長居できる場所はどこにもなかった。**我々の家**、そう自分に思い出させなくてはならなかった。なぜならそれはエステルの領地だったからだ。わたしは外で生きていた。夜になると、我々は窓を開け、わたしが内と外の世界にまたがる両生類であるふりができるようにした。夜明けは空の湖の中にわたしを引き戻してくれた。春になると、秘密の水分で満たされた空気が、竜巻たちの暗い内部に捕らえられ、回転したいと懇願する。娘たちのブヨのようにか弱い声は、こんなことを言うのもなんだが、あの轟音とは比べものにならなかった。

若かりし頃、わたしは竜巻に名前をつけるのを好んだ。〈シヴァ神〉、〈スマッシュ・アンド・グラッブ〉、〈軽快ジャック〉、〈海女神カリプソ〉。娘たちには静かな名前がついている。それぞれ甘やかで、ティーカップに落とせばすぐに忘れてしまう角砂糖のような。アナ、メーガン、スーザン。この世界でバンビや虹がどうなるかご存じだろう。娘たちには、竜巻とは違ってどこでも行きたいところに行っていいが、騒動を巻き起こさないでいてほしかった。

＊

オークションから六週間後、トンネルの中間地点で膝をついていたわたしは、我が竜巻が時速八十二キロメートルで陸上を疾走できることを記録した。喉は燃えていた。彼女とともに叫んでいたのだ。

それから、よくない瞬間が訪れた。彼女は境界を破壊し、開かれた空気の中に飛び出すと、直径が大きく膨らみ、百年もののニレの木を根こそぎにし、風塵で赤い壁をつくった。彼女が脱出したことによって生じた力で、わたしは震える泥の山に倒れ込んだ。頭を振って立ち上がると、漏斗雲がまっすぐこっちに向かってきているのが見えた。ブラシで描かれた炎のように、我々の間にある距離を呑み込みながら。

わたしは平原のかなり離れたところで意識を取り戻した。どうやらアザだらけになったわたしにできているらしいこぶに枕のように頭を乗せて。漏斗雲はどの方向からも表土を吸い込み、東に回転してわたしのトラックを横転させる間に濁った茶色になっていた。窓が破壊される様は、見えも聞こえもしなかった。眼鏡なしでは、目の前の光景すべてが、流れる涙のようだった。

もし違う日に逃げようとしたならば、彼女はすでに死んでいたことだろう。けれど起こったことからすれば、この瞬間の大気は、彼女の命を支えるのに理想的な状態だった。午前中ずっと、雷雨が西の地平線に発生し、穀物サイロの時代遅れの穀塔の上を移動していた。膨大な降水量、さくらんぼサイズの雹の粒、散発する稲妻たち。暖かい地上風がメキシコ湾から押し上がり、頭上の空は何キロメートルにもわたって深い青色だった。彼女はその暖かさを貪り、自らの回転する体に取り込んでいた。わたしは狂ったようにこう考えていた。わたしの雲はこのことに気づいて、脱出を思いついたに違いないと。

彼女は家に向かっていた。わたしの両の耳から離れた両の手は粘つき、赤くなっていた。その眺めは気にならなかった。結局のところ、ただの自分の血だ。次の眺めは我が家が真っ二つになるところだとわかっていた。人々はこういった瞬間を目前にすると、全人生がフラッシュバックすると言う。わたしが見たのは枝と、領収書の山だった。だったらなぜ立ち上がって、自分を救うために走らなかったのか。だがわたしのこの部分は、いつだって壊れていた。少年時代、発熱しても、甘んじて熱を受け入れたことを覚えている。

幸運はわたしにはふさわしくない。だが、これが実際に起こったことだった。風が方向を変えた。すべてが失われたように見えたまさにその瞬間、漏斗雲は百八十度急転回し、一方的な慈悲の心とともにピボットを見せ、天国の思し召しのはずがないじゃないかとわたしは自分に言い聞かせるしかなかった。膨れ上がっていく前線から生じた後部側面下降気流が彼女の方向を変えさせたのかもしれない。目撃した光景にふさわしい説明は一つも思いつかない。我が家を標的にしたのと同じ轟音の静けさとともに、彼女はまっすぐな軌道で、来た道を引き返した。退却中の漏斗雲はほとんど人間のように、えぐられた草地の自らの跡をたどり、吸い込むように扉を閉めながら、シェルターの中に姿を消した。

「いい子だ」わたしはささやくように言った。まるで体の左側に槍の先端が突き刺さったかのように感じられた。泥の混じったピンク色の唾液を吐き出し、わたしの漏斗雲を誇りに思った。肋骨が折れたかもしれないと考えながら。

「今日はお陀仏かと思ったよ、エステル」空っぽの家に向かって話しかけた。砂っぽい空気がわたしの歯肉縁の上に落ち着いた。窓やドアは開け放したままにして、わたしの竜巻が鐘を鳴らすのを四六時中聞くことができるようにしていた。「お陀仏かと思ったが、男ってのはしぶとく蘇えられるもんだな」

＊

「無傷とは言いがたいですね」本音を隠す名門校出身者のしかめ面でこっちを見下ろしながら医者は言った。「肋骨にひびが入ると肺炎を引き起こしがちです。呼吸に気をつかっているのでもなければ」

「先生、彼女の速さを見ていたなら、本当に、わたしが呼吸できているだけでどれだけ幸運だったかわかりますよ」

眼鏡を外した医者の青い目は、かさのないランプだった。新人の、若い医者だった。とてもテレビ的な。確かに心配する内科医の役のように見えた。まんまと惑わされた。なぜならわたしが安心したいと告げると、彼の顔全体が木にひっかかった凧のようにくしゃっと緩んだからだ。

「腕のいい理学療法士をお勧めしますよ。差し当たっては、今お飲みになっている薬はすべて服用し続けるように」

「痛み止めなんかが欲しかったんですがね、正直なところ」わたしは咳をし、たじろいだ。「一、二瓶のその場しのぎがね」

鏡の中に、苦痛をなんとか伝えようとして、自分の顔が大袈裟にゆがむのが見えた。高齢者は真面目に受け取ってもらえない。我々はもう何の責任者でもない、そうなんだろ？　自分自身の痛みのことでさえ。他人に対して痛みを表現しなくてはならないのは、ひどく嫌なことだった。

こんなにも嘘偽りないというのに。

医者の口はさらにすぼみ、唇が小さなハートのように引っ込み、なぜペンで書き留めないのだろうとわたしは思った。

「その場しのぎね。なるほど」やつはペンを机の上に置いた。「つまり何をおっしゃりたいんですかね？」

その輝く目はもうわたしを惑わせなかった。

「わたしが麻薬の密売人に見えますかね、先生？」

医者はその言葉に対して微笑んだ。「ねえ、どうですか？」

あたりは静寂に包まれ、相手の心の中の、切り上げろと小槌をこつこつ鳴らす音が聞こえてきそうだった。

「ワーマンさん、正直にお話ししてもいいでしょうか？　あなたは大変な時期にある人に見えます。そしてそういった薬は決して、あなたを救ってくれる緩衝材にはならないでしょう」

＊

片手で肋骨を守りながら運転し、医者のところから帰る間、スージーはどうしているだろうとわたしは考えていた。娘の一人を贔屓したりはしていなかったが、夜になると最も心配してしまうのはスージーのことだった。高校の最高学年の頃、わたしは毎週金曜日に娘をリンカーンまで車で連れていき、エステルとわたしが羽の生えた恐竜を想像した言葉、「整骨医《オステオパス》」であるバーバラ医師を含む、偉大な療法士の一群の診察を受けさせた。誰も役に立たなかったと思う。スージーは何が問題なのか我々に伝えることができなかったから。娘の魂か、心臓か、それとももっと繊細で、名前をつける暇もないほど動くのが速い何かだったのか。見ている最中にかたちを変える北極の雲みたいに。エックス線は目立たない挫傷しか明らかにしなかった。けれどわたしはそれが何であれ、それを折ったのだ。何も不思議なことはない。そのため、我々はみな同意していた。二十年が経っても、わたしの罪は生きていて、無罪放免されることはない。親として、その事実から立ち直ることはない。

スージーは竜巻の心臓に吸い込まれ、シェルターの上を回転していき、五百メートルほど先に落下した。新聞は娘を『オズの魔法使い』の「ドロシー」と名づけ、テレビカメラが我々の飼育場に群がった。我々はやつらに悪用されたと感じた。あいつらは娘を餌食にし、コマーシャルの間のつなぎとして使った。一週間ほど花やカードが次々と届けられ、それからの数ヵ月は横目で見られることが続いた。今日に至っても、スージーが珍しく姿を現すと、人々はまるでパレードの山車《だし》の上に彼女が乗っているかのように口笛を吹き、「よお、ドロシー！」と声をかける。本人がびくっとしていることにも気づかず、もしくは無関心で。

その後、スージーはわたしに対して物おじするようになった。わたしが触れようとするといつも、まるで火傷《やけど》をさせられたかのようにはっと息を呑んだ。娘は怒ることさえできず、わたしは夜になるとそのことを心配した。自然の成り行きであるはずのものが娘の中でエンストしてしまい、それがどんな気持ちであるかわたしは知っていた。何度も自分自身を繰り返すしかない、孤独な音符。溝にはまってしまった歌。

我々が結んだ取引はこうだった。エステルは離婚しないが、わたしは他の仕事に就かなくてはならない。シェルターの轟音はもう終わり。わたしは娘たちを奪わないでくれと妻に懇願した。わたしがやめないなら、そうするつもりだと妻は言った。降参したものの、一ヵ月も自分は持たないだろうと思っていた。あの叫び声なしにどうやって生きることができるだろう？　竜巻を育てるなんて、三人の子持ちの父親の仕事として、いい選択ではないことに異議を唱える人はいないだろう。事実は単純で、わたしが他に何も知らないことだった。

「じゃあ学びなさい」賢明な妻が提案した。

わたしは友人の風飼育場で仕事を得て、市場用の西風を飼育した。仕事は退屈で、面白みがなかった。人生の毎分毎分を呪った。これまで常にやってきたことがしたかった、これまで以上にうまく。頭をオーブンに突っ込みたかった。だがわたしは約束を守り、小切手を受け取り、ふがいない天気を育てた。そしてやがては引退した。

スージーは今三十七歳、弁護士補佐であり、本人曰く日々充実しているそうだ。だが「奇跡的に無傷」だった我々の娘は、実際はずっと立ち直っていなかった。まるで隠すものでもあるかのように、だぼだぼして見苦しい、首のところが弛《ゆる》んだ黒い服を着るようになった。母親が買ったオーダーシャツでさえ、娘の猫背の体の上で絶望し、形が崩れた。怖がりな性質は半永久的な特徴となり、深く沈み込んだ。だが、ついには、怒るようになった。わたしがその場にいる時にだけ燃え上がるように思える、特別な怒りだ。

「どんな感じだった、飛ぶのは？」知らないやつらはその後も何年にもわたって娘に尋ねた。スージーのそいつらへの返答は、娘の性格の純粋な蒸留物のようだと、わたしはいつも思ってきた。

「忘れたことにしてるんです」聞き間違えたのだろうと思ったしつこい質問者が、「忘れちゃったの?」と聞き直すこともあった。すると詳しく説明することなく、もう一度繰り返す。「**忘れたことにしたんです**」

スージーはわたしが駆け寄った時には意識を失っていた。だからわたしが全速力で草地を走って駆けつけたことを知るよしもない。娘の頬に手のひらで触れると、痙攣し、体全体が塵の中で震えた。わたしは娘を抱えて叫んだ。人々に「誰が発見したの?」と尋ねられると、娘は答えを知っている。「父です」けれどわたしがしっかりと腕にかき抱いていたことを覚えていない。

もちろん、竜巻が逃げ出したのはわたしの過ちだった。よく覚えている。そして自分が出てくる昔の記憶に対してわたしは無力だ。娘のそばでひざまずいているわたし。スウェインソンの鷹が落とした魚が、空からの長い落下の間に体をばたつかせた後、一つの白い手のひらのようになって岩に打ちつけられたのを見たことがある。

あの瞬間、スージーを抱き抱えて家に駆け戻る間、粉々になったものは何もなかった。むしろ、わたしの人生の断片すべてがこの出来事によってとうとうつながり、鏡になった。そしてわたしは見て、悟った。わたしという存在が、常に我が家族にとって最大の危険だったのだという事実を。わたしは頂点捕食者だったのだ。了解。わたしは軌道修正した。娘たちが大人の世界に足を踏み出しさえすれば気が休まるだろうと、わたしは思った。うしろめたい気持ちで、一人になる日を夢見るようになっていた。わたしの影は、誰かを傷つけるかもしれないという恐怖に邪魔されずに土地をぶらついていた。

一人、また一人と、家族は吹き飛んでいった。最初にエステルが、そして娘たちが次々に。今では娘たちは遠く離れ、新しい生活に根を下ろし、わたしからも守られている。

怪我をしてからというもの、徐々に街まで運転しなくなった。ジロジロこっちを見てくる人々の目を避けるほど、速く動くことができなかったからだ。やつらの冷たい眼差しは、わたしを氷の上でじたばた転げ回るバンビにしてしまう。そんな風に監視されながら誰が安売りのスープを買うことができるだろう。わたしはひと月持つほどの、牛乳とシリアル、卵とチリ缶、ハンバーガー用の肉、一つ買えばもう一つついてくる冷凍ピザを買った。レタスと斑点の散ったバナナを後から思いついた。何しろ医者は、何が豊富なのか知らないが、ミネラルの含まれる物を食べるようわたしに言い含めた。

ウェス・ジーターがドアから出ていこうとするわたしを捕まえた。やつがなんとかして微笑もうとする姿は笑えるほどだった。わたしの空いているほうの手をつかもうとしながらどれだけイラついて見えたことか。そして握手！

「どうやら雲よりはましなものになったようだね」

わたしはやつの方向ににやっとしてみせた。「我々は生き延びた。彼女はシェルターに戻った。教えてやろう、ウェス、とんでもない奇跡だったんだ。彼女は今も健在で、ホースの上で肥えている。今朝の風速八十八キロメートル」

「そうか、やめないと駄目だ、ロバート」

「なんだって？」

「ロバート、だって調子が……悪そうだ」

「調子が悪いだって？」わたしは笑った。人々は言葉を切り刻むと、わたしのために言葉のピューレをこしらえていた。まるでわたしにりんごに噛みつく歯がないとでもいうかのように。

「数週間前にレモン・ガイロンに偶然会って、あんたが何を買ったか聞いたんだ……」

驚いたことに、やつの目はうるみはじめた。

「何の大詰めなのかわからないが、頼むから……」

「ウェス」わたしは言った。「こんなに生きがいを感じたのは何年ぶりだろうな」

＊

猛威はこうやって形成される。

塔状のスーパーセルは空気中で二十一キロメートルに達することができる。これらは自然の中で竜巻を育てることができる嵐だ。逆方向に吹く風は空気を転がし動く管に変える（竜巻の〝体〟と呼ぶ人もいるが、もちろん竜巻に実体はない）。地表近くの太陽に温められた空気は上昇をはじめる。この上昇気流は嵐の中心にぶつかり、嵐が膨らむ原因となる。積乱雲は空中で発達し、エネルギーが両側で激しく降る。凝縮は熱を放出し、上昇気流をさらに上昇させる。二つの渦が生まれ、双子の弱いほうは死に、生き残ったほうが新しい前線の心臓であるメソ低気圧となる。漏斗雲は降下し、ぴんと張ると、温かい地表空気をさらに吸い込み、そしてさらに速く回転する。その渦を巻く角《つの》が地面と接触すると、立派な竜巻のできあがりだ。

竜巻を殺すものは何か？　諸説ある。わたしが直接目にしてきたものはこうだ。時が経つうちに、下降気流の冷たい流れが温かい流入気流を巻き込むと、回転の燃料になったり、混沌の限界と流動性を保ったりする張力を消滅させる。回転が弱まってくると、漏斗雲は壊れていく。有名な格言のごとく、三月の子羊のように去ってゆく。ゆるくなった断片が親の竜巻に再び呑み込まれる。

天空のドリルの刃のように渦巻く黒い空。映画に出てくる竜巻はそんな風だろう。しかしこのことについては知っているだろうか。人の手で育てられた竜巻が自由になり、柵を飛び越し、通過するスーパーセルめがけて上がっていくという事例がいくつか報告されている。渦巻きながら下がるのではなく、**上がっていき**、そして胎盤を有する、野生の竜巻の水分豊富な腹に融合する。ブリーダーの漏斗雲が、開いた口が塞がらないレベルの雲の壁の一部になるのだ。

こういった類の奇跡をたくらもうとしたとして、シェルターの戸締りを怠ったならば、とてつもないほど危険で、利己的な行為だ。そういったことをやったらしいと、悪徳ブリーダーの噂が競小屋の周辺で回ると、わたしはレモンや他のやつらと非難の言葉をまくし立てたものだった。だが心の中では、驚嘆の念に照らされていた。一度くらいなら、犠牲者も、大惨事も出ないことだってあり得るだろう。自分が手塩にかけた雲が積乱雲に抱擁され、この地球の表面と天空に橋をかけているのを見ていると想像してほしい。竜巻農家にとって、そんな竜巻の上昇を目撃すること以上に満足なことがあるだろうか？　想像できるかい？　人生経験のおかげでわたしはできる。

＊

わたしは都会や群衆、そして都会の喧騒に耐えることができるが、都会の人間は我々の砂っぽい土地を訪れ、ひどく怯えることがある。ここは空虚だとのたまうが、それはまったく事実ではない。しかし、高層ビルやうなり声を上げる地下鉄、もしくは視線を遮断する木立の不在によって認識にエラーが生じるのだろう。広漠とした存在は、遠くからあんたに押し寄せてくる。揺れながら黄色に、軽快に青色で。放射状の地平線。わたしはニューヨークでも問題なかった。真ん中の娘が結婚した際に三日間をそこで過ごした。怯えたりしなかった。タイムズスクエアでゴミ袋の海を向こう脛を沈ませるようにして歩いたことにも、誰かのひじにつつかれてばかりだったことにも。物が多くても、わたしはなんとかなる。物がないと、都会のやつらは困惑する。

どんどん減っている滞在の際に、今では娘たちもみなそう言う。「空虚」だと。アナは十一月にここで二日間を過ごし、その間ずっと文句を言っていた。アナはもう周りで地面が息を吐き出している音が聞こえなくなっていた。そのことにわたしは悲しくなった。我が子がこんなにも無感覚になってしまうとは思わなかった。たくさんの星々にこの土地が空虚かどうか尋ねてみてほしい。我々の家の裏にいるわめき声を上げるお客に尋ねてみてほしい。

わたしは内陸の男だが、常に電話の発信音を愛してきた。塩辛い音が、わたしの想像するところでは、海のように耳に押し寄せ、騒々しく、止むことなく、記憶もきれいに洗い流され、そのうち自分が何を聴いていたのかまったくわからなくなる。この耳の治療を受けるのに最適なのは真夜中だ。受話器を持ち上げ、誰にも電話をかけない。家に人があふれていたかつてはテレビに同じ効果があった。竜巻をあきらめ、長く休んでいる間、わたしには頭蓋骨に運ばれてくる音が必要だった。

電話機は黄色の回転式で、壁の上で意味ありげなアンティークと化していたが、今も完璧に機能する機械だった。プラスチック製の鹿の角に見える、新しい機種は嫌いだ。静寂を破ったやつの名前、発信者番号を通知する小さな窓はないが、誰もかけてきていないのならまったく問題ない。しかし街に行かなくなってから、電話は日々鳴るようになり、そのうち一時間ごとに、時には十分ごとに鳴るようになった。台所から聞こえてくる花火のように弾ける音は、録音テープがようやくはじまり、三つの甲高い聞き慣れた声の一つを伝えるまで止むことがない。

「薬局のエイミーに電話をしたら、薬を受け取りに来てないらしいじゃない……」

「つまりまたはじまったってことだね、まったく信じられない……」

「はったりじゃないよ、父さん、電話に出ないなら今夜の飛行機に乗るから……」

「父さん、パパ、電話に出て、みんな心配してる……」

電話に出て、娘たちはもっと前からわたしのことを気にかけるべきだったと告げようかと思った。なぜなら実際のところ、わたしは何年にもわたって気落ちしており、今だけはそこから抜け出していたからだ。しかし、自分のエネルギーを温存したほうがいいし、そうするべきだとわかっていた。呼吸を、力をとっておく。わたしが蓄えているすべてはわたしの雲のためのものだった。わたしがいなくなって困るのは彼女だけだろう。

大人になった娘たちは、父親のせいでみじめな若齢期を送るはめになったと思い込んでいるようだが、でたらめもいいところだ。「ネブラスカの竜巻農家で育ったんです」と娘たちが言うのを聞いたことがある、「わたしたちには子ども時代がなかったんです」と。どういうつもりなのかよくわからない。おそらく実際はほんのちょっとしか苦しんでいないことを恥に思っているのだろう。エステルとわたし、そして我々世代の人々と比べて。どういう理由かは知ったことじゃないが、娘たちは自分たちののん気な子ども時代を、キャンプファイヤーを囲んで都会の友人たちを楽しませる物語につくり変えた。いや、遠く過ぎ去った出来事についてわたしを罰するためかもしれない。娘たちが父親について話す話はどれも、わたしが蚊帳《かや》の外だと感じられた。「だけどいつだって外にいたじゃない」真ん中の子、メーガンは強い調子で言う。「いつでも上へ、上へ、そして遠くへ。叫ばないと父さんは気づいてもくれなかった」

最後の非難に対しては、返す言葉もない。しかし娘たちは、わたしだって竜巻越しに叫ばなくてはならなかったことは忘れている、声の限りに。そのうえ、彼女たちはわたしのことを理解してくれたことがあるだろうか?

アナとメーガンはそれぞれメッセージを五つずつ残した。スージーは一度だけ電話を火曜日に、いや水曜日か木曜日か日曜日だったかにかけてきて、うろおぼえだが、しかしようやく電話に出る気にさせたのは確かにスージーだった。彼女の声を機械の内側で弱らせるわけにはいかない。岩の上に打ちつけられた魚の腹のことを考えながら、わたしは受話器を取った。耳に受話器を当てる前から、娘はくってかかってきた。

「父さん、どうかしてるんじゃない?」

「もっとましな礼儀を教えたはずだがな。会話は挨拶ではじまるんじゃなかったか?」

「ウェスから電話があった。フロントガラスなしで運転してるって。それから竜巻を買ったって、信じられないような値段でね……」

一瞬ののち、わたしは安堵したくらいだった。なじみのウェス。なんておせっかいなやつだ。あいつは探偵並みにこそこそ嗅ぎ回り、ニューヨークにいるスージーの電話番号を突き止めたに違いない。さらば、ウェス。気にかける人間がまた一人減った。

「ウェスは父さんを大切に思ってる。心配してたよ」

スージーの口から漏れる息がこちらにも伝わり、わたしの雲の降水量を測ってから四十五分が経過していることを思い出した。

「なあ、もう行かないと」

「ウェスは大切に思ってる。大切に思ってるの。それがわからないの？」

一瞬ぼんやりし、どの娘と話しているのかわからなくなった。スージー、怒っているほうの娘だ。しかし最近では、それはたいした違いにもならない。

「メーガンが父さんが保険の支払いをしてないって言ってるけど」

「そんなことをどうしてメーガンが知ってる？」

強い痛みが目玉の裏で扇形に広がり、わたしは急にひどく疲れを覚えた。

「今度は誰も傷つかない。誰もこっちには来る用がない。それにおまえの知ったことじゃないが、フロントガラスはなくなってない、ちょっと割れただけだ」

「先は見えてるの？」

「道はわかってる」

「父さんがやっていることは自分勝手だよ」

「わたしの竜巻はわたし以外の誰にも影響しないはずだ。だがおまえが心配だって言うなら、勝手にそうしてろ。ここはアメリカだ」

「アメリカ、自由の国ってわけね。なんで忘れてたのかな？　わかった、父さんが生きようが死のうが気にしない」

それから我々は二人とも受話器に向かって息を吐いていた。我々の呼吸音が電話線を越えて衝突するのが聞こえてきた、娘とわたしの。

「じゃあな、ハニー」

「父さんの友だちは父さんを大切に思ってる、いい？　だから電話をくれたんだからね」

わたしの心は娘の電話を切っていたことに気づくまで、一つの音でしっかり一分間いっぱいになった。その純粋で、慰められる音。

ウェスに電話をかけ、しかってやろうかと思った。しかし結局のところ、単純な解決法は、電話の線を抜くことだった。

＊

わたしの記憶にあるほとんどのやつらは亡くなった。鏡の間の出口が存在するなんて誰が知っていただろう。少年時代に一度、家出したことがある。遊歩道を下り、カーニヴァルのまん丸の赤と黄色の光の下、夜の青いはずれで待っている静かな長方形へと向かって。その場所にたどり着くと、すぐに後悔した。盲目の怪物の目のような観覧車がわたしの背後に立ちはだかり、頭皮を突き刺してくる風の音しか聞こえなかった。わたしは遠くまで走りすぎた、そうだろう？ 視界の外側に、心の外側に。一人ずつ、人々は死んでいった。母、父、兄弟たち、雇い主たち、ライバルたち、竜巻たち、妻。そしてわたしの世界はあの世に変わった。いつかの夜、あんたも自分自身をここで見つけることがあるかもしれない。そうしたら透明人間になることは恩恵なのか、それとも呪いなのか、わたしに教えてほしい。

なあ、わたしはずっと、「恩恵か、呪いか」という言葉が嫌いだった。まるで人生のすべてがきちんと割り切れるみたいだ。これはどうだ。自由か、それとももっとひどい何かなのか。

＊

朝の空は澄み、水銀は低い。しかしわたしは起きながら雨が来ることを悟った。そして十五分も経たないうちに、積乱雲がどんどん現れた。ポータブルラジオの電源を入れると、サイレンが鳴っていた。竜巻注意報、春一番だ。「午前十時二十八分、国立気象局のドップラー・レーダーが、ネブラスカ州、ゴスパー郡近郊で竜巻を引き起こしかねない深刻な雷雨を観測した……」そしてそれから、雨のシーッという音が聞こえてくるかと思った矢先に、百もの指が台所の天井にパタパタと当たる音。サッシを上げ、薬莢《やっきょう》のようにポーチに散らばった鐘の残骸を見下ろしてから、シェルターを見渡すと、それはわたしの目の前で激しく揺れたように見えた。ロッキングバーがシリンダーの中でくるくると回転し、半球型の屋根が振動していた。**このまま持ち堪えるだ**

ろう、と思った瞬間、鉄の壁を破壊してわたしの竜巻が飛び出してきた。地表空気を吸いながら、牧草地の黒い轍《わだち》を引き裂き、大気にぶつかってから数秒のうちに、彼女の真珠のような色は、あらゆるものの汚れを吸い込んだことによって変異しはじめた。彼女は燃した木の煙になり、花粉に変わり、砂利に変わり、赤土に変わった。

遠くの牧草地を越え、漏斗雲は開花し、空へと跳ね上がり、西部一体を境界なしに転がるように進んでいく広大な電場に突入。そして渡りをつけると、地上から浮き上がり、竹とんぼのように轟きながらどんどん上昇していき、竜巻の底に突き当たった。鉄床雲《かなとこぐも》はすでに直径千六百メートルの大きさに達していた、優に。全体的に紫がかった亀裂が北東に押し進み、稲妻で自らの傷を癒していた。

片足をひきずりながら、トラックへと走った。鍵をイグニッションに差し込むまでに二回落とし、それから彼女を捕まえるために車を走らせながら、十六キロメートルのスピードアップで針が飛び上がるのを目にした。シェルターから八百メートルほど離れたところで、彼女はわたしのとユーリ・ヒナオの飼育場の間の有刺鉄柵に絡みつき、彼の花盛りの庭園を荒らし回った。ユーリは馬蹄型の対流ポッドで穏やかな天気雨を育てている中年の男であり、彼の土地の惨状に対して今わたしが感じている罪の意識は、その時のわたしには聞こえていなかったし、彼が安全かどうか本気で心配することもなかった。すべては自分から発せられる、高い喜びの雄叫びに呑み込まれた。

二股の光が東の大草原をならしていき、わたしは回転する雲を追いかけた。自らの軌道をはっきりさせながら公道を弾むように進み、獲物が何か確信している今の彼女は捕食性に見えた。ガルバニー電気を帯びた大気の中でぐらぐらと揺れ、ポータブルラジオがぺちゃくちゃ話し続ける間に、二倍の大きさになった。「国立気象局は、竜巻注意報をゴスパー郡に発令しました。竜巻を引き起こす可能性のある雷雨はエルウッドの街上空に位置し、時速八十キロメートルのスピードで南に向かっています。住民は注意し、必要な準備をはじめるよう勧告され……」

次に無限の瞬間が来た。わたしの人生においてこんなものを目撃したことは一度もない。百八十メートル先で、漏斗雲が勢いよく道に出てきた。速度と色を増しながら、次第に暗くなりながら、そしてそれからただ浮揚していた。必死にブレーキをかけると、トラックはスリップし、無人の車線で横向きに止まった。手はハンドルの上で震え、彼女とともにわたしの目が上昇する間に、何十年もの間忘れていた筋肉が硬直した。**突風前線は接続を消すおそれがあり、下降気流は……。**

突然、心が晴れわたった。わたしの竜巻の薄黒い渦の先に、少なくとも十二キロメートルはあるスーパーセルの黒い塊が立ち上がって地平線を消し去り、そして彼女はその心臓にらせん状に回転しながら入っていった。数秒のうちに、ふたりはひとりになった。メソ低気圧が次に着陸する場所がどこであろうと、その一部がコリオリ飼育場で育てられたとは誰も想像だにしないだろう。人々は天災と間違えることだろう。

鉄床雲は腐敗したオレンジ色を帯び、酔っ払った雲はシトラスレッドと金色でそこら中を突き刺した。自分がたった今やったのは、銃に弾を込めたも同然の行為だということをその時は考えていなかった。わたしは何も考えていなかった。思考は、予報が緊急度を増すにつれて、ラジオのサイレンと一体化していた。竜巻は今や三キロメートルに及び、風速百四十、百五十、まだ上昇していく。そしてそれから注意報は終わった。竜巻が実体化したのだ。

「空飛ぶゴミは遭遇した人にとって命の危険となります。トレイラーハウスは土台から持ち上げられ、損傷を受けたり、破壊される可能性が。住民はただちに安全なシェルターに避難することを強く勧めます……」

恐怖は感じなかったし、後悔もしなかった。わたしの感覚は、トラックの運転台を流れていく風のように波紋を描いた。体は運転席に押し込められていたが、心はどこにもなく、蜘蛛の巣状のフロントガラスに沿って浮かび、わたしの雲のはしごとともに上昇していた。それは竜巻になったのだ。本物の竜巻に。この距離からだと、おそらく二百七十メートルほどの距離だが、それは陸地に囲まれた津波のようで、灰色の波がうねり、空っぽの公道のまわりで泡を立てて踊っていた。遅ればせながら、良心の呵責をちくっと感じたが、周囲をさっと確認しても、跳ねる大草原に何キロメートルも続く激しい雨しか見えなかった。ありがたい。消滅したのかもしれないとわたしは思った。窓一つ壊すことなく。もしくはわたし一人を殺すだろう。

左右はトラクター専用道路で、あっという間に沼になろうとしていた。もし車を走らせたいのなら、Uターンするしかない。エンジンを切ると、イグニッションからキーを抜き、落ち着いた。ふたりのロデオだ。わたしの雲がどうなるのか、見届けたかっただけだった。

渦が目の前に迫っていた。鋭い音を立てているちょうつがいの上に傾《かし》いでいる巨大なドアだ。まばたきをする間に、それはさらに強さを増し、陸上を突進していき、熱によって結ばれていた。極めて鮮明にわたしは思い描いた。トラックはコンクリートの排水渠の大きな口に激突し、わたしの体は向こうの牧草地で、アルマジロのように青白く横たわっていた。発見され、検視官に写真を撮られるのを抜け殻のように待ちながら。それでまったく構わなかった。わたしは何者でもないか、回転する風に吸収された呼吸だった。わたしはわたしの雲を追って竜巻の空孔に入ったのだろう。何も必要ないだろうし、何も感じないだろう。わたしはバラバラになるだろう。このわたしの心は、すでに消えかけていて、最後の記憶を記録していた。わたしの父が月の下、暗い広間に空気を送り込んでいた。

しかしそれから映像が変化し、スージーになった。赤い泥の中で丸くなり、血が流れる唇がわたしの名前のかたちに動き、彼女は満たされていたと、父親の愛情は十分だったと、恨んでいないと請け合うが、しかし我々は互いにそれが事実ではないと知っている。わたしの動かない体は、深く、高く、遠く、わたしが過去になっている未来へと吹かれていき、そこでは、娘たちが台車付きの担架の横に立ち、白いシートを元に戻している。わたしは完全に消滅するわけではない、そうだろ？　誰かが身元を確認するはめになる。その光景は娘たちの内側で生き続け、ねじれ、轟き続ける。

わたしはトラックに戻り、トラックは道路に戻った。両手はハンドルを握り、ただ一つ見たいと願っていたものからわたしを引き離していく。目線を乾いた地平線の灰色のチョークのような線に合わせ続けた。背後で、わたしの雲が聞こえてくるような気がした。金切り声を上げる空気の中でよるべなく。わたしは竜巻が崩壊し、滑るように進む茶色の塵へと散り散りになるのを想像した。それでも速度を落とさなかった。死にゆく彼女を見ることには耐えられず、そして彼女がもし生き延びたとしても、再び魔法にかけられる危険は冒せなかった。自分自身の死の惨状から自分が愛されていることに気づくなんて、こんな後ろ向きなことがあるだろうか。公道を飛ぶように走っていくわたしをその日見た者なら、何かから逃げているのだろうと思ったはずだ。実際は嵐の只中に直行していたというのに。プラグを戻した瞬間、黄色い電話が鳴りはじめるはずで、わたしは娘たちに応える義務を負っていた。帰路を急ぐ我が車の壊れたガラスに雨が激しく打ちつけた。しかしこれは間違ってもハッピーエンドではない。何もわたしを破壊せず、何も終わっていない。

ブラック・コルフ

一六二〇年、ジュルノヴォ

医師は裸で眠る。それは夏でさえ、コルチュラ島で広まっている習慣ではない。夫のむき出しの肌を償うように、妻はケーキの層のように重なったベッドリネンにくるまれて眠る。彼女だけが彼の密かな慎みのない振る舞いを知っていた。昼間の夫は、礼儀正しさの鑑だからだ。かつての妻は、夫のこういうところや、寝室での他の奇行の類を抗いようがないほど魅力的だと感じていた。今夜、彼は悪夢からはっと飛び起きて、彼女が何メートルもの白いリネンから顔を出すのを目にする。まるで雪を掻き分けてでてきた女のようだ。

患者を失ったのははじめてだ……。

半分に切ったハートのような妻の小さな耳たぶを彼は見つめる。部屋は月とともに脈打つ。彼女の中であくびをしながら目覚め、どんどんと伸びていく噂の低い音が聞こえてくるくらいだ。妻は信じているのか？　信じはじめている？　裸の医師は身震いし、自分にそっくりな男を想像する。その男は妻の内側で動いている。

どんな道具を使えば妻の体から噂を摘出できるだろう？

医師の仕事着がフックにかかっている。大疫病の際にシャルル・ド・ロルムが考案し、医師たちが身につけたくちばし状のフードのついた制服に比べれば、たいして怖そうではない。医師の患者たちは、いかなる危険を彼に及ぼすこともなく、聖なる土に安全に埋葬される。医師は簡素な黒いスモック、黒い手術用手袋を身につけ、そして手術中の顔はむき出しだ。

「事実ではない」医師ははっきりと、厳格な声で言う。

医師の妻の顔は月光を浴び、板張りの床のように、白と青の縞々模様になっている。彼に見えるほうの目から水が流れ出ている。彼女はまるで、彫刻家によって一つのポーズだけを与えられた胸像のようだ。声を出さずに、医師は妻に請う。**こっちを見てくれ。ガシャン。**

事実ではない。

事実ではない。

噂がどこまで進んでいるか、どう言って確かめればいいのだろう？

「絶対に忘れてもらわなければ」医師の声はいまだ彼自身にしか聞こえない。「その男がわたしだと想像するだけでもわたしへの裏切りだ」

妻は手のひらで彼女の暗い髪をなでつける。まるで滝の下で水浴びをする女性のように、繰り返しそうする。外では、月がその不気味な公明正大さで輝き、この部屋と、ついでにジュルノヴォの森を照らしている。医師の知るところでは、今宵、たくさんの男たちが患者を捜し回っている。

「お願いだ。頼む。わたしに落ち度はなかった。こんなミスをするはずがない」

「あなたのことは考えてもいません。娘たちが心配なんです」

そう扉から目を離さずに言う。ようやく医師にも妻を目覚めさせたに違いない物音が聞こえた。医師の悪夢ではなく、真ん中の娘のすすり泣く声だ。恥ずかしく思いながら、彼はローブに手を伸ばす。「わたしが行く」

娘はベッドに背筋を伸ばして座っており、まるで恐慌に陥った牛のように、白くまん丸い目がそれぞれまったく逆の方向に引っ張られているようだった。眠っている姉と妹が彼女に寄り添い、彼女たちの顔はたるみ、唾液が滴っている。医師は長いこと、最も賢いのは真ん中の子だろうと思ってきた。

「パパは罰を受けるの？　牢屋に入れられるの？」

「誰にそんなことを言われたんだ？」

実際、罰が下るとしたら、それよりはるかに悪いものになるだろう。

「誰も何も言ってこない」と娘は悲しげに言う。「でもなんて言っているかは聞いてる」

つまりその噂は、彼の家の壁や、子どもの心にまで入り込んでいるのだ。動揺した医師は、娘を慰めもせずに部屋から出る。あと二時間もすれば、夜明けの鐘が鳴りはじめる。港には死体が集まるだろう。噂の毒気がすでに変化しているとしたらどうしたものか。さらに有毒で、中傷的な類のものに……。

さらに噂に感染しないように、これからは娘たちを室内に閉じ込めておかなければ。噂の広まるのを止められなかったら、医師はどうなるのか？　ヴェネチアの駐屯地に送られるかもしれない。裁判のように正式な裁きが下される前に、暗いアレッポの松林に吊るされるかもしれない。

非公式には、もちろん、彼の処罰はすでにはじまっている。二度目の死は形式的なものに過ぎない。すでに、医師の名声は失墜している。

三日前、この悪夢がはじまるまで、医師は自分の人生がこんなにも素早く台無しになるとは想像もしていなかった。他人の人生にはあるかもしれないが、自分の人生は違うだろうと。

*

医師はかつて、子どもたちを再び歩くことができるようにする医者になることを夢見ていたのに、その代わりに、子どもたちを縛りつけていた。あらゆる年齢の、青い唇の、縫いつけられたまぶたの子どもたちが、彼のもとに担架で運ばれてきた。文句を言うことのできる作者不明の、ねじくれた筋書き。最初の夢が受けた傷に、医師は今もひどく苦しんでいる。若かりし頃は、その痛みを笑うことで発散していた。時々、自分の人生の状況が耐えられないほど可笑しく思えると、彼の赤い目を開けていられないくらい、そして顎に唾が飛び散るくらい笑いに笑って、何も見えない高さまで抜け出した（**「目を開けて」**と妻が懇願する。「あなた、怖がらせないで……」）。けれど、そんな逸話はもう遠い過去のこと。寝室のカーテンの裏でしか、今の医師はそんな野蛮さに耽ることはできない。

妻は医師の功績をとても自慢に思っている。なぜなら彼は彼女を愛していて、黒い冗談を彼女と共有することはなかったから。運命の不平等さに異議を唱えたことも、この島が彼の野望を叶えたのだと罵ることも一度もなかった。地上では、**キルルゴ**と呼ばれる街の外科医が、温かなサロンで診察し、健康に良いとされる放血や、愛らしく若い貴族のご婦人の授乳を手伝っている。けれど、医師は星々の冷たい拍手の下を、ジュルノヴォ近くの新石器時代の洞窟に下りていかねばならないのだ。

医師はより正式には、コルチュラ島の死後医として知られており、死後何世紀も経ってから、ブラック・コルフにおいて、人間でありながら、人間でない存在として尊敬を集めることになる。誰かを亡くしたことがある者ならば、医師の名前を知っている。彼は死体に対して処置を施す。彼の階級の人間が触れることを許されているのは死体だけなのだ。医師の良き名前が告発人たちによって潰滅させられるまでは完璧な記録を保持していた。二十三年間にわたる在職期間において、**ヴコドラク**こと、狼人間がこの島で目撃されたことは一度もなかった。医師の技術によって、死者だけでなく、人々は穏やかに眠りにつくことができていた。人々の安堵感は、森の緑色の静寂の中に、墓地の空気の深さの中にはっきりと表れていた。溜まっている静寂の内側に、医師は聞くことができた。ささやかれることのない、**ありがとう、お医者様。神のご加護を、お医者様。**

これらの島はダルマチア沿岸沖にあり、肥沃な黄昏《たそがれ》と痩せた土壌で、特別な怪物を育てている。死後も歩き続け、虚しく痙攣する体。無言で、青く、孤独に。何か他の世界からの空気に寄生されたか、おそらく悪魔の息で蘇生されたか。魂を持たず、休むことを知らず、迷っている。**ヴコドラク**、**ウコドラク**、そして**ヴーク**。そういった名前で呼ぶのは、森の中を徘徊する恐ろしく馴染みのある顔から、深く悲しんでいる家族を引き離すためだ。愛する人の顔は、今やむくみ、光を宿していない。

コルチュラ島は、緑色のヴェルヴェットに包まれた手のごとく、鏡のように輝くアドリア海からそびえ立ち、全体が暗い森に覆われている。青々として、有史以前の、まるで別世界に属しているようだ。黒いダルマチア産のマツの木と背の高いイトスギが水面をぼんやりと見下ろし、千もの赤らんだ腕を淡青色の海の上に伸ばしている。その下に茂る低木はうなり、突然、まるで狂人の抑揚のない喜びの歌のように、黄色と紫色の叫び声を上げる。コルチュラ島は漁船業者と探検家の島であり、マルコ・ポーロの出生地だ。この地を徘徊する死者に驚く者はおそらくいないだろう。紀元前十六世紀にギリシャ人がここに植民地をつくった際、彼らはその漆黒の森からこの島を名づけた。コルキューラ・メラエナ。コルキューラ・ニグラ。ブラック・コルフ。ブラック・コルチュラ。

医師は、コルチュラ島が最も長くヴェネチア人に統治されていた時期に生まれた。共和国がナポレオンの手に落ちる一世紀前だ。彼は誘拐された子どもの子どもの子どもだった。九四〇年、ヴェネチア王国で人身売買が禁止された。一二一四年には、コルチュラの街で奴隷制を廃止する法令がつくられた。医師の祖父は、ポルトガル人の船の調理室から逃げ出した料理人であり、他の七人と激しい風に逆らって漕ぎ続け、ブラック・コルフの海岸線にたどり着いた。彼らはこの絶壁のふもとで自由民として、石壁の街で最も貧しい地区の、渦を巻く赤と青のフジツボが岩から顔を出している、脆いようで粘り強さがある住居に暮らした。世襲の伯爵に家賃を払った。

こういったことすべてが、まるで半分だけ覚えている悪夢のように、医師の母親からささやき声で彼に伝えられた。肌の色と身分のせいで、コルチュラ島の伯爵たちと、彼らの青白い子孫は、母親に触れようとしなかった。高貴な人々は、聖マルコ大聖堂の非公式の集会に出席し、そのような接触への脅威を避けていた。それでも母親は、鏡に映る自らの顔を愛しながら年老いた。彼女は忘却の香りを身につけ、市場の露店を突き進み、声をかけてくる船員たちや、小さくて硬いレモンのへたのようだと彼女の息子が思っている、上流階級の女性たちのくるんとした唇も無視した。まるで刃が水をスライスするような目つきは、母親の中を痛みもなく通り過ぎていくようだった。母が誰にも怒りを覚えていなかったことに、息子は驚いていた。

けれど、七歳になる頃には、母親のひじを追いかけながら、彼は怒りを呑み込む術を学んでいた。体に沈んでいく怒りの味を知っていた、あの呑み込んだ物の鼻につく塩の味を。

母親は、自分たちの運命に苛立っていなかったし、限界だとも考えていないようでさえあった。なぜだ？　なぜなんだ？　**ぼくは母親よりも賢い**と、この子どもは他の誰よりも人生の早い段階で心に決めた。

自身が父親になってはじめて、母親の従順さが戦略であったことを医師は理解した。どんな時でも、母は息子を守っていた。母親の笑顔の内側の歯をどれだけ恋しかったことだろう？　今や彼は父親で、不平等な停戦協定の旗のもと、この島で暗い肌を持つ子どもを育てることにどれだけの強さを必要としたか想像ができた。彼らは離れた領域に留まり、非難することなく、見えないように暮らしている限りは、コルチュラ人と認められた。ここで生き残るには、空気を呑むことが求められる。空は貴族に属している。岩壁の彼の蟹の穴から、医師は金色と真紅の雲が丘の上にかたまっているのを見た。広大な空は彼や、彼の子どもたちが要求できる生得権ではなかった。

とはいうものの、医師は時に瞬きはじめた星々を見て、そうではないと感じることを彼自身に許す。死後医は洞窟から上の世界に昇っていくことが不可能なのか？　床屋の徒弟であったアンブロワーズ・パレは、フランス国王の外科医になった。ひどい傷を負った男たちを煮えたつ油で火傷《やけど》させるのではなく、戦地の傷をローズウォーターとテレビン油で癒すことで、昇進を叶えたのだ。おそらく医師も、十人委員会を感心させれば同様な機会を与えられるだろう。彼は病気を治すほうがしたかった。しかし死者を棺桶から出さないことは、ヴェネチア共和国にとって大切な功績であることは確かだった。「最も平和」を意味する、ラ・セレニッシマと呼ばれるその場所で。

なぜ医師は、自らの子ども時代とは違う何かを、彼の子どもたちに期待しながら育ったのか？ 少年時代に何を接種したら、そんな人生を夢見るようになるのか？ 母親はそのことを不思議に思ったまま亡くなった。ブラック・コルフでは、伯爵たちと低階層の者たちの間には、気力をくじかれるほど小さな摩擦しかない。男たちの三分の一は常に海の上だ。船乗りたちは、あれだけ騒々しいというのに、船長の権威には異を唱えない。医師とその人生が重なっていたり、島の階級とは違う生き方、つまり生まれながらの地位が体に及ぼす可能性を想像したりすることができるコルチュラ人はほとんどいない。

彼女の息子、未来の医師は、稀なケースだった。

＊

新しい生徒は小さくなっていく港を振り返ったままだった。今朝少年をブラック・コルフまで運んできた船は今やおもちゃのように小さい。双子の動物が広い洞窟の口のところで立て続けに吠えていて、彼の脚はガクンと止まる。

「死後の体が直面する危険について知っている者は大陸にはほとんどいない……」

医師の声は、薄暗い、巨大な手術室に入っていく間に、かつてないほどに鳴り響いた。蠟燭が岩壁に自然にできた燭台から身を乗り出し、彼らとともに下りてくる。何十もの赤い手が緑っぽい壁に沿って熟しており、彼らとともに揺れている。

「しかし棺の中で一人ぼっちとなった体は、この時最も無防備な状況に置かれている」

「ラストヴォ島では」、生徒は低い声で言う。「我々はみな今では危険を知っています。誰もその知識からは逃れられません」

後に医師はこの生徒への第一印象を日誌に記した。

一六二〇年、一月三日。**なんと不機嫌な少年をわたしのもとに寄越したのだろう。流行の恐怖にすぎないものにかぶれ、犠牲者と自らを同一視している。他者の苦痛を背負い込んでしまうとはなんと哀れなことだ!**

ラストヴォ島では、**ヴコドラク**が発生していた。三世代ぶりのことだ。若者は、医師の悪夢から出てきたような光景を語った。大規模な死体発掘、野外で行われた緊急手術。墓掘り人が彼らの手仕事を元に戻し、土をならした（「月の下で働いている彼らは、まるで巨大なうさぎが自分たちの巣穴を掘っているようでした」と少年は率直に恐怖を語った）。松明《たいまつ》が倒れた石の上でオレンジ色の音節を揺らす。ラストヴォ島の唯一の死後医は、七十歳に近く、半分視力を失っていた。何にしても、一人の外科医では一度にそんなにたくさんの患者を診ることはできなかっただろう。そしてこの若者が新しい仕事を学ぶためにここに送り込まれたのだ。

洞窟を奥に四百メートルほど進んだあたりで、新しい生徒は自己紹介をした。名前はユーレ・ダ・モストといい、ヨーロッパ全域で最も閉鎖的な貴族の出だった。十三の家族が何世代にもわたり、ラストヴォ島を統治してきた。恐ろしいほどの気だるさをたたえた貴族たちは、木々の上を旋回し、怠惰な爪が航海中の雲を引き裂く、青白い島の猛禽類と何も違わなかった。

「きみのような顔の持ち主は、ご両親を苛立たせるだろうね？」医師は穏やかに言った。

イタリア系の家柄であることを本人は主張していたが、若者の顔は常に疑いの的になっただろう。深い過去の渦巻く色がいつどこで再び顔を出すか、誰が説明できるというのだろう。ユーレ・ダ・モストは十六歳以上には見えず、早熟の挫折の匂いがした。医師は思った。**一つでも間違っていたら喜んでやろう。**また医師のもとに不合格者を寄越したのだ、おそらく。ラグーサ病院の脱落者。家族の期待はずれ。市会議員たちは、どんなまぬけでも死者を切り刻むことができると考えがちだ。隠れた組織である死後医その人たちだけが、何が求められるかを理解している。実践には、科学に加えて、必要不可欠な魔法がある。言葉ではうまく表しえない、最初の切り口を正しい深さに導く、統御の直感のようなもの。これは教えることができない。

「どういう意味ですか……ぼくみたいな顔って？」

「つまり……気苦労が絶えなそうだ。暗い顔をしている」

医師は若者が抱いている恐怖が耐えがたかった。自己憐憫はなおさらだ。

「昔々、わたしも今とは違う自分に憧れた時があったよ……」

灰色の顔をした生徒はハッとした表情を見せた。

「我々の多くが違う人生を求めていたことだろう……」

医師は生涯をかけて働き、この地位まで上がってきた。それでも彼の功績の頂点はいまだ、若者のような人々によって、影の谷だと思われていた。死後医になるのは、彼らのような人たちにとっては、運命のひどいいたずらなのだ。

*

ラストヴォ島から来た若者は、これまで一度も洞窟に入ったことがないと打ち明けた。

まるで緑色の石がランタンのガラスを照らし出すがごとくで、その逆ではないように見えた。エメラルド色の露が光の蜂の巣を滑り落ちる。これらのコルチュラ島の洞窟には、氷河時代から人が住んできた。新石器時代の種族に住処を提供し、イリュリア人の船乗りたちの避難所となった。中世の時代から、最も大きな広間は、手術室として使用されてきた。死後医たちの頭上には岩の天幕が広がっている。死体は、医師と対面するのを避けることに後ろめたさを感じる家族に雇われた、使い走りによって届けられる。地質的な気まぐれから、ここの鍾乳石は通常よりもさらに長く伸びる。白い方解石は、手術室を見下ろす、明るい叉骨のシャンデリアだ。患者は静かに手術台の上で待っており、彼女の赤い毛には真珠の櫛がきらめいている。

下り道の終着で、彼らのこだまは一つの声へと重なる。

「死後医が処置するのはどういった病気なんですか？」

「自然ではない命だよ」

＊

月の下で腐敗していくすべての死体が**ヴコドラク**になる危険性をはらんでいる。死後医はこの運命からどうやって死体を守ってやるのか?

膝腱を切断することによってだ。ごくありふれた膝腱が、我々の回転する世界に死者をつなぎとめる役割を果たしていると考える人は少ないだろう。しかし綱を切ってしまえば、再び目覚めて歩き出す者はいないのだ。膝腱を切断された牛は一生不自由なままだと、医師はユーレに言い聞かせた。**夜明けの反対側では、我々の患者たちが棺に安全に収まり、起き上がりたいという欲望から守られている。**

ヴコドラクによって引き起こされた危険性を伝えるには言葉が鍵になる。死後医はみな、彼らの文法に最新の注意を払う。人々はたとえ**ヴコドラク**と遭遇したとしても、この殻は彼らの愛した人ではないのだと知っておく必要がある。蘇るのは肉体のみであり、魂は、そう考えられている通り、神の御許で安全である。「邪悪な風にシーラの体は吹かれている」は身も凍る言葉だが、「シーラがまた歩き出した」という言葉で生み出された、残された家族たちの心を乱す希望よりははるかにましだろう。

我々は彼の安息が邪魔されることなく永遠に続くことを保証するためにこれを行うのです……。

我々はすべての命ある市民を保護する者として、ヴェネチア裁判所の権限によってこれを行う

のです……。

我々はあなたのご家族を傷つけているのではありません。あなたの愛した御方は亡くなられました。我々は彼女の体が馬泥棒、あの悪魔に盗まれることを防いでいるのです。

医師は自身の家族にどう伝えているか。

彼は家族を怯えさせないように心を砕いている。

「鳥の羽をもぐ」、これが仕事について子どもたちに話す際に医師が好んだ婉曲語法だ。

「パパは亡くなった人たちにそうするんだ」

「**なぜ?**」娘たちは知りたがった。お互いの肩甲骨を触って、秘密の羽を感じ、くすくす笑いながら。

「よくあることから解放するためだ。そうしないと、鳥たちは歌に囚われてしまう。みんな眠りたいんだ、わかるだろ。人間と同じように」

けれど娘たちはこの説明に納得するには賢すぎた。彼女たちは父親が何か恥ずかしいこと、何か醜悪なことに手を染めていることに気づいていた。そうなんでしょ? そうじゃなければなぜ夜になると黒いローブに身を包み、遠く離れた洞窟に出かけていくの?

*

「膝腱は腰と膝関節の間に伸びている」

医師が手術をユーレ・ダ・モストに説明するのはこれが三回目だ。

「我々はまず膝の裏側の腱を確認する……」

ユーレは知りたがった。死体の目が痙攣しながら開くことはないのか？　そういったことは本当に一度だって……。

一度もない、と医師は言った。

虫のような目をした若者は手袋をした手で口をぬぐい、小さな蜘蛛の糸のようなよだれの跡を残した。唇はゆがみ、まるで興味があるのに反発しているようだった。

「そしてどんな場合も……手術はその、成功なんですよね？」

「ラストヴォ島が困難に直面していることはわかっている。お悔やみ申し上げるよ。けれどブラック・コルフでは、そのような過失は一度も起こったことはない」

若者はまるで部屋から悪魔の大群を退散させるかのように、手を叩いた。

若い女性の手術には十五分かかり、それはまったく特筆するところのないものだった。彼女はある伯爵一族の一人娘だった。この男から、医師は通常の三倍の謝礼を受け取るだろう。「裕福な人から受け取った手術代が貧しい人の手術代になる」高貴な女性の口元から目を離せないでいる若いユーレに医師は説明した。唇の一つ一つが小さな折り重なった蛾のようだ。**この娘と同じぐらいの年齢じゃないかね？**　この若者は短い人生のうちに死体を何体見たことがあるのだろうと考えながら医師は思った。山間《やまあい》の人々にひどいことが起こることはあるが、そういったケースは悲劇と捉えられる、自然の異常事態だと。この哀れな女性は地元で「喘鳴《ぜんめい》」という名前で知られている病気で亡くなった。医師の地区では子どもの病気はありふれたことであり、同じ病気で何十人もの命が奪われていた。

手術の途中、生徒は手術室の隅にある宝石の輝きに目を奪われ、手術台からふっと離れていった。それは医師の書見台で、天然の柱だ。イエズス会からの贈り物である貴重な本を載せていた。ベサリウスの解剖図の抄本だ。ユーレはふくれっつらで、まるでどの成熟した器官もめずらしくもなんともないとでもいうように本をめくりはじめた。「じゃあ、これが脳ってことですか？」若者はあくびをした。

「こっちに来て、わたしの手元を見なさい」医師はきつい調子で言った。

少年の顔は松明の明かりの中で紫色に見えたが、医師はいい兆候として受け取った。おそらく若いユーレは羞恥心というものを持ち合わせていたのだろう。

女性はまばゆいガーネット石のような、見事な赤毛をしていた。彼女の遺伝系列において八世代ごとに現れる彗星だ。医師は生前の彼女と話したことも、彼女に触れたこともなかったが、その真紅の髪が市場の露店の間を動いていくのを見たことがあった。**ニコニチッチ家の子孫。**ついに、と医師は最後のメスを入れながら、悲しく思った。**彼女の体はこの世の軌道から解放された。**魂はすでに逝き、安全に家路についた、と彼は信じていた。

その午後、今や錨をおろした老いた船乗りの手術をした。医師は若者の指を毛深い太腿からへこんだ膝頭のくぼみへと導いた。二人の手はともに肌の冷たい峡部の上を飛び、傷つけることになる筋肉をなぞった。この子は授業でちゃんと集中していたのだろうか？

若者の手は医師の手の下でこわばった。

「ああ、神様」ユーレは震えながら、さっと身を引いた。「ひどい手違いがあったようです。こんな場所にあなたといるわけにはいかない。お願いです、家に帰りたいんです」

この幸福な若者にとって、「家」は、頭上で太陽が降り注ぐ世界と同義だった。医師は鋏を上げながら思った。**動くことのできる生者は幸運だ……。**

＊

動物もまた**ヴコドラク**になる。ほぼ確実に、コルチュラ島に群がっている鳥の中には、体内に血がなく、昔の軌道に囚われているものたちがいる。多くのダルマチア人の船乗りたちが、カモメたちが生きていようが死んでいようがお構いなしに、大きな群れをなしているのを見たことがあると報告している。死にきれていないカモメはトンボのように湾を旋回するので、容易に見分けがつく。水面で羽ばたくのではなく、固定翼で上昇し、灰色の午後であっても、紺碧の羽はずっと輝いている。歌うが、海上を漂う不気味なその歌は聞き間違いようがない。

少年の頃、医師は怪我をした動物たちの治療に打ち込んだ。カモメの羽に添え木をしてやり、罠にかかり脚に傷を負ったキツネたちを解放し、回復させた。不自由な脚、精神錯乱、失明、痛風を治した医者についての物語を話してほしいと父親にせがんだ。彼は病人を健康な土地に導いてやることを夢見た。医者はすべての聖人よりも力を持っているように思えた。聖霊の行いに依存する聖人の起こす奇跡は月並みだが、手術は人間の功績だ。修練を積み、熟達し、繰り返される。父親は少年に将来街の医者になれるのだと思うがままにさせていたが、最終的に、母親が階級と肌の黒さのせいで、その夢は叶わないと説明した。

「ねえ、あなたみたいなお医者さんを見たことがある？」

島には二人の医者がいた。一人は裕福な年老いたクロアチア人で、自分自身の生殖不能症でさえ治すことができないとささやかれていた。もう一人は、ザグレブのイエズス会の大学で前学長を務めたカトリックの神父だった。肌は黄色い光を放ち、年齢は推測不可能で、どういうわけか、元気潑剌に見えると同時に、今にも死にそうでもあった。彼は最初に懺悔を行わなかった者の治療を拒んだ。ほぼ知られないまま、イエズス会は空いている持ち場を埋め続け、暗々のうちに島で亡くなった人々の膝腱を切断していたのだ。

「お医者さんたちはどこに住んでる?」と母は思い出させようとした。

「ぼくたちと一緒に、コルチュラ島に」

「いいえ。もっと正確に言いなさい。あの人たちと同じように考えるの。お医者さんならなんて答える?」

医師の母親は時に息子に対して、まるで果物の皮を傷つけることなく木からもごうとするかのように話すことがあった。息子の並外れた知性を信じていて、自然に伸びていくのを歪めたくなかった。

「岩の上に」

「その通り」

コルチュラ島の世襲の伯爵たちも住んでいた場所だ。突き出た腹と短い大腿骨をして、ピンク色の大理石のバルコニーを行ったり来たりしている色の白い支配者たちも、山間に住んでいた。カナヴェリッチ家、イズマエリ家、ガブリィエリッチ家、そしてニコニチッチ家を含む、島の伯爵たちは、ヴェネチアの十人委員会に直属していた。ともに、島で起こることのすべてに彼らは決定権があると、母親は説明した。そして、息子のような者に彼らの家族の治療を任すことはないだろうと。

彼は悲嘆に暮れ、イエズス会の医師に近づくと、窮状を訴えた。彼は十三歳にして尋ねた。ただ生まれ合わせのせいで、天職に就くのを禁じられるようなことがあっていいのでしょうか？「わたしは早熟な若者です」と、ついさっき教区のホールで、家庭教師がほっそりとした鼻をした生徒に言っていた褒《ほ》め言葉を言いかえた。「教えられたものはすべてマスターしてみせます」

一年後、彼は地下で手術をするようになっていた。

若い医師の最初の記録から。

休息、断食、鎮静、そして放血。これらは生きている体への治療だ。わたしが行うのは、認可された神聖冒瀆だ……

医師が自己憐憫の湯に浸かった世をひねた生徒だった頃は、心の中で沸騰する大釜に発泡性の塩を盛ったものだった。黒い悲痛、赤い怒り、彼の体の深いところにある傷から切り出された結晶たち。目が濡れて、ヒリヒリし、肌が深い泥の輝きを帯びるまでそうした。最終的にイエズス会は彼に疲れ果てた。向こう脛に鋭い鞭を打ち、医師は死後医になる少年を起こして部屋に戻らせた。

「もうたくさんだ！　死者を助けるのは**自分にふさわしくない**と思っているな？　気づかないぐらい頭が悪いようだから秘密を教えてやろう。我々は生者を治療するのだ。生者の恐怖を」

＊

次の朝、ラストヴァ島の若者は洞窟の入り口に、半分死人のような様子で現れた。黄色い太陽の光が彼のブーツのまわりに溜まっていた。明るい入り口のところでみじめにもじもじしながら、医師を呼んだ。

「二時間の遅刻だ」

すでに医師は二人の患者の膝腱を切断し終わっていた。

「寝ていなくて。何かが叫び声を上げ続けていました。窓の外すぐのところをぐるぐる回りながら！」

煌々とした目を持つ**チャガリ**だと、医師は説明した。

ジャッカル。

「**チャガリ**が食べるものがない冬の間は、遠吠えが夜中聞こえてくる」

「だけど、先生……まだ春分にも遠いのに……」

医師はこの若者は鮮やかな悪夢を描写しているのだと確信があった。ラストヴァ島で発せられていた音に感染しているのだ。

「確かに、その通りだ。おそらく飢えがやつらを早まらせたのだろう」

「自分が耳にしたことぐらいわかります。あれは動物なんかじゃない」

ユーレ・ダ・モストは、医師にとっては笑い事でしかない、憎しみを隠しもしない表情をまとっていた。

「若者よ、なぜきみのエネルギーをわたしを嫌うことに費やすんだ？　ラストヴォ島の命という疫病を起こしたのはわたしではない。この仕事は自分にふさわしくないとでも？　死者たちがきみを訪れる際に、ここでの時間を後悔しているとわたしに言えるかね……」

若者は家に手紙を書いているのではないか？　ここでどんなにひどい目に遭っているか母親に伝えようとして。

ユーレは何も言わなかった。今度は、自分はただ夢を見ていたのだと認めるのがこの子は恥ずかしいだけなのではないかと医師は考えはじめた。そして若者が家からどれだけ遠くに来てしまったかを思い出し、少しばかり態度を和らげた。

「また吠える声が聞こえたら」医師は生徒に助言した。「外に出て、動物に立ち向かいなさい」

ひどい朝だった。**この子は反射神経さえだらしない、**と医師は苛立たしく思った。ユーレ・ダ・モストはあくびをし、口を開けっぱなしにしていた。大砲のようにくしゃみをし、腕は左右でだらんとしていた。若者は長いこと、まばたきをするのを忘れているようだ。どうやったら瞬きもせずにこんなにじっと見続けながら、何も吸収せずにいられるのだろう？　医師は、このようなまぶたなしの不注意の類は、死んだ患者からしか望んでいない。

「今わたしが言ったことを繰り返してみなさい」

「この角材が補助するのは……腿の延長？」

「不正解」

その日最後の手術の後、医師は不機嫌なユーレを追い出した。手術台に腰を下ろすと、黒とオレンジ色の蜘蛛がごつごつした岩壁を上がっていくのを見ていた。手が山の長さを測っているかのように蜘蛛は動いた。壁が天井になる継ぎ目のところで、それは素早く向きを変えると、逆戻りしはじめた。

「わたしはこの世界が許す限りまで上ってきた」医師は空っぽの洞窟に向かって言った。「さらに遠くに行くには、わたしもそっくり引き返すしかないのか？」

洞窟の動物たちから若い頃の医師は教訓を得た。丸々とした青い虫が、のたくるようにして極細の裂け目を通っていくのを見た。小さなコウモリたちは石灰岩に何百も連なっている。コウモリは、きらめく裂け目の中の暗いふわっとした息のように、どこであろうとしがみつこうとしていた。教訓は、状況に応じて合わせていくということ。自らの皮に羽をきつく巻きつけ、裂け目に身を落ち着けろ。なめらかに進み、平たく留まれ。影の中で呼吸しろ。少しでも大きく、もしくは大きくなってしまったら、家が墓場になる危険性が高まる。

しかしながら、時として、医師の現実主義が突然ぽっかりお腹を見せて死んでしまうこともある。信念もまた、ひっくり返ることがある。そうすると彼の中の希望に満ちた少年がこう考える。**これが教訓だって？** 医師はミミズたちが伸び縮みしながら、ひび割れを抜けていくのを見た。ここではない他の部屋が、他の世界があったとしたら。そして別の方法でそこにたどり着けるとしたら。

＊

十二月の後半、医師と娘たちは凍えるような**北風**《ブラ》の中を歩いていて、伯爵の息子の葬式の行列に出くわした。悲しむ者たちの泣き叫ぶ行列は通りを進んでいく。金色のアイシャドウとチャコール色の唇をした女たち、つばの広い黒い帽子と真紅のベストを身につけた男たち、そしてトランペットのけばけばしい口から音楽が奏でられていた。

「パパ」真ん中の娘が尋ねた。「どうしてあんなにたくさんの人たちが泣いているの？　弟が亡くなっても、わたしたちは誰にも伝えなかったのに」

肺炎は、風の吹き荒ぶこの地区ではよく訪れる病気だった。小さな弟の呼吸が止まったことを告げられると、七歳の娘は静かに大人のような涙を見せ、悲しいほどの早熟さで、抗議するべき相手はいないのだとただちに悟った。

伯爵たちの浮遊する石切り場と、フジツボの人々の小屋を隔てるのは、垂直方向に一・六キロメートルほどだ。彼らの部屋に彼は入ることを許されない。想像力で扉を開けようとした時でさえ。両者の家々の間の距離は、人間の歩幅でも測ることができるということに医師は驚いていた。隣人同士でありながら、彼らの呼吸が重なることはほぼない。

＊

夜明けに、丘から四人の男たちが医師の家に現れる。街の調査員を引き連れて。一団に付き従うのは若きユーレだ。

医師に背中を向け、少年は**キルルゴ**《外科医》にヴェネチア語で話しかける。

「ここで何をしているんですか？」と医師は尋ねる。誰もが彼を無視する。ヴェネチア語は少ししかかじっていない。どの言葉も、高い屋根から頭に落ちてくる雨粒のように、冷たく、別個の驚くべきこととして彼の耳に届く。それらは弾け、意味を持つ。「昨日」「失敗」

医師は自身の名前を何度も耳にし、その声の調子に怯える。

つまりユーレは年配の貴族に行き着いたのだ。雪のように白いクロアチア人、〝本物〟の医師に、苦情を申し立てたのだ。一体なんだというんだ？

キルルゴは、驚いたようにつり網に似た細い眉を寄せ、通訳した。

「きみの患者だった、ペタルの娘、ネディィリカ・ニコニチッチが西の墓地の裏にある森で目撃されている」

「まさか！」

「この若者によると、手順が不適切だったそうだが……」

不適切だと。

「彼女は今や森を徘徊する**ヴコドラク**だ」

「ありえない」

ユーレ・ダ・モストは医師の視線を避けるため顔を上げない。

「その見間違いはわたしのせいではない」医師は言い張る。おそらく飢えた若い訪問者が森で女の幻覚を見たのか？　それともジャッカルたちの気の早い遠吠えから逃げたのだろうか。医師はこの若者がこの主張を裏づけるいかなる証拠を出すことができるのかと尋ねる。医師の皮膚から憎しみの波がユーレの方向に広がっていく。彼は扉が開いているのが気にかかり、声を低く抑えた。後ろで、子どもの声がする。「パパ？」

「誰だって」若者は言う。「あの髪の色は間違いようがありません」

キルルゴが乾いた唇を鳴らす。

「我々がみな知っている血のような色……」

「委員会は調査を続けています……」

狩人はすでに馬に乗り、森を捜索している。

振り返ることなく、医師は妻の影を背後に感じることができた。三人の娘たちはその日除けのような影に潜んで、耳をそばだてている。彼の喉が狼狽で締まる。家族が信じてしまったらどうしたらいいのだ？

ユーレ・ダ・モストは調査員の袖を強く引っ張り、ヴェネチア人の排他的な人陰に隠れて何事かささやいている。一つの手が上がって下がり、さっと切りつける手振りをする。彼らの言語から締め出されても、医師は若者が嘘をついていることを確信した。

「この若者は膝腱がどこにあるかもわかっていません。聞いてみてください、そうすれば手術に関するこの子の知識にただちに辟易するでしょう。何も知りやしないんです。わたしの何が不適切だったか聞いてみてください」

即座に返答が通訳された。

「この子はあなたの手が滑ったのを見たそうです」

ユーレ・ダ・モストは、同属である貴族たちの壁の後ろに隠れていた。いまだ医師を見ようとせず、その唇は薄い、ベタベタした笑みを浮かべ、片目は宙をさまよっている。狡猾な天才には見えなかった。十六歳で、恐怖を感じている自分を恥じている。恐怖は、捕まえて手綱を引くことのできない馬のように、ユーレの薄い色の目のまわりをぐるぐると回っている。なぜこの子はホラ話をつくり上げたのか？　医師は、その開かれた青い目にメスの先を向け、昨日の手術中の本当の記憶を若者が口にするまで、偽りの層という層を巧妙に剥がしていく様を思い描いた。

「問題のある若者の証言を鵜呑みにして、あなた方は狩人を招集したんですか？」

「他にも」とキルルゴは言う。「目撃されているんです」

動詞の変化に医師は身震いする。丘に住む人々の多くが、どうやら、自分たちの感じている恐怖にかたちを与え、医療過誤のムーア人の医師を訴える機会を待ち望んでいたようだ。キルルゴはまるで共通の言語が嫌な味になっていたかのように、がらがらと喉を鳴らし、ヴェネチア語に戻った。

「パパ！」末の娘が再び泣き出し、妻が娘たちを追い立てる音が続く。医師は喉の球体を呑み込む。

「では彼女はどこにいるんですか？　最後に目撃されたのはどこですか？　地図で示してください」

地図が広げられた。

「誰が目撃したというんですか？」そう穏やかに尋ねる。

そして医師は敵の名を知る。

＊

その夜、医師と向き合う妻の中で噂は進行してはいないようだった。傷を負った、涙を流している目を除いては。医師は彼女の黒い髪を後ろになでつけ、目を調べる。**目というものは、いとも容易《たやす》く傷つく、**と思いながら。医師は妻が本当に傷ついてしまうことを、彼女の彼への愛情が流れ去ってしまうことを恐れた。

「何百もの、何百もの死」、医師はつぶやくように言う。「何千もの成功、あいつらの地面の下で費やしてきた歳月。どうやら何の意味もなかったようだ……」

「もし間違いを犯したのなら」妻は穏やかに告げる。「それはあなたが完全に人間だという証でしかありません」

妻は夫の頬骨の一番高いところに触れる。まるで秘密のドアのレバーを感じているかのように。

「認めさえすれば、わたしたちは償うことができるはず……」

医師は言葉がなかった。妻の非難の言葉を聞いたのだ。信じられないことに、すでに彼を許していることも聞きとれた。

自発的な燃焼の最中に、妻は完璧な男という夫の幻想を燃やし、そして復活させ、抱擁する。**けれどそれはわたしではないんだ！　欠点があり、醜く、不器用で、騙されやすい、詐欺師だ……。**

医師はうんざりしながら、妻の寛大さに怯《ひる》む。妻の目は愛で潤んでおり、夫が行っていないことにおいても許そうとする彼女の能力には、動物的というか、異星人的な何かがあるようだった。湖が嵐の後に落ち着きを取り戻すがごとく、瞬時の出来事。水底が再び青くなり、縫合の跡でさえ消え失せる。それは見ていてもおののく。それは見ているのもおぞましいものだ。**おまえはわたしよりも優れた医師だ。わたしの死。**

突如として、擁護してくれる者がいなくなったと医師は感じる。あの男はこの許しの中にすでに呑み込まれてしまっている。

「違う。そうじゃない。こんな扱いを受けるようなことは何もしていない、何も……」

この愛はひどく恐ろしいものだ。彼が求めているものではない。もし妻が夫は患者の手術に失敗し、周囲に嘘をついているのだと信じているというなら……。

自らの手が妻を払いのけるのを彼は目にする。

「この世界で、おまえだけが信じてくれれば、わたしは生きる」そう断言する。

妻は、傷ついた動物のように驚いて夫を見上げる、彼はこれまで彼女に手荒く触れたことなどなかった。

「わたしだって途方もない数の失敗をおかしています……」

「だけどおまえがわたしを信じてくれないと」医師は言う。「もしおまえがあいつらのように……なってしまったら……」

妻は小さな口をぽかんと開けたまま、医師に近づく。落下する直前の人のような表情をして、腕は空間を彷徨《さまよ》う。彼の肩をつかむと、しゃくり上げる。その音はどこか他の場所から聞こえてくるようだ。彼女の小さな手が彼の胸に張りつけられる。医師の儀式用のローブに紫色の星が刺繍されているようだと彼は思う。そして最後に彼女の手が下ろされると、目の前で夜空から星々がまっすぐに落下する。

「あいつらはこれからすべてを奪い取るつもりだ」医師は妻に言う。「わたしの名声だけでは済まないはずだ。遅かれ早かれわたしは駐屯地で朽ちていくことになる……」

影が広間に投げかけられる。打ちひしがれ、医師は子どもたちをよろめきながら追う。

「手術は成功だった。それに森を彷徨っている女はいない。もし信じられないのなら」彼は叫ぶ、「わたしの家族ではない」と。

数時間後、医師は身支度をし、洞窟へと出かけていくが、もちろん待っている患者はいない。伯爵たちによる調査と決定が済むまでは、手術をすることを禁じられている。洞窟に近づくには、イバラの生い茂った道を一時間近く上っていくことになり、今日という日も、ブラック・コルフの暗い森は、ターコイズ色のアドリア海と計り知れないほどのコントラストでそびえ立っている。

洞窟の入り口で、医師は立ち止まる。深く低いところで、彼らが待ちかまえているのではないかと思ったのだ。待ち伏せだ。狩人たちの狙いは、朝の光の中で新たな獲物に移っている。

＊

二日が経つ。医師は投獄されていない。妻と娘たちは家から出ない。狩人の誰一人として、**ヴコドラク**を捕まえたり、見かけたりすることさえないが、同時に、彼女の存在は島に偏在している。港の教会で嘆き悲しむ女たちは他に何も見ず、目をまるで封蠟のようにぎゅっと閉じ、蠟燭の光の中でひざまずいている。

今や新たな医師がコルチュラ島の街をあちこち跳ね回っている。流し目をして、非道で、締まりのない手をして。この世の終わりのような無能ぶり。医師の双子が、彼の名声を台無しにしようとしている。**目を開けてくれ。〈もう一人の男〉と闘う機会をくれ。あなた方の記憶からわたしを追い出した強奪者と。**

医師と目を合わせる数少ない人たちでさえ、彼を見ようとしない。彼らの目は彼の肌を越えて底引き網を投げ、そして怪物がその網に跳び込む。医師の声は震え、人々は彼の罪を確信する。

無視をされて、ここでどうやって生きていけばいいのか……?

噂はこんなにもさっぱりと、医師の以前の記憶をすべて消し去ってしまうのか?

市場の露店の裏を通り抜けながら、医師は彼自身の死について盗み聞きする。誰もが医師の失敗について話している。彼の犯罪についての噂は多岐にわたる。人々の心の床の上で以前の医師がもがき、死んでいくのが聞こえてくる。かつて馴染みのあった声たちは、恐怖に錆びつき、汚れてしまった。

「……彼女の眠りが**妨げられた**原因は……」

「……土が乱されて……」

「……そして血が彼女の口に!」

医師は友人たちの家を訪れる。ニコラ・グルビン、マテイ・グルビン、イヴァンとイェロリム・ラドヴァノヴィチ。わたしを見てくれと、医師は請う。わたしにあんなことができると思うかい? 愛ゆえに、彼らは恐怖に打ち勝つ。目を伏せるのをやめ、医師の充血した目をじっと見る。友人たちの瞳には嫌になるほどすべてが映し出されている。つまり、**誰一人として、今もわたしを愛している者たちでさえ、わたしを信じていない。**

＊

進展がないまま三日が過ぎる。狩人たちは赤い尾のリスを追いかけることになり、ヴコドラクをいまだ見かけていない。医師の評判は今や地に落ちかけている。狩人たちは若者に騙されたのだと不平をこぼしていたが、キルルゴは十人委員会に対して調査を擁護している。最後には多くの人が、死体が再び動いたのだと後押しする気になっていた。

だから調査員たちが家族の抗議を押し切ってネディリカ・ニコニチッチの墓を掘り返し、空っぽの棺を発見したと聞かされても、自分を陥れたのがユーレ・ダ・モストであるのかどうかも、医師にはさだかではなくなっていた。

「死体が行方不明になっている」医師は妻に告げる。

「そう聞いたんだ」

驚くことに、彼女は彼の手を取る。

＊

免職になる前夜、医師自身も噂を信じはじめていた。偽物の記憶が彼の疑念を餌食にしていた。

寄生するように、それは強く、明るく、さらに激しく生き生きとしていく。どうしたら立ち向かえるのか？

あの男は羊肉の中にいるミミズのようにわたしを餌食にする。やつを殺すには、その存在を想像すること自体、止めるしかない……。

「わたしの手は滑ってなどいない」鏡に向かって繰り返す。「何千回もの手術中に、一度だって手が滑ったことなどない」

妻の顔、そして娘たちの顔を医師は思い出そうとする。いまだ自分のことを愛している顔でつくられた防御壁が必要だった。しかし、目に映るのは松林の間を歩いている彼の患者であり、その赤い髪は月よりも輝いている。彼女はコルチュラの街に向かって、丘を下っていくところだ。林を切り倒し、心を空っぽにできたとしても、シューシュー音を立てながら下っていく彼女は視界から消えない。これは終わりのはじまりの兆しだと医師にはわかっている。彼自身の空想でさえ抑制できず、想像力が震えているというのに、自分の手は安定していると、誰を納得させることができるだろう。

「あの若者の話をなぜ信用するのか？」医師は鏡に向かって叫ぶ。「ほんの数日前に現れたばかりのよそものを？　**ヴコドラク**は若者の不安定な心の産物にすぎないのは明白なのに……」

しかし時すでに遅し。**ヴコドラク**の顔は医師の内側に仮住まいをしている。さらし台の白い顔。医師の心の目では、彼自身が手術台の上で、彼らの物語の登場人物となっている。**ああ、神様、お助けください、感染してしまったようです……。**

哀れな医師は啞然として、彼らの物語を信じはじめる。

*

今や医師の心に取り憑いているのは、裸足で松ぼっくりを踏み締めている、燃えるような髪をした彼の患者ではない。心を占めるのは〈もう一人の男〉だ。〈もう一人の男〉がどこにでもいるせいだ。心から心へと飛び、彼を覆い尽くしている。真実の月の上にかかる偽りの赤い覆いのように……。**どうしたら〈もう一人の男〉を殺すことができるのだろう？**

わたしの名前と尊厳を盗み、患者たちからの信頼を盗んだ男……。

〈もう一人の男〉。

怪物の双子。

医師を許している妻のことを許すのは不可能だ。このような怪物を愛することができるのだとしたら、彼女にとって自分は何の意味があるというのだろう？　医師は自らの行き先に注がれるひどい愛情を見ていられない。それは彼を徹底的に消し去るだろう。

「**あれ**を愛することができるというのなら……」

医師の心の目には、彼の手が彼女を叩く様が映っている。妻の首が後ろにぽきんと折れるのが見える。医師は友人たちの心にこれらの幻想を注ぎ込み、医師のことを想像している彼らのことを想像する。実際は何もしていなかったとしても、結局のところ、意味がないのだ。医師は思う。**わたしは彼らの怪物なのだと。**

＊

「わたしはどんな患者にとっても信頼がおける人物です」

夜明けから、法廷が招集されていた。永遠に続くかに思える、耳をつんざくような鐘の音が十回鳴る間、顔から顔を、医師は見つめていく。これらの男たちはみなよく知っている顔だった。彼らの祖母たち、母たち、大叔父たち、父親たちの多くに手術を行ったのは彼だ。彼の声はしわがれていたが、抑制されていた。「証拠として、この手術を我が子らにも施していることを、法廷のみなさんに思い出していただきたい」

しかし証言の途中で、医師は平静を失う。最悪の瞬間に、声が抑えられなくなる。記憶が医師を裏切り、過去に彼を吸い込む。医師は末っ子を腕に抱えて、ジュルノヴォの松林を歩いている自分の姿を見る。呼吸することもなく、この先一歩も歩くことのない死産の息子。そんな体が森を歩いたからといって、どんな危険があるというの？　と妻は尋ねた。「あなた、そっとしておいてあげて。あの子ははいはいしたこともないのに。今は天国にいるんです」けれど医師は用心することに固執した。乳児の顔は医師の顔だった。小さな琥珀色の横顔。幼虫のような唇のかたちもそっくりだ。蕾のような鼻の軟骨は祖父ゆずり。凍えるように冷たい手術室で、医師はかがみ込んで息子の唇にキスをした。医師のある部分は、洞窟の白い方解石の天井で常に流浪の身であり、彼は手袋をした自分の手の上に広がる空虚な空気の中、息子の上に浮かんでいた。切断の重要性を医師は理解していたが、そうであることを恨んだ。あの手術は誰にも認めることができないほどの犠牲を医師に強い、彼は記憶から後ずさる。

「わたしは信頼のおける……」医師は自分のことを信じるよう男たちに請い願おうとし、裏返った自らの声を聞いてたじろぐ。つまり、すでに勝負はついていたのだ。涙が堰を切り、医師の頬を大量に流れていく。次の一息で、医師は声を安定させる。

「わたしの記録は完璧であり、どんな患者にとっても信頼がおける人物です」

しかし彼らの表情はすでに変わっている！

＊

「一月三日、我らが死後医は切断の手術中に手を滑らせた。実際故意であった可能性も……」

男たちが医師に対する告発状を読み上げ、彼は帰宅する。森では**ヴコドラク**がいまだ発見されていないというのに、この一件はその夜のうちに十人委員会に知らされるだろう。今にも、調査員の書類をのせた船が港を離れようとしている。評決が医師に到達するには、数ヵ月を要するだろう。しかし彼の罪を確信している、気短なコルチュラの人々も少なくない。そうでない人たちは、恐怖に心を占められ、彼の人生の終わりと彼らの悪夢の終わりとを同一視する。日誌に書き込みながら、医師は考える。**ラストヴォ島の年配の医者はどうなったのだろう？　松の木に吊るされたのか？**

医師の手が震えはじめ、テーブルから石油ランプを叩き落とす。医師はそれを恐怖の中で見下ろす。指は独断で動き出し、ランプの芯をつまむ。自分の指が思い通りになったことなど、これまでもなかったのかもしれない。

良き医師だったのに、今では違う。彼を怪物に変えつつある噂だ。以前はそうではなかったはずだが？　しかしその確信でさえ溶けていく。

後の世紀になると、黒死病のような病への新しい病因学は発展するだろう。病原菌説が瘴気論に取って代わる。アレクサンダー・フレミングは、微生物にペニシリンで対抗する。しかしフレミングは病気の原因となるバクテリアがどれだけ速く変異するかを予測できない。治療を試みる過程において、病気の中で遺伝子の回復力が育まれる。最も頑強な生存者が卵を産む。そして治療法が、病気に迂回する道を教える。

噂は変化し続ける。一つの変種では、ニコニチッチ家の娘は亡くなった際に医師の子どもを孕《みごも》っていたことになっている。一つの変種では、四つん這いの裸の乳児を含む、何十人もの医師の患者が森の中を彷徨っているそうだ。一つの変種では、医師の妻は**ヴコドラク**であり、家の中に囲われている。時が過ぎるごとに、噂は真実を凌駕するようだ。裁判の次の晩、調査員は馬から下り、医師にその後の進展を共有する。

「若者はどんどん思い出しています」

「あの子が？」

「他のことも思い出したそうです」

カモメが港の上で叫んでいる。島中で、医師の隣人たちの心の中で、赤い髪をした**ヴコドラク**はたった今目覚めたところだ。

「教えてください、若きユーレが今さら何を思い出したというんですか？　どんな架空の記憶ですか?」

　わかったのは、医師がユーレ・ダ・モストをひどくみくびっていたということだ。若者は、柔和な、種の皮のような顔からは及びもつかない、想像力の貧困さを膨らます独創的な才能があった。悪夢版の医師の物語を新たに聞かされ、医師はこわばった足取りで桟橋に向かうと、胃の中に入っていたものを湾にぶちまけた。小さな赤い魚が水面に顔を出すと、彼の嘔吐物をつつき、医師はこれだけでも慰められた。自然の旺盛な食欲と、水の上に浮かんでいる彼の姿への、あくびをしそうなほどの無関心さに。

　その晩、医師は隔離が失敗に終わったことを知る。窓のそばに腰かけた妻が、遠く小さく見える薄い緑色の海を眺めているのを彼は目にする。家の中に立て籠もるようにという医師の命令に従っていたにもかかわらず、妻はどうしてか噂の最も暗い変種をつかまえていた。

　妻は彼を動揺させる穏やかさで話す。

「あなたが彼女に恋をしていたと聞きました」

「まさか。そんなことは可能ではないし、真実でもない」

「彼女の体に……あなたが何かをしたと聞きました。そしてここでさらに何かしようと隠していると……」

「ああ、愛する人よ」

　つまり、妻はすでに、これらの忌まわしいことごとを夫が行うのを見ていたのか? 彼女は彼、〈もう一人の男〉を午後いっぱい楽しませていたということか。妻が噂から想像した光景を見てしまうのを、医師は防ぐことができない。

「あのような女性は」彼は激昂して言う。「生きているうちに決してわたしに触れようとしないだろう！　教会の中であっても！　きみにも、娘たちにも触れないだろう……」

「聞いたところでは」妻は言う。「あなたは彼女に触れたそうです」

妻はベッドのへりの上で眠る、まるで葉にしがみつく青虫のように。背中は医師に向けられている。それでいて、手のひらは後ろに広がるベッドの上に放り出され、彼がそう望むならば、手を取ることができる。妻の腕は後ろ向きに曲げられていて、彼はそれを恐怖とともに見つめる。彼女はそれでも彼に手を伸ばしている。きみはどうして、そんなことが……、医師は思い、その先を考えることさえ恐れる。

＊

医師はそれからの三日間、招かれざる客として、扉をたたき続けて過ごす。誰であろうと応えてくれる人たちに、自らの立場を主張する。評判が回復するまで休む気にはなれない。壁に囲まれた街の貧困層の地区からはじめ、海水で滑りやすい埠頭を蟹のように登っていく。このままいけば、ある夜には伯爵たちにたどり着けるだろう。

「罪人のように振る舞わないで」妻が忠告する。「これではあの人たちの思う壺です。それがわからないの？」

医師は妻をぼんやりと見つめる。自分自身がヴコドラクの一種になり、島の通りをぐるぐると徘徊していたとは気づかなかった。

「噂が島のどの心も汚染している。もし打ち勝てなければ、我々には新たなはじまりなどあり得ない。我々の名前を変え、わたしは肌を焼かなければならないかもしれない……」

娘たちも母親の調子を真似し、小さな体でアパートメントのドア枠を塞いでいる。「パパ、一緒にいてよ！」

医師はまるで家の中で侵入者を見つけて驚いたように、四人を見てまばたきをする。下唇を覆った彼の親指は、小さな十字架をかたちづくる。自分が泣いてしまうか、叫び声を上げてしまうのではないかと恐ろしかった。

「わたしたちを何だと思ってるの？　家族でしょ」

その夜、妻は新たな計画を持ちかける。島から逃げようと。

「去ればいいんです」

「そうかい？　どこに行けるんだい？」医師は今やおおっぴらに笑っている、まるでここまで続いてきた冗談の最新の面白い展開であるかのように。ようやく彼は決め台詞を彼女につぶやくことができる。

「わたしには一つの能力しかない。そして今それが論争になっている」

彼は骨張った手を、光に照らされた彼女の顔の前でひっくり返す。

「誰ももうわたしを信じていない」

「わたしたちは信じています。わたしたちが信じてる」

医師は涙が出るまで笑い続ける。〈もう一人の男〉が彼を見ている。

「お願い。船を探して」

「おまえたちはみな、わたしがやったと思っている」

＊

「わたしはどんな患者にとっても信用がおける人物です」彼は用心深いうさぎに向かって大きな声で言う。ピンク色の鼻が膨らんでしぼみ、愛おしくてたまらなくなる。動物はもちろん、噂に影響を受けない。洞窟に入ると、新しい患者のために手術室を整える。長い間、うさぎは錆っぽいオレンジ色の丸太の上にいて、洞窟の喉元から影が飛び出してくるのをじっと見下ろしている。

＊

裕福な男たちの要塞のような家は、彼らを驚くほど無防備にさせる、と医師は思う。

雪のちらつく光の中で、彼はペタル・ニコニチッチの象牙色のベランダへと螺旋状に続く、石灰岩の絶壁に設けられた階段の途中でひざまずいている。何キロメートルも下で、暗い海が海岸線に打ち寄せ、音もなく延々と鳴り響いている。コルチュラ島に住む伯爵たちがフジツボの人々と共有するジレンマが一つある。月の豊かな光を家に取り込むのならば、部外者の視線に家族をさらさなければならない。どんな二つの目でも、月の光を追えば、誰かの私的な部屋を覗き込むことができる。医師は、すでに死んでいる者の特権を自分が利用しているように感じる。もし彼が良き医師として存在していることをこれ以上誰も信じないのならば、彼の幽霊がニコニチッチ家の琥珀色のダイニングホールをじっくり覗き込んでいたとしてなんだというのか。医師はこの高さまで登ってきたことがかつてなかった。島の海岸全体にぶつかる高波を見てめまいがしてきた。列柱の並ぶ主屋と、離れたところにあるすべての建物がヴルニクから採石した白い石でつくられている。医師は家の調和に見惚れる。まるで地面の下から衛星が掘り出されたような輝くドーム状の屋根。ぎりぎりまで近づいて、医師は告発者たちの内側の世界を覗き込む。長く黒いテーブルの上には、イラクサの花束を添えられた十二枚の皿が置かれていた。テーブルそのものが優雅な有蹄動物だ。脚にはオーク材の蹄を持つイタリア家具の種。おそらく、それもまた銀色と金色のデカンターとともに飛び出さないように、足枷《あしかせ》をされているのだろう。〈もう一人の男〉は、すでにここで食事をしたことがあるに違いないと、医師は見当をつける。ペタル・ニコニチッチは〈もう一人の男〉を一日に百回も自らの思考の中に招き入れ、失敗に終わった手術の再現をしているに違いない。

わたしたちは癒されるだろうか？　医師は考える。医師が適切な言葉を口にすれば、両方の男を噂の支配から解放することは可能だろうか？

ローストされた肉が薄い皿にのっている。赤い盗品のように盛られた乾燥ベリーと溶解しつつある野菜料理。そしてテーブルの中央に座するのは、六人の健康な子どもたちに囲まれた、医師の暗殺者であるユーレ・ダ・モストだ。長い前髪を眉毛の上になでつけ、細い体は真紅のベストに呑み込まれている。ラストヴォ島の彼の家族は、このお城に就職口を見つけてさぞかし安堵しているのだろう。この家では、若者は十六歳よりも幼く見える。十一歳、十歳、だるそうで、小さい。不本意にも、医師は憎しみが和らぐのを感じる。こぶしは手のひらに。このラストヴォ島の若者が、なぜ伯爵家の娘の体を動かしたのか容易に想像できた。医師はユーレが彼女を墓場から運び出す様を思い描く。**ヴコドラク**が現れることに怯え、しかし生者からの尊敬を失うことにもっと怯えている。

そうか、つまり、わたしたちは同じ苦境にいるのだ。きみは嘘つきになりたくないのだ。わたしが怪物になりたくないように。

飲み干された杯の横に骨が積まれている。料理が食べ尽くされていく速さには驚きしかない。以前の生徒が片手を口の浅い穴に押し当て、笑っているのを医師は見る。窓の医師の側では、とどろく風によって何も聞こえてこないが、自らの心が音を提供する。笑い声ほど明るいものはない。聞こえてくるこの音、もしくは聞こえていると想像しているこの音が、若きユーレから流れ出ているということは、かなり恐ろしいことだった。

医師は食事が終わる前に部屋の中に乗り込むつもりだったが、麻痺したように、テーブルが三人の執事によって片づけられていくのをただ見ていた。巨大な広間の内側の、人生の浮き沈みと影に催眠術をかけられ、医師のかがんでいる背中に雪片が積もっていることにも気づかずに。一人また一人と、ユーレ・ダ・モストとニコニチッチ家の面々、そして執事が消えていく。すぐに部屋には誰もいなくなり、そしていまだ医師は窓の下でひざまずき、伯爵のいない椅子に向かって主張している。**わたしは無実の男です。コルチュラ島の死後医として、手術記録には過失一つありません……。**

人は自分が麻痺していることに麻痺することがある。体の最後の拒否であり、これがまさに、雪の中でひざまずいている医師に起こったことだった。階段で発見されることがなければ、彼は今もそこにひざまずいているかもしれなかった。手が医師の肩に置かれ、荒々しく立ち上がらせる。

「誰だ？　ここにいるべきではない」

首を伸ばして振り返り、医師は〈もう一人の男〉とぶつかる。その姿は医師を岩壁に押しつけている、灰色の怯えた目に映っている。明るい弦の月が港の上に浮かび、彼らの体の周りに光の縞を巻きつける。医師は永遠に終わらないめまいと闘っている。伯爵の目を覗き込んでいると、彼と彼の分身とが溶け合っていくのが見える。

「ペタル・ニコニチッチ」ようやく医師は声を取り戻す。「ペタル、ペタル、ペタル、ペタル、ニコニチッチ！　立派なお方、陛下。ペタル・ニコニチッチ様」

医師の声はいざその時になってみると、まったく明瞭さに欠けていた。

「押し入ってしまったこと、お許しください、けれどどうしても……」

医師はろれつが回らない。彼の舌、熟練を積んだはずのなめくじが言うことを聞かない。

「無実を証明したかったのです！」彼は爆発する。

医師は酔っぱらいではなかったが、この会遇の先の展開によっては、自分もそうなるかもしれないとふと思った。

「わたしはここにいるべきではありません。それは事実です」昔の笑い声が沸騰しそうだ。「あなた方は洞窟の屋根までわたしを飛び上がらせたが、そこまででした。あなた方は、わたしたちが本当の空へと上るのを阻んできました。ペタル・ニコニチッチ、あなたはわたしをムーア人と呼びますが、わたしの家族はあなたの家族と同じだけブラック・コルフで暮らしてきたのです」

笑い声が医師から逃げ、夜の闇に浮かび上がる。医師の口からではなく、赤い両目の皺の端から発生したヒステリーのもや。医師は束の間、そのはかない音が渦巻く雪の柱に姿を変えたのかと見間違い、口をぽかんと開けて見上げる。

「ああ、あなた方はずっと前にわたしの脚を縛っておくべきだった！　わたしがある日あなた方の丘を上ってくるんじゃないかと考えたこともあるでしょう。けれどわたしが想像していたのは違う種類の上昇です、ペタル・ニコニチッチ。昇進ですよ！」

人生一の冗談にもう一度捕らえられ、医師は声に出さずに笑いながら、身をよじらせる。「ああ、ごらん」低い声で言う。「観客がいたわけか」

青い光が上階の窓の一つからあふれ出る。ユーレだろうと、なぜか確信があった。客室にいるユーレに見下ろされている。見下ろすのはユーレ・ダ・モストの優れた才能だ、そうじゃないか？　近親交配家系の若造にしては、たいした功績だ。

強い意志の力で、医師は自制心を取り戻す。

ランタンを上げ、伯爵の痩せこけた顔を照らす。まるで緑色の葉の赤い筋のように、何十もの血管がその目を走っている。医師は大柄な男の手首をつかむ。

「ペタル・ニコニチッチ、あなたの娘さんを傷つけたことなどありません。信じてくださらなければ」

〈もう一人の男〉はペタル・ニコニチッチの乾いた目から身を起こし、医師を見据える。

「どうか。どうか。どうか。わたしがどういう人間か思い出してください」医師は請い願い、二人の冷たくて湿っぽいおでこが触れるほど詰め寄る。「わたしをお忘れですか？」

医師をつかむ力を緩め、伯爵は後ずさる。二人とも息が荒い。ランタンが下げられ、伯爵の限られた部分しか見えなくなる、ねばねばする光に囚われて。大きな広がっている鼻、震えるオレンジ色の口髭。これだけでもペタル・ニコニチッチの悲しみが伝わってくる。医師は怒りをぶつけられる準備はできていたが、闇の中で大きな男の慟哭を聞く心構えはしていなかった。今や彼は鎮まり、治療できないとわかっている自分自身の絶望のリズムを感じている。

「あなたの家にいるあの若者は嘘つきです。保身のために死体をどこかに隠したはずです。ですが手術は手順通りでしたし、あなたの娘さんは**ヴコドラク**にはなっていません」

「娘は亡くなった」ペタル・ニコニチッチの顔は、丘の上の闇に紛れてしまった。「さあ、きみも行ってくれ」

＊

海へと戻っていく主要路の中ほどで、医師は彼一人で進んでいるのではないことに気づく。雪が降るのは島ではめずらしいことだ。家への道すがら、吹き溜まりに残った自分の足跡をたどりながら、医師は足跡が二種類あることに気づく。

つけてきているのは誰だ？　医師は大声を出す。

何かが藪の暗がりから出てくる。葉っぱを払い落としながら。森から人間らしき啜り泣きが聞こえ出し、その音は耐えられないほどによく知ったものだ。

ささやくように、医師は森に尋ねる。「ネディリカ？」

知っている子どもが影から姿を見せる。真ん中の娘だ。

「パパ！」

「こんなところで何をしている？」この雪の中でどれくらいの間、娘は父のそばを彷徨っていたのだろう？　娘が追いかけてきていることに気づかないとは、自分はどれだけ迷っていたのか！

「外出してどこに行くのか知りたかったの」娘は言う。いつものように有無を言わせず、謝るつもりもなく。「すごく寒いよ、パパ」

震えている娘を腕に抱え、これ以上防寒具を与えてやれないのがつらかった。医師は降り続く雪の中をできる限り速く歩く。雪が深まると、医師は娘を肩に担ぐ。二人は濃淡のない月明かりの渓谷を進んでいく。この月の牧草地にいるのは、父娘だけではなかった。娘の目が先に生き物をとらえ、悲鳴を上げる。

その者は後ろ足で立ち、髪の毛は膨らんだ脇腹に絡みついている。医師は大女の影をなんと呼ぶのか思い出そうとするが、「怪物」しか浮かんでこない。彼女に吠えてみせたのは娘だった。

「熊だ！」

そんな冗談は面白くないと医師が思った瞬間、新たな驚きがあった。ユーラシアヒグマとして知られる、後ろ足で立つこの種の熊は、印象的な赤い毛をしている。

つまり、ここに一つの謎の答えがあった。二人は**ヴコドラク**を見つめる。血のように赤い鼻口部とブロンズ色の毛皮をして、森の中で真っ直ぐ立っている。束の間、医師は気持ちが高揚する。**これで人々にすべて説明し、〈もう一人の男〉を消し去れる**と考えて。しかしもちろん、そうはならない。噂は真実の、そして歴史の塔に到達し、今更立ち退きたくなんかないのだ。

医師は娘をずっと肩に担いでいた。振り返ると、娘と熊の目が合っていた。熊の鼻先がだらんと開く。長く黒い歯が見える。暗闇から現れ、空中浮遊する粘板岩色の舌。熊は、巨大な毛むくじゃらの両腕を木の枝のように前に垂らし、島を根底から揺るがすような声音で吠える。そしてひたすら吠え続ける。その響きの内側で、奇跡が起こる。人間の言葉ではどうしてもそれを言い表せない。三者は一斉に催眠術にかかったかのように立ち尽くす。命が自身を発見する。それは三つの鏡の周りを飛び回る光線だ。そして新しい何かに自らをつくり変える。

彼らの結合した意識から、四つ目の心が誕生する。全員を覆うのに十分な大きさで、その中から、まるで原子から分子が生まれるように自身を創造する。彼らの衝突は、特別ではかない知性の進化を、瞬間的に後押しする。それが崩壊する前に、それぞれの生き物は、他者の目を通して自己を覗き込む。娘は父親の両肩につかまった蕾のように小さな彼女自身を目にし、結局のところ、一人の男にすぎない医師は、熊の心に落ちていく。すべての非難から浄化された、雪の上の影。そして、熊の知覚はこの言語の網の外に浮かんでいる。一度、二度、三つの存在は瞬きをする。過去や未来なしに、互いの内側に互いが存在する。

魔法は終わる。何かに壊されたのではなく、ただその道程を終える。二度目の咆哮で、熊は彼女の孤独な生活を再開する。前脚を地面に下ろし、肩で押し分けるように松林に入っていく。医師には少し前に彼らを呑み込んだ、真っ黒な知識の記憶しか残されていない。この国と並行して走っている、彼が存在する別の国がある。

夜明けの少し前、二人は降り積もったばかりの雪で真っ白な、新たな空き地にたどり着く。餌を探していた鳥たちが、驚いて空に飛び上がる。鳥たちの鳴き声は、銀色で、離れていて、別の世紀からの雷のようだ。地面をかすめても、遠くからこだまする。

パパ、どうしてあんな風に鳴くの?

あの鳥たちは死んでいて、生きているからだよ、と医師は説明する。

娘の肌は青く染まり、目は半分閉じられている。医師はすでに彼の手袋を娘の手にはめ、ローブで娘をくるんでやっていた。冷たさがもう娘に侵入しているのではないかと恐ろしかった。コルチュラの街に到達する頃には、太陽は上り、海に流氷を送っている。船たちは異星の野獣のように不気味に現れ、それらの船縁は、オレンジ色とすみれ色の氷柱《つらら》の牙を持つ木製の歯茎に変わる。**世界は午前中に千もの歯を失うだろう**、と医師は思う。娘はみじろぎをし、顔を父の髪にこすりつける。

医師の家では寒さがまだはじまったばかりだ。朝の鳥たちに匹敵する悲鳴を上げ、妻は夫に倒れ込む。医師は熊の話をしようとしたが、真ん中の娘の咳によって六回ほど中断される。娘は彼を見上げて瞳を瞬く。寒さで今も眠たそうだ。

「どこに行っていたんですか? こんな天気の中この子をどこに連れていったと……」

「この子はついてきたんだ」医師は弱々しく言う。

「何を見たかママに話してごらん」そう娘に促す。

「誰も見てない」

妻は医師をまるで見知らぬ人のように見つめる。その目には、彼が締め出されるだろう娘たちとの未来が映っている。動物のように素早く、妻は娘を奪いとり、雪で今も濡れている娘の頭の横側を、その色のない唇をなでる。一方、妻の顔はどんどん生命を宿して輝いていく。

「出ていって」
これが、妻は許せないと言うのだ。
医師はため息をつく。今や幸福感を覚えるくらいだ。
「わたしを愛していたんだな」

*

その夜、医師は家に帰らなかった。船乗りたちの定宿《じょうやど》である売春宿のわら布団で眠ったが、そこでは二メートルある店主でさえ、彼に触れるのを恐れている。彼は夜明けに目覚め、壁に囲まれた杉綾模様の迷路を彷徨う。隣人たちが、まるで刺されたかのように顔を背けるのを、どうすることもできずに目にしながら。

日が沈む頃、係留された船から光がリボンのように引いていく。医師は近くで波が跳ねているザラザラした岩に腰を下ろす。凪は他の人たちを皆、壁の内側に追いやった。これらの岩には白亜の貝の欠片《かけら》が詰まっており、そこに座る人は誰であろうと、立ち上がった時にズボンに双子の三日月の跡がつくのを免れない。人並みに几帳面な医師だが二週間ほど床屋に行っておらず、泥、もしくは血の澱みの中であろうと気づかずに、座り込んでいただろう。

夕景はコルチュラ島では凶暴な光景だ。太陽は岩の後ろから撃たれたかのように飛び上がる。月が完全に上ると、医師は立ち上がり、〈もう一人の男〉を捜すために、ジュルノヴァの松林に向かう。終わるには決闘しかない。メスを手に、医師は丘を上りはじめる。

＊

医師の最後の日誌から。

誰もがわたしのことを外科医として失格というだけでなく、
体も蝕まれている者だと思っている。
妻の腕の中でも、自らの死を予感しつつある。
なんと気の滅入る予行演習だろう。
己の手が我が人生を終わらせる、何度も何度も。
我が体が棺の中に不自由に収められ、
あらゆる疑いの先にある領域に運ばれていく。
しかしこの計画こそが、わたしに課せられた罪から解放される、
唯一の手段であるように思い至ったのだ。
落ち着いた手つきで、わたしは己が血を注ぎ出し、
我が名と、我が家族の名を清める。
まずは、己が膝腱を断つ。
まだ生きている間に、この手術を完璧にこなす。
これはわたしが生きている体に行った、最初で最後の手術となるだろう。

脚の自由を奪い、そして喉を切る。
感情によってわたしの手に影響が出たことや、
死者への努力を損なうことなどありえなかったことを、
こうしてコルチュラ島の人々に示す。
その間も、妻は苦しんでいる……我が娘たち……
噂は内側から我々を非難し、我々の心の中身を変えていく。

これらと他の抜粋が、コルチュラ島の伯爵たちから十人委員会に送られた、ジュルノヴォの墓地の発掘に関する二つ目の文書に含まれている。これらの書類はコルチュラ島からラ・セレニッシマの首都に送られ、そこから潟《かた》の街にあるヴェネチアの中央事務局にさらに送られた。今日では、英語、ドイツ語、スペイン語、そして中国語に翻訳されたこの文書は、国立公文書館で閲覧できる。医師の反論はほぼ四十ページの長さである。

少年の頃、命を救うことを夢見ていた。わたしはその天職に応えた。
わたしに許される、奇妙で、ただ一つの方法で……。

医師の生徒、ユーレ・ダ・モストの供述書に加え、文書には一六二〇年の一月六日、墓地の土が掘り起こされ、若い伯爵家の娘の死体が消えたことを認める二人の証人、ドン・アントゥン・デシェヴィチとヤーネス・クルチェリッチの宣誓供述書が含まれる。

しかしながら墓場は閉じられ、調査は中止された。これらの文書からは、告発された罪が解決されたのかどうか、そしてその場合の調査結果は不明である。

*

何かが口笛を吹きながら洞窟から出てくる。つまずくことも、よろめくこともなく、丘の斜面を走り下りていく。何かが誰かになる。震える脚で、**ヴコドラク**は二つの黄色い苔に覆われた岩の間で歩みを緩める。考え深げに、口の中に指を突っ込む。ついさっき出てきたばかりの洞窟のように、そこには一滴の液体もなく、冷たく、乾いている。植物がそばでサラサラと鳴る。荒れ狂う蕾のついた暗い蔦だ。死んだのは冬だったが、しかし**ヴコドラク**として、医師は新しい季節に入っていく。いまだ匂いを嗅ぐことのできる空気は、松の樹脂と塩で満ちている。ひざまずき、塔のような松の木を見上げる。細く赤い傷跡たちが腿の裏側を覆っている。それらに不思議そうに触れると、真っ直ぐになった脚のしなやかな角度に感嘆する。無感覚な核の部分から彼は見る、痛みが自分のまわりで破裂するのを。そして立ち上がる。つまり手術は失敗だったということだろうか？　なぜならここに彼は立っている。

「おそらく」医師の**ヴコドラク**は、ブラック・コルフの千ものささやく松の木に向かって、穏やかに認める。「わたしはしくじった」

ゴンドラ乗り

I　コーラス

ドクター・グリムはその夜、わたしの最後の客のはずだった。だけど、家までそう遠くない南桟橋のところで、男の人の咳払いが聞こえてきて、行ってはいけないとわかっていたのに、わたしは狭い運河の泡だった水面に吸い込まれるように、ガラガラという音のほうに向かっていった。マングローブの林の鍵穴のような隙間から、丈の長い緑色のレインコートを着た背の高い人が、桟橋の上を歩いているのが見える。男の人はわたしを見つけると大きな声を出し、全身で合図した。

空は二色に分かれ、緑の水平線の上に、燃えるようなピンク色。常連だろうと、信頼のおけるよく知っている人だろうと、客を乗せるのには遅すぎる時間だ。幸せなお話はここで終わり。分別のあるゴンドラ乗りなら帰路につく。姉たちがそうしているのが聞こえる。姉たちは広い運河で歌っていて、三隻のボートが一列に並んでいる。こだまが鳥かごみたいなわたしの胸骨の中に飛び込んでくる。何百メートル離れていても、わたしたちにはいつもお互いが聞こえている。

桟橋から六メートルほどのところでポールを掲げ、男の人に向かってゆっくりと振る。ガサガサのかかとに力が集まり上に向かって脈打つ。この人を目的地まで連れて行くの？　わたしたちは同じくらい不安を感じていた。

「ありがたい」と男の人は叫ぶ。「北へ向くかい？」

「フードを上げて。顔が見たいから」

日没まで一時間もないし、わたしが断ったら他の船は来ないだろう。白い顔の、年をとった男の人から恐怖心が伸びてきてわたしの頬をなで、優しい気持ちになる。力強い気持ちにも。操縦台の上だと、この人とほとんど同じ目線だ。年上っていうのは、常に相対的なものだ。わたしより年上っていうべきかな。三十歳？　四十歳？　だけど、この人にはわたしも老けて見えているかも。

「見つけてくれて助かったよ。頼む、本当に困っているんだ」

彼はどの瞬間にもわたしが消えてしまうかのように、わたしを指差し続ける。

「雇った船が来なかった」

男の人は声を詰まらせる。さらに近づいた今、このガラガラ声がどれだけ深く彼の体に埋め込まれているかよく聞こえる。日没時でも気温は二十六度ほどだが、この見知らぬ人は震えている。彼の必死さが空気中に漂う。びしゃびしゃの脇の匂いみたいだ。突き出た石灰岩の下では、まるで密かにこの人の真似をしているみたいに、千もの鋭いさざ波が跳ねたり落ちたりしている。この人は緊張している。わたしがそうさせていた。力強さが再びわたしの中を駆け巡り、笑いそうになった。操縦台の上で生きているととても気持ちがいい。歌がへその下に集まり、わたしは抑えるつもりもない。

「ウゥウゥウゥウゥ……」

男の人は飛び上がった。

「お嬢さん、助けてくれるかな？」

「お嬢さんか」わたしは微笑む。「はじめて言われた」

わたしには名前が二つある。ジャネール・ピカーロとブリスター。母が前者を、姉たちが後者の名前をつけた。今までにこんなに丁寧に声をかけてくれた人はいない。

「バヒア・ローザの防波堤に連れて行ってくれないか？」

ニューフロリダを訪れる人はたいてい、ジャングルや遺跡が目当てだ。わたしたちを雇うのは地元の人たちで、漁網や水上マーケットが行き先だ。朝は子どもたちを学校に連れて行く。難破した巡航定期船の陰を縫うようにして進み、子どもたちが桟橋を上がって教室にたどり着くのを手伝ってあげる。誰もあの防波堤に行きたいなんて言わない。姉たちは黒いブイの一・五キロメートル以内にはゴンドラを近づけない。

「わたしたちはあそこには行かない」

「わたしたち？」男の人は古くさい赤い財布を開く。「でも君にお願いしているのに」

三キロメートル先、もつれた赤いマングローブの林の奥で、わたしの家が呼んでいる。わたしと姉たちは、百年前に金属とガラスでつくられた、廃墟と化した水上飛行機の格納庫に住んでいる。今頃姉たちはゴンドラから塩水を洗い流しているところだろう。わたしの船台だけが空っぽ。格納庫に響く、わたしの不在を示すこだまが聞こえてくる。その空虚な響きに、お腹が奇妙な喜びでよじれる。

「お金はだいたい何でも叶えることができるはずだろ?」わたしは彼の黒い親指の爪が紙幣をはじくのを見た。「確かに魔法みたいだね。だけど、どれだけお金があっても、防波堤まで行くなんて正気じゃないよ」

防波堤は街が呑み込まれないよう、陸軍部隊が最後の抵抗として建てたものだ。もちろんうまくいかず、何千人もが溺死した。防波堤を囲む静かな湾を、わたしたちは「バヒア・ローザ」と呼んでいる。漣《さざなみ》が立つ〝どこでもない場所〟にしてはかわいらしい名前だ。かつては、漁船が使う緑色の灯りが海を霞ませ、そのあまりの明るさに宇宙からも見えるほどだった。今では、魚を殺す藻類が赤く咲き乱れ、港全体を覆っている。バヒア・ローザは、癌から悪夢まで、あらゆるものの原因とされている。そこに行きたがるのは、リスクとリターンの判断能力がかなり汚染されているということになる。密輸業者は防波堤で落ち合うようだけど、わたしはこの瞬間までその噂をあまり信用していなかった。

「お嬢さん、お願いだ。予定より遅れてる」

男の人は途方もない金額を申し出た。わたしがバヒア・デル・オロでゴンドラ乗りとして一ヵ月に稼ぐ金額よりも多い。

「倍にして」とわたしは言う。

桟橋から離れていきながら、かすかな、恐ろしいゴロゴロという音が聞こえてきたけれど、これが未来の災いからのまぎれもない反響なのか、それともわたしの罪悪感からくるのか、わからなかった。この男の人は病気だし、物資も食料も持っていない。だけど、もし今日最後の乗客が海の真ん中に置き去りにされることを望むなら、それがこの人の役目であり、わたしの役目は送り届けること。彼は首を突っ込まれたくてわたしを雇ったんじゃない。

防波堤に行くのはどうかしている人か犯罪者だけだとヴァイオラなら言うだろう。ヴァイオラは一番上の姉で、姉妹の中で最も落ち着いていて、ある意味で最も純粋な人だ。「バヒア・ローザ」という言葉を聞くとわたしの体の中ではじまるハミングを、彼女は理解できないだろう。わたしは自分でもその場所に行きたいと思っていたから、見知らぬ人のお金がアリバイになるのがありがたかった。防波堤に連れてさえ行けば、地図にない暗闇の中で何時間も過ごすことができる。わたしの一部はすでに未来に向かって飛んでいて、そこではさっさとこの人抜きで、自由でたった一人、バヒア・ローザの盲目の月の下を泳いでいるのだ。

彼の咳でボートに引き戻されたわたしは、一瞬気分が悪くなり、引き返すべきかどうか思い悩む。マングローブの林を抜け、速い流れに合流するとホッとする。広い湾に流れ込めば、こだまがどうすればいいか決めてくれる。

*

二兎を追うものは一兎をも得ず。古くさい、残酷な言葉が、突然わたしのもとに戻ってくる。最初にどこで聞いたのかは覚えていないけれど、わたしの中にはこういった断片が何千もある。起源不明のこだまたち。当たり前だけど、わたしの頭の中に沈み込む前に、何世紀にもわたって、人の心を飛び越えていった言葉たち。

わたしたちは廃墟になったオールドシティを流れていく。ちょうど先週、ここで十代の船頭が溺死した。このあたりは姉たちとわたしの縄張りだ。地元の人でさえここでは方向音痴になる。ゆっくりと回転する万華鏡の中で瓦礫の位置が並べ替えられ、ゴミの山は常にかたちを変えている。六時の太陽のまぶしさは強烈で、コンクリートの洞穴のまわりで破裂している。わたしたちは半球型の屋根の陰に入り、〈プ　ネ　リウム〉の真鍮と銀の文字のまわりを縫って進む。マイアミのにせものの夜空のかつての住処を、百もの半透明な魚が今では支配し、ホールの壁にくっついた藻類を少しずつかじっている。ふかふかしたシートの列がちょうどわたしたちの下を通りすぎていく。巨大な茶色の帆立貝の礁。わたしたちの歌のように動く階段は、同時に二つの方向に突き出している。

「ウウウゥゥゥウウウゥゥゥ……」

ミドルCからEマイナーへ。オレンジ色からピンク色、ピンク色から青色。歌が大きな石の前を通過する。わたしはプラネタリウムの溺れた梁だらけのロビーを、出せる限りの高音で歌いながら、松葉杖をつくように進む。こだまが降り注いできて、わたしの脊椎に火が点いたかのように感じられる。

ニューフロリダは、草色の水と、浸水して放棄された街々の漂白された礁、そして何十もの水に浮かぶ村によってできている。ここに住むのは違法だったけれど、何千人ものわたしたちがそうしている。残留者に、残留者の子どもたち。オールドフロリダは、近いうちに亡くなる世代の心の中にのみ存在する、ガラスのような虚構の世界だ。もしわたしたちの歌が一本調子に聞こえるなら、わたしたちのご近所さんたちの思い出話を聞いてみればいい。**ああ、幹線道路に屋内の**

ショッピングセンター！　どこまでも旅することのできた土地。お葬式、懐かしいね。地面にまるで種のように蒔いた棺。そのフロリダは、本当に存在していたのだとしても、わたしには現実感がない。

横転した暗い色の巻貝のようにぼうっと現れる、倒壊したアパートの間にわたしたちは迷い込む。かつての都市の北の境界に金色の天幕が花開いている。人が住んでいる廃墟は西側にそびえ立っている。発電機の照明が三階、そして四階の窓のいくつかに光っている。前の席から乗客が振り返ると、わたしの歌声よりも大きな声で叫ぶ。「お嬢さん、あのトンネルから出てきたばかりじゃないか？　ぐるぐる回ってないかい？」

「うん」わたしは高いところにいる自分を楽しみながら、下に向かって叫ぶ。「これしか出口はないよ」

人工衛星は半世紀の間動いていない。回収した機器を使って航行する人たちでさえ、水面下に隠れた危険を探知することができない。たぶんこういうヴィンテージのテクノロジーは、もっと眠たげな海で機能するのだろう。わたしはこれまでここでしか生活したことがない。姉たちとわたしは呼吸と骨でこの片隅を航海する。わたしたちは歌い、わたしたちの骸骨にこだまを吸収する。地図はわたしたちの中に描かれ、わたしたちを修正する。

三回強く漕ぎ、ブレーキ。座って、街灯の森を漕いで回る。壁に声を放つと、沈没した鉄塔がわたしを殺そうとする音が聞こえ、そしてわたしは向きを変え、未来を変える。こんなことニューフロリダでは一日に何百回もある。

「体を反らして」乗客に言うと、男の人は皺の寄ったレインコートの上で腕を交差し、まるで棺でもあるかのようにゴンドラに自分の体を収める。彼の体に波紋が映り、自分が海そのものを運んでいる気分に浸るのも簡単だった。まるで風が肉体を持ったみたい。朽ちた都市公園のアーチ道に入る。今では深い緑色のプールになっている。進むごとに匂いが変化する。腐った木、塩で腐食したアルミニウム。かつては車を何百台も停めることができるほど大きかった浸水した駐車場に、ブーメランみたいに歌が響く。石のオウムガイのところで方向を変える間、わたしは目を閉じる。目前に隠れているのは、出口を塞いでいる、水浸しの腐った巨大なホウオウボクの木。こだまが木の枝のかたちを、わたしの、そして離れているけれど近くに見える格納庫にいる姉たちの、頭蓋骨に押し込んでくる。どんな時も、わたしたちはこんなにも近く、こんなにも離れている。振動が姉妹を一つにする。わたしたちには、水中の街を覆う金色の藻類や、日の当たる、ずっと続く摩耗した壁が聞こえる。弾力のある音とふわふわした音。けれど今夜、わたしは好きなように地図をつくることができる。一つの音符の繰り返しでできた作品。Cストローク。Jストローク。ポールを胸の前でぎゅっと持つ。歌が隙間を探し、水は綻び一つない空にわたしたちを吐き出す。

目を開けると、男の人はわたしを見上げている。

「なるほど、君のことは聞いたことがある」彼は自信なげに笑みを浮かべる。「コウモリガールの一人なのか。反響定位ができるんだね」

「ついてたね」わたしは笑みを返す。「それがわたし」

＊

わたしたちは自分たちのことをゴンドラ乗りと呼んでいる。ニューフロリダの運河を航行する四人の歌う姉妹たち。水上には他にも船があるけれど、姉たちとわたしだけが乗客をオールドシティに乗せていく。ヴァイオラによると、母が生きていた頃、人々は長い小型ボートの上で母の後ろに座っている四人の女の子を数えては、「次は男の子かな?」と必ず言ったものだ。「冗談じゃない」母はぴしゃりと言い返す。「神様のおかげで娘たちに恵まれたのさ。できるもんなら、あと百人以上娘を産みたいね」

姉たちはこの話をあきれるくらいいつでも話している。あまりに何度も言うので、わたしの記憶みたいに**感じられる**。母はわたしが三歳の時に溺死し、その頃わたしの心のカメラはまだ電源が入っていなかった。

常連客は、わたしたちの鼻にかかった歌には、ただの歌声以上のものがあるようだと勘づいている。イタリア語ではないとわかっているのは確実だ。「なあ、金を払ったらだまってくれる?」と、観光客たちは頼んでくる。わたしたちはすごく特別なんだ、世界一の女ゴンドラ乗りなんだってわたしは思っていたけれど、ヴァイオラに言わせると、そうじゃなくて、わたしたちはゴンドラそのものなんだそうだ。何かが生まれたがっている。おそらくニューフロリダの入り江あたりには、わたしたちみたいな人たちがたくさんいる。自分たちの体の中で何が起こっているのかを、黙っていたほうがよいとわかっている女たちが。

この感じやすさは姉妹の中で、穏やかに、とても穏やかに育った。暗闇の中で目を凝らすことぐらいしか、似ている感覚を思いつかない。わたしたちは歌い、そして内側の暗闇からかたちがぴんと張る。鋭さと濃度。物体はわたしたちに歌い返してくる。**左へいっぱいに曲がって、落下した木を避けて。南西に向かって、粘つく浮きゴミの丘をやり過ごせ。**街灯並みに細い柱のイメージがわたしたちの心にぼんやりと入ってきた鼓動一拍後、致命的に本物の柱が水面から突き出してくる。

姉たちによると母は反響定位ができなかった。子どもの頃、そう聞いてこわかったし、悲しかった。千もの色が空を流れていくのを見て、自分の母親は一つの完全な灰色だけを見ていたのだとふと気づいたら、と想像してほしい。だけどヴァイオラ曰く、母は信じられないような遠くからわたしたちの泣き声を聞くことができたらしいし、母にはこの能力の前兆みたいなものがあったのかもと今では思っている。

わたしたちの才能は、本当の意味での透視ではないし、わたしが想像するそれとも違う。透視するなんて時間はない。むしろ水が次にどうでるのかを察知する筋肉の直感みたいなものだ。そしてオール受けをガタガタ鳴らしながら、ポールが飛ぶのと一緒にわたしたちは動き出し、潮の未来に順応する。

＊

「わたしと同じくらいの歳に見えるね」この見知らぬ最後の客に言う。「いい明かりの下だと」

「ああ」男の人は振り返らなかったけれど、彼の笑顔が聞こえてくる。「暗闇は若さの真の泉じゃないかね」

引き潮とともに高く波に乗りながら、マングローブの林の下を切るように進む。彼の狭い顔はまるで一掬いの白い粘土のように、レインコートの内側でさらに痩せて見える。こんなに青白い人を他に知らない。わたしたちは日光を糧に生きている。運河はまぶしい光のインク壺だ。上下に弾みながら太陽に向かっていく間に、葉の斑点が彼を覆い、再び消える。自分の腕がこの人の変身のエンジンなのだとわかっているのがうれしい。仮面をかぶせたり、外したり。

だけどそれから本当の海が湾の向こうでうねっているのをちらっと目にし、はっと思い出す。

違う、この人のことを実際は何もわかっていない。表面と角度だけだ。

＊

このバヒア・デル・オロの近くでは、汚染がすべてを燐光で染める。浮いたオールから、コケがキラキラしたかたまりになって落ちる。わたしは右舷から漕ぎ、裸足の足で檜板《ひのきいた》をぎゅっと踏み締める。柔らかい酔っ払いの声をしたオレンジ色の植物がゴンドラのまわりを流れていき、瞼の裏に美しいレースをゆったりと伸ばしていく。

「君の船が気に入ったよ。とてもかわいいね」

男の人の深い声にわたしは驚き、そのせいで恥ずかしがり屋の植物たちが沈黙する。彼はこぶしでゴンドラを軽く叩く。褒《ほ》め言葉の虚しさの後ろから、わたしのゴンドラの堅固さが聞こえてくる。「並外れたデザインだ……」

舐めてんじゃねえ。

そんなことお金を払ったお客さんに言っちゃダメ。ヴァイオラがわたしの心の中で小言を言う。

「舐めんじゃねえ」かわりにわたしは言う。

男の人はわたしの胸に笑い声をぶつけてくる。

「それ何十年ぶりかに聞いたな」

それは、浸水した学校の壁に書いてあった。壁はいなくなったティーンエイジャーたちの象形文字でいっぱいだ。**舐めてんじゃねえ。俺とやんのか。あたいのしゃぶりな。キスしたい。**引き潮の時に今も読める名前たち。**パオラ参上。ガブリエル参上。名前を呼んで。おまえらも傷つけ。**引き潮の時に今もそれを書いた人たちよりも長生きしている文字は常に憑かれている、たぶん。けれど水面下の失われた世界の落書きは特にそう感じられる。

「不誠実な人は好きじゃない」わたしは言う。「目があるくせに」

わたしのゴンドラは、わたしが木に彫り込んだ雑な星々で飾られている。最終的にアートワークというよりも、攻撃されたけど大丈夫だった船みたいになった。わたしのゴンドラは姉たちの完璧にかわいいゴンドラとは似ても似つかない。わたしもそうしたかったのに。

それから、長い沈黙が続く。行かないで、とわたしたちが願う機会を太陽は先延ばしにして、木々の後ろに留まっているよう。明るい水が両側でさざ波をたて、そして黒いマングローブの木々は遠く傾いていく。

「バヒア・デル・オロに住んでるの、お客さん？　ここで見ない顔だね」

「ああ、見たことないはずだ。間違いなくわざわざ来たんだ」

「すごい。世捨て人の中の世捨て人だね」

「君はおべっかが好きじゃない。わたしも偽りの人間関係が好きじゃない。連れは慎重に選びたいんだ」

懲りずに、男の人は船首についた鉄のオーナメントを軽く叩く。わたしの誕生日鳥で、ルーナが船尾にいるわたしの体重と釣り合うように溶接したものだ。

「君がつくったの?」

「姉のルーナがつくってくれた。家族で一番器用なんだ」

サギは、陰気な聖母マリアの青い服の色に塗られていて、わたしが気に入らないのはそこだけだ。ターコイズブルーがよかったのに、とわたしは言う。「もし姉が夜と離婚して、素敵な旅行にでも行っていたなら、青色はターコイズ色に見えたはず」

男の人は再び笑い、同じくらいの低い周波数でわたしも笑い声を返す。暖かさがわたしのお腹をかき回す。

「君たちゴンドラ乗りは休暇を取ったりしないのかな?」

「まさか、一度もないよ。いつも働いているような気がする。寝ている時でさえ。わたしたちのベッドは実際浮いてるし。家は半分水の中だよ」

「家か」この人の抑揚のつけ方は、まるで外国の言葉みたいだ。「家はどこだい?」

ニューフロリダでは知らない人にこの質問をするのはタブーだ。だけどたぶんこの人はわたしたちのマナーを知らないのだろう。骨っぽい顔を見ていたら、悪い考えが頭をもたげる。つまり、この人はもうこの先長くないんだから、答えても大丈夫なんじゃないかって。

「古い水上機の格納庫に住んでる」

「ほとんど洞窟じゃないか。コウモリガールにぴったりだ」

「家の中でも水が打ち寄せるんだ。わたしたち四人が夜、家に漕いで帰るのは見ものだよ。まるで馬が馬小屋に泳いで入るみたい」

男の人は妙な感じで微笑み、少し寄り目になる。

「馬だって。馬を見たことがあるのかい？」

わたしは恥ずかしくなって頭を振る。本の中でだけだ。水浸しになった写真つきの。一番年寄りのご近所さんたちの口からは物語が飛び出てくる。けれどわたしは一度も泳いでいる馬をこの目で見たことがない。それは事実だ。

「なあ、いつ生まれたんだい？」

小さな声で生まれた年を伝えると、相手の顔に畏敬の念のようなものが浮かぶ。

「なんて幸運なんだ！　つまり君は何も覚えてないんだね。避難のことも、洪水のことも。浮かんでいた死体のことも……」

彼は顔をしかめ、そして緩めた。一瞬の内乱。

「何一つ覚えていないんだね」

「姉たちが教えてくれることは知ってるよ」わたしは言う。「もう自分の記憶みたい」

「それで何を教えてもらったんだい？」

「ほんの少しだけ」

マングローブの林の震える葉の後ろに半分ほど隠れている大聖堂を迂回する。真鍮の尖塔は木々の上にそびえ立ち、その斜めのXの上で数羽のヘビウが羽を乾かしている。太陽に縁取られ、鳥たちのべたべたした羽はエメラルドのように見える。廃墟のまわりには数百以上の止まり木がある。ヘビウは海の白鳥。サギ、ペリカン、アオサギ。どうやら、今も誰か住んでいる。ロープのはしごが壁から垂れ下がっている。大聖堂の窓の下を滑るように流れていくと、犬が吠えはじめる。

わたしたちはここにいることを許されているだけ、とヴァイオラは言う。なぜなら表向きには、わたしたちは存在しないから。本土のほとんどの人たちはわたしたちのことをすでに忘れている。ニューフロリダは「荒廃地域」だと言明されているけれど、それはわたしに言わせると、笑えるほど不正確な言い方だ。南の湿地が魚と爬虫類と鳥であふれているというのに。「復活」だと古顔は言う。だけどわたしにとっては、世界はずっとこうだったのだ。

「もうすぐ着くよ」わたしは男の人に約束し続ける。西の雲がゴロゴロと鳴っているのが気にかかる。「二十分くらい」わたしは言う。よくある嘘だ。人々の食欲を抑えるために手渡すクラッカーみたいなもの。二十分ごとに、この足し算を繰り返す。けれどオールドシティを離れてすぐに、男の人のイライラは彼を焼き切ってしまったようだ。わたしの歌に合わせて鼻歌を歌い出す。まるで誰かがわたしの横を歩いていて、わたしの手をとってくれるような美しい驚きだ。

「なあ」彼は夢見がちに言うと、湾の反対側に見える別の銀河への扉のような、明るく、巨大な、上りゆく月を指差す。

＊

ウゥウゥウゥウゥ。

　ウゥウゥウゥウゥ。

ひげの伸びた太陽が沈んだ家々の屋根の間に見え隠れするが、暗い雲が南東から立ち込める。うれしくないサプライズだ。姉たちが雲を指差し、頭を振っている姿が頭に浮かぶ。「あれを感じるかい?」男の人のしかめた顔が頭巾の奥に逃げる。ちらちら光る糸が降りはじめる。わたしの脳の後ろで、シュッシュッと鳴りはじめる。雨はよくない。雨はこだまを撒き散らかしてしまう。巨大な入道雲がまるで背中に手を置いて、もっと速く、もっと速く、と追い立てているかのように感じる。流れは着実にわたしたちを海のほうへ運んでいく。おそらく十五ノットのスピードで。

迫ってくる雲がひりひりするようなデジャヴを与え、それは夢の中で見てきた、下りてきてわたしの家の中に入ってくる空だと気がつく。海が半島を越えた時、わたしはまだ生まれていなかった。大洪水はバヒア・ローザがバヒア・ローザになる前、まだすべてが違う名前を持っていた頃に起こった。けれどわたしは、波が氾濫し、前へと突っ込み、壁を崩壊させる音を聞くことができる。見捨てられた家族たちの叫び声、持続低音のサイレンを鳴らす救援ボート。姉たちはわたしがこういう夢を説明すると、かなり動揺した。「あの時のこと、あんたは何も知らない」ヴァイオラが言った。「あんたは本土で暮らしたことが一日だってない。わたしたちの物語を盗むのはやめて」

もしかしたら記憶が母の血を通って染み込んだのかも？　一度姉たちに言ってみたことがある。ヴァイオラは最も恩着せがましい声を出し、「悲しみは大人たちに任せて」と言った。姉は今も、わたしのことを三歳の被後見人だと思っている。いつか目を上げて、もうわたしは自分だけの秘密を持つ大人なのだと気づいたら、きっと衝撃を受けるはず。

「藻だよ」わたしはオールの平らな面を持ち上げる。「ほら。色が変わってきてる」茶色っぽい金色から赤みを帯びたピンク色へ。つまり防波堤のかなり近くまで来ているということ。最悪の汚染は藻の異常発生の下に集中しているようだ。

「このあたりで変種を見たことがあるかい？」男の人は尋ねる、フードの中に亀のように引っ込みながら。無関心な声を装っていたけれど、暗くなっていく水面を覗き込んでいる。

何色もの目を持つ巨大なハタや、二つの頭があるマナティーの子どもの物語を聞いたことがあるだろうか。

「一度もない。がっかりした？」

実際、最初にバヒア・ローザに入った時、わたしはもっと奇妙なものを目にした。けれどこの男の人にそれを話したりはしない。新しい恐怖をこの人に負わせるつもりはない。ようやく波が落ち着いた中を進めるようになったのに。

II　橋

去年の五月のあるゆったりとした午後、わたしはバヒア・ローザの真ん中にいた。二時間ほど、汚染された水域でイルカを追いかけてすごした。もしイルカがここで息ができるなら、わたしだってできるはずだと考えながら。わたしたちの縄張りの限界ギリギリまで到達すると、黒い浮標が船乗りに引き返すよう警告していたけれど、先に進んだ。この時点でもうイルカは姿を消していて、すでに家からだいぶ遠くまでやってきていたわたしは、探検を続ける義務があるように思ったのだ。姉たちはわたしたちの間の距離が開いていくのを感じることができただろうけど、わたしの後ろ二時間のところ、オールドシティで働いている彼女たちにできることは何もなかった。

目に見えるだいぶ前から、防波堤が海から浮き上がっているのが聞こえていた。ようやくそれは現れ、ぶあつい幻覚が赤らんだ湾に縞模様をつけていた。この場所の物語は知っていたけれど、この化石を自分の目で見たことはなかった。この場所で、それは自身の失敗の記念碑として、海からそびえ立っていた。この一・六キロメートルほどの場所は、大部分は損なわれておらず、海老茶色の水が石を腐食してできた穴から、明るい光が揺れながら覗いている。かつての防波堤の陸側の端がどんな風だったかを、最初わたしは聞き、それから見た。まるで陸地がすでに離れていることを知らされていないみたいにわたしに向かって湾曲していて、半島全体がこの緩やかな抱擁から抜け出して、沈んでいくのを想像するのも難しくなかった。

昔、わたしの母が若かった頃には頑丈で、完全だったはずの海岸線が、今では小さな木の島々が散らばる点描画法の風景画になっていた。多くは四千平方メートルほどの広さもない、咲き誇る草木に覆われた石灰岩の塊だ。その一時間ほど、わたしはそれらのぬかるんだ海岸線に沿って漕いでいた。防波堤からの弾けるようなこだまに導かれるまま、さらに深く進んでいく。楽しい気持ちが黒く染まるくらい滑らかに、気づけばわたしはバヒア・ローザのただ中にいて、そこでは藻がそこいら中に波打っていた。鳥の歌の不在は空を空っぽに、そして高く感じさせた。刺すような香りが水面から立ち上った。ほぼ瞬時に、ひどく頭が痛みはじめた。

防波堤の北端の、巨大で壊れた臼歯までたどり着いてすぐ、わたしは死角を見つけた。それとも向こうがわたしを見つけたのかも。二百七十メートルほど背後で、枯れたマングローブの木々がつま先立ちになり、まるで木々たちも、この障壁が今も立ち続けていることを知って驚いたようだった。水抜き穴と補強棒でできているその秘密の骨組みが、わたしには聞こえてきた。同じように、水際で壁が劣化してできたひび割れの、がらがらした音も聞こえた。尖ったフジツボが浸食された石を覆い、わたしの歌を散らしていた。百年先にはくっついて、斑点のある大きな貝になっていてもおかしくない。壁のくぼんだ縁のあたりの、濃い赤い藻の密集地帯を進んでいると、何か驚くようなことが起こった。こだまがすべてやんだのだ。姉たちの歌声が消え失せ、わたしは一人だった。この静寂が突然すぎて、どんな爆発音でも敵わないくらいにわたしは驚いた。コーラスの深い共鳴が消え、聞こえてくるのは、一つの平坦な叫び声だけになり、それは他の人たちから切り離されたわたし自身の声だった。恐怖で後ろを振り返る。姉たちに何があったのだろう？　なぜだかわたしは、領域の外にまで漕ぎ出てしまったようだった。わたしは**死角**のような場所に浮かんでいた。

波が石灰岩の壁で砕け散るのを何キロメートルも見ていた。鳥のいない空が頭の上に伸びていた。歌い返してくれるものは何もなかった。現在がまわりで永遠にあふれ続け、わたしの耳にこだまはまったく届かない。服を脱ぐと、有毒な水に滑り込んだ。どうしてそんな気になったのかはわからないけれど、うっかり落ちてしまったわけではなかった。水に潜ると、滑りやすい藻の中を足で蹴って進んだ。

こんなにも遠く姉たちから隔てられたと感じたことはなかった。わたしは水の中で、自分の血がヒューと鳴る音さえ聞くのをやめた。その後の出来事をわたしが知ることはないはず。わたしは自分の思考が届く距離よりも深く沈んだから。

水面に顔を出すと、これまで目覚めている間に一度もなかったくらいのふらつきを覚えた。真珠のような青い海の浮き泡が、ひだ襟のようにわたしを取り囲んだ。ここに浮かんでいる植物は赤く発光しているみたいに見えた。どんな月にもかかわりのない光。イトスギの幹の空洞の傷が空を削った。自分が誰かも、何かもわからなかった。水に浮かんでいる顔はわたしのものではなかった、まだ。異質な穏やかさとともにそれはしわしわになり、なめらかになった。何もわたしのことを覚えていなかった。

吐き出した海水は毒の味がした。生き物みたいに、自分の脚がその中を泳いでいくのを見ていた。自分がどういった動物なのかわかる前に、湾の色に名前をつけられそうだった。つんとする匂いが水から立ち上り、干潮時には腐った肉のイメージをもたらし、無視することができなかった。わたしの無上の喜びとは相容れない匂いだったはずなのに、なぜだかそうじゃなかった。**なんて面白いんだろう。**すごく離れたところからわたしは思った。バラ色の水の中で腕を回して、背泳ぎしながら。

「感覚が戻る」では、意識が戻った時に感じた特別な痛みの何も伝えることができない。関節が脈打ちはじめた。ひどい日焼けが顔面でバチバチと燃えていた。わたしのゴンドラに波が打ち寄せる音を聞いて、記憶がわたしの中をさっと流れていき、わたしは再びジャネール・ピカーロになった。四人のゴンドラ乗りの一人で、バヒア・ローザの禁断の海に浮かんでいる。

姉たち。不安になりながら、ゴンドラに泳いで戻った。防波堤は地平線の上にぼんやり現れ、そしてもう一度密集した藻から漕ぎ出すと、彼女たちがまた聞こえるようになった。ヴァイオラ。ミーラ。ルーナ。頭蓋骨の中に戻ってくる、嘆き悲しむ和音。その時ようやく、わたしは自分がしてしまったことの大きさを測った。

この一回だけ。そう思った。**一回だけ、もう二度としない。**この魔法の言葉はわたしの罪悪感への予防接種になった。髪の毛から赤い藻をとると、ゴンドラから水を汲み出した。自分が前例をつくっていることには気づかなかった。その夜、満月の下を漕ぎ、水上機の格納庫に戻るのは、まるで死から蘇ったような気分だった。姉たちはかんかんに怒っていて、わたしがどこにいたのか知りたがった。重苦しい語調は、午後の自由の後に、鉛の重りのようにずしっときた。

嘘は自然に出てきた。

いつもなら姉たちに嘘をつくのは至難の業だ。だけどあの死角がわたしを奮い立たせた。考えることなく、わたしは姉たちに叫び返した。オールを振り回して、岩盤を叩いて。音だけで、わたしはその夜の方向を変えた。

「**お姉ちゃんたちこそ**どこにいたの？」わたしは訴え返した。「どうして誰も応えてくれなかったの？」

わたしは泣きはじめた。姉たちに、わたしの体からかなりの暗黒を放つのを見せてやった。うねる藻の天井の下に浮かんでいる間にわたしをいっぱいにした静寂を思い返しながら。「何度も何度も呼んだのに。水の上であんなにさみしかったことないよ」

最高の嘘というのは、その中にいくばくかの真実が宿っているものだ。いい演者はみな、そのことを知っている。嚙み砕くための本当の金。鳴り響く真実が嘘の空虚さを上回るのだ。姉たちの怯えたような表情からわたしを信じていることがわかった。わたしの罪悪感を姉たちの体に移植するのは成功した。わたしでさえ自分自身を信じはじめた。

姉たちは謝ってくれた。そして散り散りになった雨粒のせいだと天気を責めた。わたしたちは抱き合った。わたしは心底ホッとした。

その夜、わたしはむずがゆい夢想の中で、寝台の柵につま先を絡めて、何時間も横になったまま起きていた。わたしたちは壁に固定されたそれぞれの寝台で眠っていた。囲いの中のこぶみたいなルーナの体はわたしの上に、ミーラはわたしの下でいびきをかいていた。波が格納庫の中に打ち寄せる。**もうしないから**、とわたしは眠っている姉たちに誓った。あの死角にはいつでも記憶の中で戻っていくことができる。あんなに静かな場所の存在があることを知れただけで十分だった。わたしは暖かさと幸運を感じながら眠りについた。奇妙な体験に感謝し、二度と繰り返さないという信念に居心地の良さを感じていた。

七時間後、わたしはまた死角に向かおうとしていた。

水路を広く漕いで下っていく。暗闇が東の高層ビル群のあたりに広がり、それから石筍《せきじゅん》がわたしたちの後ろに遠ざかる。ピンク色の線が昼と夜を縫い合わせる。いくつかの気の早い星たちが姿を現したが、その光はわたしたちが今どこにいるのか何も教えてくれない。歌わない限りは、日没後、わたしは南と北を見分けることもできない。鳴き叫ぶカモメたちがこだまを散らし、わたしはオールドシティのはずれの、渦巻く水の袋小路に捕らえられた。

体の中でバチバチ音を立てて、姉たちの声が聞こえる。声は懐中電灯のように暗くなっていく湾を捜索する。

「アアアァァァアアア……」

「ウゥゥウゥゥウゥ……」

消えてしまう、ということは、自分自身の伝記作家になったような気持ちにさせる。自分の声の不在が聞こえ、そして奏でることのできなかった音符が、独自の影のメロディーを生み出す。普段は自分の体が隠している空間の蓋を開けると、新しい歌がそこからフルートの音色で現れる。姉たちがわたし抜きで歌っているといつも、わたしの輪郭が閃くよう。

わたしは自分が出せる最も高い音のBフラットに跳ねるように戻る。音符がそこで震え、姉たちを安心させている。**わたしは生きている、オールドシティで。**メロディーがわたしたちをぴんときつく引き寄せ、緩ませる。わたしは脈打つ静寂を聞き、姉たちは離れていくわたしを聞いている。戻ったら、テーブルの上にお金を積むんだ。わたしを許す理由を何百も姉たちにつきつけてやる。ヴァイオラはなんて言うだろう。わたしが一夜にして、姉が夏のひと月の間にバヒア・デル・オロで稼ぐ額を稼いだって言ったら？

乗客は振り返り、奇妙な表情でじっと見てくる。レインコートはこの人の上に重くかかっていて、まるでカエルの皮のように異質だ。それ自体が呼吸しているみたい。

「マクドナルドじいさんは農場を持ってた。イーアイーイーアイーオー」

古い童謡を歌いながら男の人を見下ろすと、湾の金色をかき回す。

「飼い葉桶に豚を呼び込むみたいな歌声だな」彼は言ったが、微笑んでいる。

わたしはこの人に好感を持っていた。早く防波堤に到着したくてたまらないのに、だらしのない好奇心を持ってわたしを見ている。神経質な男の人が時々そうするみたいに、ゴンドラを漕ぐのを手伝おうとしたりしない。わたしが声を休めようとして歌うのを止めてもくどくど言わない。目が優しい。彼は手のひらを上に向け、大きな雨粒を受け止める。

「この能力は生まれつきなのかな？」男の人は尋ねる。「それともここで自分で学んだのかい？」

お腹の中で歌が怠けているのを感じる、わたしの中でこっそりと変化しながら。

「両方だと思う」

人々は遺伝を、まるで直線的で、垂直であるかのように語る。死者は下の世代に「継承」する。けれど姉たちとわたしはともに進化している、とわたしは男の人に言う。一日中、わたしたちは音符を交換し合う。自分たちの声をぼんやりとした一つの歌へと仕立てる。わたしたちの間を速い速度で動いているチャンネルの中で何かが大きくなり、それは常に変化している。それはわたしたちと一緒に動く。この存在をわたしたちは受け継いでいる。

左では、象牙色の柱たちが水中のパビリオンを守っている。

「あれは昔銀行だったんだ」わたしは言う。「床の真ん中にあった地下金庫室を見た？」シダが今ではそのまわりでうねっている。「信じられる？　みんな自分の体からだいぶ離れたところにお金を置いておいたんだよ」

「信じられる」男の人は言う。「君よりもかなり長く生きてるもんでね」

「長女のヴァイオラが言うには……」

「君たち若者は物語しか知らない」

男の人の声音は物思いに沈んでいたけれど、わたしはそこに説教じみた声音を聞き取る。姉たちとわたしはこういう態度に慣れっこだ。年上の乗客たちはよく、わたしたちみたいな生き物にこの地球を譲らないといけないことに当惑しているように見える。その人たちはわたしたちがこの世界について少ししか知らないことに仰天し、ここで幸せに暮らしていることに戸惑う。**あなたたちが想像している以上にわたしたちは知っている。**この人にそう言いたくなった。だけどチップがほしい気持ちのほうが断然強かった。

「そんなにいい場所だったのなら、その土地を覚えていたかったな」男の人に言うと、薄い色の目がわたしの顔の上を泳ぐ。「お母さんの庭がどんなだったか知りたかった」

「**に〜〜わ〜〜**」男の人はそう口にしながら考え深げにわたしを見上げた。「なんて変わった言葉だ。はじめて気づいた。気にしないでくれ、お嬢さん。聞いた物語だって忘れても構わない。水のことだけ覚えている君は、なんて軽やかに水の上にいるんだろう……」

バヒア・デ・カス・ヌベスの澄んだ浅瀬の中で揺れている元気なアマモを思い浮かべる。「隣の芝生は青いってことだね」

彼はわたしの言葉に笑う。「そんなのどこで聞いたんだい？　それが洪水を生き延びたとは驚きだ。われわれの古臭い言い回しを知ってるのか。お嬢さん、ジュークボックスみたいだね」

男の人の顔は、木の島で見かける野生の犬たちを思い出させる。声を出さずに笑いながら、ハァハァ言っている。一本調子で話すので、自分が褒められたのか、けなされたのかわからない。おそらく一緒に笑ってほしいのだろう。

「ジョークボックス……」

「ジュークボックスさ。時代遅れの歌を何度も何度も流してた機械のことだよ」

頭にかっと血が上る。そんな風に思ってたの？　おんなじことを繰り返してるって？　わたしの歌が空気に触れて変化するのを聞き取れないの？

わたしたちは首を伸ばして、腐朽した天井の奥の、洗われた紫色の空を見上げた。銀行が遠く小さく見える。振り返った見知らぬ人の顔は詩のように和らいでいて、そのシンメトリーは完璧に不可解だった。わたしの幻想はこの人の方向には向かわない。けれど恐怖が首をちくりと刺し、それはまるで欲望のようにも感じられる。

「ねえ。名前はなんていうの？」わたしは尋ねる。「誰も住んでないのに、バビア・ローザで誰に会うつもりなの？」

男の人はぽかんとしてわたしを見上げる。彼ののどぼとけが跳ねている。これまでで一番奇妙なデジャヴを覚える。

「名前をつけてくれ。なんだっていいよ。ニックネームも頼む。いつだって新しい名前はうれしいもんだ」

「考えとく」わたしは言う。「ポスターから名前をもらうのもいいかも」

これは冗談のつもりだったのに、かえって怖くなってしまった。「**行方不明**」のポスターはオールドシティの壁ではためいていて、たいていは読めないぐらいに色褪せている。洪水で消えてしまった男の人と女の人と子どもたち。今では死亡記事としか読めない。

「ああ、ポスターか。うん。見たことがあるよ。行方不明者。君は鋭いな。まさにわたしのことだ」

彼は水面に当たってシュッと音を立てている小雨に向き直る。船首の鉄のサギの喉に毛深いこぶしが巻きつけられる。この人がまた話し出した時、わたしは物思いに耽っていた。「その顔はすべてわたしの顔、そうじゃないか？　その名前はすべてわたしの名前でもおかしくない。われわれ行方不明者はカビだらけのスポンジ、さっさと交換したほうがいいってね」

この会話の行き先がよくわからなかった。冗談を言ってるの？　本当に行方不明者なの？

「洪水の時はここにいたの？」

答えるまでに長い間こっちをじっと見ていた。

「わたしは絶滅危惧種の一人なんだよ、コウモリガールさん。**かつてのフロリダ人だ。**コーラルウェイという通りで育った。土台がある家でね」

「だけどここに残ったんだよね」

「いや、違うんだ。われわれは避難した。第一波の避難民なんだ。だけど死ぬ前に戻ってきたかった。もう一度我が家を見るためにね」彼の笑い声は痰のからんだ咳になる。「家を捜すにはダイヴィング用のスーツが必要だね。三週間もここにいるのに、昔の生活の痕跡が何も見つからない」

会ったことのない隣人がいることには驚かなかった。数百万人がかつてこの沿岸の都市に住んでいて、数千人がここに残った。**不法占拠者の権利だぜ**、とオールドシティで一番背の高い分譲アパートに誰かがスプレーで落書きしていた。だけど所有権をめぐる争いごとは、動いて光る水の上ではめったにない。汚染にはあなたを殺すほどの力がない、と知るには、ここに住むしかない。

「どこに停泊してるの？」

「大学でキャンプしていたんだ。あれは図書館の屋根だと思う。快適な高齢者ホームだよ。生と死の境目で生きているわたしのための、生と死の境目の場所さ」

「まさか。**そこまで**歳とってないよ」

一緒に笑う。防水帆布をかけるように、何かを理解できなかった時にわたしが出す音。

「この場所じゃ、世界はすでに終わっている。ある意味、とても安らかだ」

観光客がニューフロリダをまるで墓場のように扱うことに、わたしはいつも驚いている。わたしたちの家はあの世でもないし、荒地でもない。一時間ほど前、巣立ちしたばかりの鳥たちの、空腹を訴える鳴き声で揺れる群生地を通り過ぎた。コウノトリのひな鳥や星のように白く輝くトキ、小柄な緑色のサギが屋根のぬかるみの中を歩き回っている。だけどもしこの乗客が聞き取ることができないのなら、わたしの声で、わたしたちの世界は新しく生まれたんだと言ったところで理解してもらえないだろう。

「家族はいるの？　北のほうに？」

「いた。妻と二人の息子。みんな地球人」

「きっと心配してるはずだね。居場所は伝えたの？」

「溺死したんだ」

「そんな。つらいね」

「わたしが殺したんだ」男の人は説明する。「わたしは防波堤を設計した海軍の技術者の一人だった」

「責めたりしないよ」わたしは口走る。

「責めるべきだ。わたしの年代の人間は犯罪者だ。われわれが世界を台無しにした」

自分の犯した罪について話すことは、ひねくれているけれど、この客を元気づけるようだった。失敗の規模を詳しく話しながら、彼の声は明るくなった。「時速二百四十キロメートルに耐えられるように防波堤を設計したんだ。甘かったと思うかい？」

わたしに謝っているつもりだけど、その中に混じるプライドの音色がこの人には聞こえているだろうか。それは肥大化した、水面下の響きだった。なんでこんなおかしなタイミングでこの話をするんだろう。風がどんどん強さを増して、雨はわたしたちの顔の間に吹きつけているというのに。

「失敗したんだね」わたしはうなずく。この人がわたしに前もって用意していたセリフのように。

「われわれの想像力の敗北。われわれのモデルの敗北」

笑みが今も口の端で躍っている。この人は自分が笑っていることに気づいているのかな。まったくまわりを気に留めていない目つきで、今では男の人の心は時間を遡っていた。話していることに耳を傾けようとしたけれど、そのたるんだ、自暴自棄な顔に引きつけられた。目はぐるんと灰色の雲に向けられ、まるで何かが髪の根元をつかんで空に引っ張っているみたいだ。

「われわれはみな、終わりが近づいていることを知っていた。それを否定するやつの話は聞くな」

ニューフロリダは命で繁茂していて、ここは今わたしたちの世界で、もうこの人の世界ではなくて、それに実際、死につつあるのはそっちなんだ、と伝えたら酷だろう。

「ここはかつて楽園だった。申し訳ない、小さなコウモリさん。われわれが地平線を食べ尽くしてしまった。君たちに残ったのは幽霊の街だ。街でさえない。有毒な湿地……」

「ここはわたしたちの家だよ」わたしは言う。「それにわたしたちは幽霊じゃない」

漕ぐのをやめて、男の人をじっと見つめる。水滴が彼のレインコートの上を流れていき、光を捕まえている。まるで緑色の肌が汗でもかいているかのように。この人の声には、解放されることへの切望があり、わたし自身のそれとあまりにも近いので、耐えられないほどだ。

「行きたい場所がある」わたしはそう言っていた。「静かになれる場所」

死角を男の人に説明すると、まったく身動きせずに聞いている。まばたきでさえ遅くなった。何度か、咳を呑み込むのが聞こえる。姉の誰にも話していないのに、この男の人にわたしの秘密を預けるのは、裏切りのように感じられる。だけどわたしが姉たちに言うほとんどすべてのことが、ひどい残響を引き起こす。一方、見知らぬ人は開かれた土地だ。埋められた石筍もないし、わたしたちの間に失われた愛情もなく、歴史もなく、未来への期待もない。これは、本当は反省したくないわたしの秘密を打ち明けることができる、完璧な音響であることがわかった。

「それじゃ君は汚染に害されてると思わないんだね？」男の人はようやく尋ねる。

狂わされてる、と聞こえた。

「うん」わたしの胸の下の肌が燃えはじめる。「あんまり」

奇妙な発疹が、誰にも気づかれずにお腹の上に静かに広がっていた。わたしでさえ日中はその存在を忘れている。夜になると、わたしの手が思い出す。

「ここで泳いでいるんだね」彼は言う。「世界で最も有毒な水の中で」

「わたしたちには影響ないよ」

「本当かな？　小さなコウモリさん。われわれ全員に影響している」

男の人はこぶしをこめかみに打ちつける。彼の笑顔は、まるで何かがポットの底で煮えているかのように和らぐ。声は内側へと丸くなり、つまりほぼ独り言のように聞こえた。

「ゴンドラ乗り。チェルノブイリの鳥」

「どういう意味？」

「なんでもない。悪い冗談だ」

藻が時代遅れのすその長いウェディングドレスのように、ボートの後ろで引きずられている。ランタンでその上を照らせば、赤い光が目覚める。灯りが灯っていない湾は今や真っ暗闇だ。もうすぐこの人を防波堤に降ろせる、とホッとして思う。そしたら夜の遊泳でもしよう。水が頭上で閉じ、わたしを呑み込むのを想像する。この水がわたしを温めてくれるという感覚、わたしの秘密の生活。秘密すぎて数分ほど、わたしはそれについて何もわからない。

わたしが声を休めている間、わたしたちは漂う。ものすごく慎重に、男の人は左手を伸ばして藻に触れる。それから濡れている手をひざの上にぞんざいに下ろし、それは網にかかった白い魚みたいに見える。まるで目の前でそれが変化するのを待っているかのように、男の人は眉をしかめながら手を見下ろしている。

「教えてほしい」彼は言う。「この**死角**になぜ何度も戻ってくるんだ?」

なぜだかわからないけれど、わたしは赤くなる。「わたしは家族の中で一番の年下なの。姉のヴァイオラが母親がわりだった。死ぬ時になっても、わたしはまだ姉たちにとって末っ子の赤ちゃんなんだ。歳をとってもその役割からは抜け出せる気がしない……」

これが死角で一人きりの時間を過ごす権利が自分にあると感じる理由だと、わたしは説明する。生まれる前の姉たちの人生はわたしにとっては未知の世界だ。それなのに、わたしがしたことはすべて姉たちに見られている。

「ここにいると、自分自身の中に浮かんでいられる。静かにしている時、一人ぼっちの時、自由を感じられる。誰とも一緒に歌わなくていい。自分の思考さえ止まる」

水の下で。姉たちから遠く離れたところで。わたしの呼吸の混沌の外側で。自分が誰にとっても何者でもなくなってようやく、穏やかな気持ちに包まれる。

まるで狭いゴンドラの中にわたしが何か生き物を放ったかのようだ。二人の顔の間に秘密の浮遊物を思い浮かべてみる。膨らんだり萎《しぼ》んだりする、柔らかな紫色の光を放っているくらげ。男の人が笑い飛ばしたり、ここに一人で来るなんてと恥ずかしい思いをさせられるのを、わたしは待つ。

「ああ」彼は静かに言う。「なるほどその通りだ。なんて発見だ」

男の人は驚きを取り繕うことなくこっちを見上げ、わたしも同じくらい驚く。長く見つめ合うほど、ゴンドラの内側で、純音の音量が増す。聞こえている、とわたしは思う。わたしたちどちらにも。彼は緑色のフードを後ろに押しやると、濡れた葉っぱのような髪の毛をなでつける。灰色か茶色、この光の中ではわかりようがない。浮かべた大きな笑顔が皺をすっかり隠す。

「誰だって夢に見るよな？　思考を吸い取ってくれる静寂。その人であることの重荷から解放してくれる静寂」

この笑顔は、見知らぬ人の子ども時代に戻る正門のようだ。今夜目にしてきた笑顔のすべては、この笑顔の偽物だったんだ。誰かを理解すると、同様に自分のことも理解されたような気持ちになる。だからこの人に微笑み返す、わたしたちには共通の渇望があるのだと伝えるために。海軍の技術者だった、この白い顔をした男の人に感謝するべきだと思い至る。水が襲ってくると知って、止めるのに失敗した人たちの一人。死角はこの人たちがつくり出したものだ。

＊

わたしたちゴンドラ乗りは黄金律に従って働いている。姉たちに冒してほしくない危険は、自分も冒さない。悪天候では航行しないし、干潮時にはトンネルを通過しない。打ち負かされそうなどんな客も拒否する。たとえば、姉たちがもし命の危険を冒してバビア・ローザまで客を乗せていったら、わたしは姉たちを殺しかねない。

姉たちとわたしはみな、このコード通りに生きているふりをしている。利益よりも安全を尊ぶために。けれど、常にこの黄金律を完璧に遵守することは、わたしたちの仕事を沈めかねないと、わたしは静かに確信してきた。わたしたちは格納庫から離れたことがない。このルールを日常的に破りはじめた頃、正当化するのは簡単だった。わたしは他の姉たちを殺していたかもしれない暗闇が必要だったし、姉たちはその秘密をわたしに黙っていてもらう必要があった。最初、それは裏切りに感じなかった。愛するゆえの選択だと感じられた。

バヒア・ローザは破滅的な場所だと人々は言うだろうけれど、数ヵ月にわたって、そこはわたしの楽園だった。黒い壁の地平線。静寂はわたしを体からゆらゆらと解き放ち、わたしはようやく心身から安心できた。完全無欠で。宇宙の最も荒々しい回転とともにあって。

けれど同時に、死角から帰宅しながら考えるようになった。**もしこの一体化の感覚を得るために、大切な人たちを置いていかないといけないとしたら、この感覚はどこまで本物なのだろう。**

*

わたしたちはアジの群れの上に浮かんでいた。何十匹もの凍った灰色の顔が船首灯の前を跳ねていく。魚たちは何かに怯えていた。長い体が横木の下で円盤のように動くのがちらっと見える。船台から降りるよう男の人が手招いてくる。わたしに尋ねる彼の言葉は魚たちのように震えている。

「君とお姉さんたちは、この湾で、溺死した人たちの声を聞いたことがあるかな?」

「ううん、ない。それは……そういう能力はないの」

「なるほど」彼はうなずいたけれど、信じていないようだった。

男の人は慎重に体を前に傾けて、水を汲み出すのを手伝ってくれた。緑色のレインコートは、肩の筋張った筋肉のあたりでくしゃっと布地が寄っている。ハミングが、心配する余地がなくなるまでわたしの中で大きくなっていく。どんな気持ちがするだろう。他の人と死角に入るのは？この人と静寂を経験するのは？　この人はわたしの家は墓地だと思い込んでいる。わたしたちが別れ別れになる前に、どれだけこの人が間違っているか耳を澄ましてくれたらいいのに。この人の人生の終わりは、すべての命の終わりじゃない。何かが生まれたがっている。

＊

並んだ黒い浮標を通り過ぎる。まるでゴンドラをくんくん嗅ぐ犬たちみたいに、長い縄につながれて追ってくるけれど、すぐに見えなくなる。それらのうなずく頭たちが、歌っているわたしの心の裏側に押しつけられる。

オォオォオォオ……

オォオォオォオォ……

長い間、まったく何も見えない。水以外は、さらなる水以外は。だけど同じ音色をブーメランのように繰り返すたびに、防波堤が近づいているのが聞こえると言って、わたしは男の人を安心させた。そしてそれから、暗い地平線の上で動かない波のように現れた色褪せた壁を、わたしたちは二人とも目にする。

わたしは舌で頬の内側に触れる。何時間もこの瞬間を待ち望んでいたけれど、今や目の前に終わりがあり、自分がどうしたら戻れるのか見当がつかない。この病気の人を一人きりで、食べ物も新鮮な水もない防波堤に置いていくなんて想像もできない。こんな夜だと、屋根から突き落とすのも同然になってしまう。突堤で感じたのと同じ吐き気が、倍近くの勢いになって戻ってくる。

笑っている黄色、うなっているような緑色をした、草木のくるんとした声が聞こえてくる木の島の、柔らかい肩を追いかける。二十分もすれば、以前は陸地側の境界だったお望みの防波堤に着くはずだと、わたしは告げる。

だけど防波堤のごつごつした北西の端まで二百七十メートルぐらいのところで、雨が本格的に降りはじめた。それはゴンドラのまわりで大網のような模様を描きながら、頭蓋骨に激しく打ちつけてくる。さらに大量の水が空を引き裂き、すぐにわたしの中にある地図が分解される。今家にいたのなら、鉄の屋根に打ちつけるこの嵐を聞いているところだっただろう。ルーナはわたしの上で、そしてミーラがわたしの下で、いびきをかいている。わたしは毛布をかぶって眠りかけていて、夢のはじまりにいるだろう。姉たちはまだわたしが聞こえる？　わたしには雨しか聞こえない。さざめく波を灯りで照らし、本気でパニックになりそうな兆しを感じる。激しい横風が叩きつけていて、目視だけでは、とてもじゃないけれど目的地にたどり着けない。

「ヴァイオラァァァ？」

「ミーラァァァ？」

「ルーナァァァ？」

声が飛び散って、戻ってこない。何も応えてくれない。ここでわたしを導くものは何もない。台にポールを置くと、船台から這い降りる。おそらくうまくポーカーフェイスができていなかったのだろう。男の人はこっちをじろっと見ると、わたしの手首をつかむ。

「どうして歌うのを止めたんだ?」

「すみません」視線を避けながら言う。「読みが甘かった。この嵐を切り抜けられるって思ったけど、声を失いかけてる。ルートを描けない。もし計算を間違ったら転覆してしまう」

潮の流れが緩やかなら入り江を横切って近道をするけれど、水は強く渦を巻いている、と説明する。それに壁に激突したり、メキシコ湾に吸い込まれたりしたくないのだと。

「なあ」男の人はゆっくりと言う。「あの防波堤に連れていってくれ」

彼の声は一瞬前でさえ予想できなかった怒りで震えている。

「もう**見えてる**じゃないか。あそこまで**泳いで**いけばいいはずだ……」

「だめ。危険すぎる」怒りできゅっと固まった男の人の顔は、ほとんど別人だった。「できない」わたしははっきりと言う。この人がまったく違う計算をしていることが突然わかったから。

「**できない**だって。毒の中で泳ぐくせに、これは危険すぎるだって?」

男の人は風の中で叫びながら、わたしを引っ張る。

「今日は津波が起こった日だ。君のプカプカ浮いた学校じゃその歴史を教えないのか?」

わたしはその日を忘れていた。それはわたしたちの記念日じゃないから。揚水《ようすい》システムが敗北した夜。防波堤が高波に漂白された夜。その嘆きの夜は母を殺さず、母はその後七年生きて、わたしは生まれてくることができた。

男の人はわたしの手首をさらにきつく握り、斜めに吹き荒ぶ雨がはっきりと見える船首灯の先にある一点を見つめている。恐怖がわたしの中に染み出してきて、それがこの人のものなのかわたしのものなのか、もはやわからない。暗闇の大きな塊がゴンドラのまわりで浮き沈みしている。

「何千キロも旅してここまで死にきたんだ。この日の、この場所がよかったんだ。地球での最後の夜に、わたしの防波堤を歩き回りたかった。それが望みだったんだ。子どもたちが亡くなった日に家で死にたかった」

垂れ下がったフードの下で、この人はわたしの顔をじっと見据える。ここにいるこの男の人は、人生の最後の場面を書いてきたんだ、とわたしは気づく。そして、彼の演出が風に台無しにされつつあることに憤っている。声が低くなり、そして怒りの奥に、きしきしと鳴る落胆が聞きとれた。

「拒否しないでくれ、お嬢さん。目の前に見えているのに、ここで止めるのは残酷だよ。ここまで終点の近くに来て帰るわけにはいかない」

終点。雨が船体に打ちつける。ゴンドラから水を汲み出さないと。男の人は裸足だ。どこかでブーツを脱いでいたらしい。つま先がこっちに向かって細かく揺れている。この人のそれ以外の部分はわたしたちを破壊しようと決心しているのに、まるでまだユーモアのセンスが残っているみたいに。

「雨が止んだら、引き返す」わたしは震えながら息を吐く。「良心があるから、死なせるわけにはいかない」

「だけど、お嬢さん！」男の人は濡れた手のひらをわたしの頰に伸ばしながら、憤懣《ふんまん》やるかたない様子で笑う。「もう連れてきてくれたじゃないか。まわりを見てくれ。もう到着している」説教じみた響きが再び声に加わる。「さあ、本当のことを言ってくれ。君はわたしを連れていく場所を知っていただろう。死角だって。そう言ったじゃないか」雨粒が緑色のレインコートの上から飛び降りる。シューシュー音を立てる銀色でこの人の輪郭を描きながら。「ポールを持って。頼まれた仕事を終わらせるんだ」

「いやだ」わたしは船台にまたよじ上り、この雨の中でもかろうじて見えた、一番近くの木の島の風下に向かおうとしはじめる。再び目を向けると、男の人は船尾に立っている。ゴンドラがうねりの一つに乗り上げ、深いくぼみに落ち込んでいき、転覆しなかったことにびっくりしていたら、男の人が突進してきた。この人はわたしよりも優れた反響定位者だったのかも。わたしが腕を上げると、彼の腕が真似をし、韻を踏んだ動きをする。いとも簡単にわたしからポールを奪いとると、ひどい笑みを見せ、胸の前でポールを握る。**姉さんたち、今日最後の客のことを見誤っていたみたい。この人はわたしよりも力があって、**思っていた何倍も病んでいた。

「やめるというなら、わたしがこの船の舵をとる……」

温かい液体が自分のズボンに染みていき、わたしは泣いていた。家に帰りたかった。ウゥウゥウゥウゥ、わたしは叫ぶ。男の人は腕を離す。一瞬、その目はわたしたちがさっき培ったお互いへの理解を宿らせて輝く。

「かわいそうなコウモリさん。少しの間だけ消えてしまいたかっただけなんだろ？　本当に死にたいわけじゃなくてね」

死にたくない。死にたくないけれど、それを理解するためにこんなにも遠くまで来てしまった

よ、姉さんたち。

「だったら、ここで泳ぐのはやめたほうがいい」再び、がみがみした響きが聞こえるけれど、今やだいぶ微かになっている。男の人は不器用な手つきで、なんとかして岩石底をポールで突いて、ゴンドラを防波堤に向かわせようとしている。この人がポールで進むのに苦戦しているのをわたしは見る。ポールの先は今や泥が詰まっている。「この湾全体が胃いっぱいの胆汁みたいなもんだ」

それから波紋のような瞬間が訪れ、わたしが想像した場面が現実のものになる。わたしの手はポールを取り戻そうとし、指は男の人のこぶしのすぐ上をつかむ。彼は放そうとせず、わめきながら体をよじる。わたしは這うようにして前に進み、手に噛みつこうとする。うまくいかなかったけれど、叫び声が上がる。彼はいまだポールをつかんでいたが、ちょうど強い波が船尾を洗い、二人ともバランスを崩した。わたしは手を放して自分を支えたけれど、男の人は背中から雨の中へと落ちていく。

わたしは落ちていく男の人と一緒に叫び、入り江にバシャンと彼が落ちてからも叫び続ける。けれど後を追って渦巻く水面に飛び込もうとはしなかった。この人に沈められるのではないかとこわかったからだ。ポールを伸ばしてあげることもできない。この見知らぬ人と一緒にポールは水の中に落ちてしまったから。水面に向かって声を絞り出す。「あの？」わたしの声は消えかけだ。なんて呼べばいいのか名前さえ知らないことに思い至る。暗すぎて、どこに浮かんでいるのかも見えないけれど、マットのように藻が敷き詰められた水面を、男の人の腕が激しく掻き回しているのが聞こえる。わたしから泳ぎ去ろうとしている、と気づいてホッとした。防波堤までたどり着こうとしているのだ。もしランタンで周囲を照らしたら、たぶんゴンドラからほとんど離れていないところにこの人が浮かんでいるのが見つかるかもしれない。輝く藻がリースのように絡みついた青白い顔がこっちを見上げるかもしれない。もしかしたら助けることができるかもしれない。**助けよう**、と自分に指示を出す。けれどわたしはゴンドラの床から動かない。かわりに、ランタンを覆い、水面を叩く音が止むことだけを願う。

そのうち、願いは叶えられる。水面を叩く音が止む。溺れ死んだのか、声の届かないところまで泳いでいったのか。新しい静寂は男の人の不在とともに染み込んでいく。わたしは濡れた板の上で横たわり、こぶしをお腹に押し当てていた。わたしのポールは、波に乗ってメキシコ湾までいってしまったか、聞こえないほど深く沈んでしまったのだろう。そしてお客は？　あの人は今や本当に行方不明者になってしまったんだ。特別な水陸両生動物に。彼を知っている人たちにとっては、死んでいて、生きている。最後に立てたバシャンという音はわたしから離れないだろう。**あの人を殺した。**そう考えないようにした。月の光が目に差し込んでくる。とてもゆっくりと、雨が止んでいたことに気がつく。わたしは揺れる水面を奇妙な無感覚で意識していた。ここはどこ？　心はまるで星々の間に広がる空のようだ。かたちも名前も真実もないけれど、歌うまでもない。

Ⅳ　コーラス

わたしは騒がしい大きな工事穴を見上げる。ちっちゃな白い鋤《すき》が大量の暗闇を投げつけている。

星、これらは星なんだ。

　どれくらいの間こんな風に漂っているのだろう、あの恐ろしいバシャンという音のことを考えないようにしながら。ポールがなくてすごく困っているけれど、長い間叫びすぎて、体の中のすべての感情を枯らしてしまったみたいで、この離れた入り江でボートがわたしを見つけてくれなかったとしてもどうでもいい気さえする。船首灯が、筋張った藻を引き抜いていくかのように照らし出す。どうやら気づかないうちに、防波堤の裂け目から通り抜けたらしい。わたしの歌は悲壮なかすれ声で、深さも距離も返ってこない。暗闇から女の人の声が聞こえてきた時、わたしは自分の想像だと思う。灯りは歌の方向に揺れる。

　ゴンドラは矢のようにこっちに向かってくる。オパールのように白い平底のボートがランタンの強い光線に照らされている。いい予感は、途端に恐怖にひっくり返る。ゴンドラ乗りが船台に立っていて、その人の髪が緩くたなびいている。歌声の調子が高くなる。**神様、お願い、やめて。神様、お願い、わたしたちを別々にしておいて。やだ、やだ、やだ。まだ会いたくない。**ウゥウゥウゥウ、女の人はわたしに歌いかける。こんなことって可能なのかな。自分のドッペルゲンガーに出くわすところなの？　わたしの分身が、過去か未来から漕ぎ出そうとしているの？　おそらくあの男の人が船首に座り、緑色のレインコートを着て微笑んでいるのだろう。彼は死んでいるのだろうか。それとも生きている？

　だけど視界に入ってきたのはわたしの分身じゃなかった。姉だ。

　リボンがたなびく目隠しをつけたヴァイオラが、静かに通り過ぎていく。姉のたるんだ顔が、船尾灯の灰色の球体に照らされている。姉の単調な低い歌声がわたしを満たす。死角にいるわたしの喉から同じ音が流れ出す。麻袋から穀物がこぼれ落ちるような、空っぽのシューシューという音。

姉のゴンドラはわたしの心よりもだいぶ速く動く。けだるい思考がゆっくりとした、広がっていく円を描きながら、互いを追いかける。姉はここまでわたしを捜しに来たのだ。ひどい危険を冒してまで、ただわたしを捜そうとしたのだ。

けれどすぐに、ヴァイオラはわたしが近くにいることに気づいてもいないとわかる。目隠しは、最後の手段だ。こめかみのあたりをきつく締めつけると、悪天候の中でもよく聞こえることがある。だけどうまくいっていないみたい。姉の後ろで髪の毛がばさばさとなびいている。姉の歌声は、死角のすべての音と同じ、奇妙な、皮を剥いだような声質だった。陰影がなくて、のっぺりとしていて。耐え難いほど明快に聞こえている。わたしたちがどれだけやばい状況なのかが。ここまでわたしを捜しに来たんじゃない。姉も迷子なんだ。

「ヴァイオラ！」わたしは叫ぶ。しわがれすぎていて、絶対に聞こえるわけがない。

けれどヴァイオラは目を覆っていた赤い布をほどくと、目隠しで顔を拭う。今夜溺死者がみな起き上がってあいさつしてきたとしても、わたしはここまで驚かなかっただろう。姉は髪を乱しながら振り返ると、まっすぐわたしを見る。「ブリスター！」

怒りがわたしたちのボートのまわりで旋回し、耳をつんざくような音量で叫んでいて、感情の源を突き止めるのは不可能だ。

姉はゴンドラを漕いで近づいてきて、わたしたちの瞳孔が船首灯の重なった光の中で縮まっていく。二つの声がフックのように揺れ、互いを捕まえようとする。

「ここで何をしてるの?」

答えはわたしたちの間に浮かび、わたしたちをからかっている。ヴァイオラはいつもわたしよりも何光年も先にいるように見える。たぶん姉も、わたしたちがかち合ったことに同じくらい驚いている。

「捜しに来てくれたの?」姉は打ちひしがれた声で言う。

その顔は浮かんでいるように見える。投錨されず、光によって孤立しているよう。わたしは嘘をつこうかと思ったけれど、それから頭を振る。

「ううん。ここに来たかったの、泳ぎたくて」

「わたしもそう」姉は言う、わずかに笑みを浮かべて。

わたしたちの災難が、突如として、ひどくおかしく思えた。同じ家族に生まれたことぐらい、ある意味、驚くべき偶然だ。

「いつからここで泳ぐようになったの?」

「ああ」ヴァイオラは指の腹を吸いながら、物思わしげに言う。「何年も」

何年も!

どちらかが尋ねる。「なんで言ってくれなかったの?」

どちらかが答える。「ここに来るのは自分勝手すぎるから」

どちらかが恥ずかしさで燃えそうだ。これは姉? それともわたし?

どちらかが叫ぶ。「誰も傷つけてないでしょ?」

そしてわたしたちは互いに向かって叫ぶ。「わたしは傷ついてる!」

静寂が真ん中のところでばらばらになる。静寂はその小さな鋸歯状《きょし》の牙を露《あらわ》にする。わたしたちはちゃんとお互いを愛せていた？　もっと愛することができた？　わたしたち、伝えてこなかったことがたくさんあったんだね。これからもずっと言わない気がする。姉妹の格納庫の中で秘密は増大する。わたしたちが話すことで開けようとしなかった百のドア。壁だと思うことにしていたさらに百のドア。もしわたしがもっと勇敢だったら、鍵を開けることのできる正確な声音で、姉たちに自分の声をぶつけていただろう。もっと勇敢で、もっと歌がうまかったら。

ささやくように、最後の客のことをヴァイオラに話す。その人を助けてあげることができたかもしれない瞬間が、彼の死の瞬間に変わってしまった時に、わたしがどう聞いて、どう麻痺してしまったかを。

すごく驚いたことに、姉はわたしから離れない。姉の開いた瞳孔にわたしの話が落ちていくのを眺めながら、嫌悪感や怒りを覚悟する。けれど、表面に浮かんだのは、傷ひとつない、愛だった。

「その頃わたしたちが生きていなかったのが残念だね」ヴァイオラは低い声で言う。「防波堤の建て方をその人たちに教えてあげられたのに。壁の弱い場所とかを聞きとってあげられたかも」

姉の肩越しに、揺れる暗闇を見る。男の人の緑色のレインコートが藻にまみれて、こっちに流れてくるんじゃないかと考えて、ゾッとした。

「何か聞こえる、ヴァイオラ？」

「あんたの話してる声だけ。だけどあきらめずにいよう」

わたしは姉のゴンドラに這うようにして移ると、わたしのゴンドラを船尾につなぐ。シグナルを探そうとしても、うまくいかなかった。雨がふたたび降りはじめ、わたしたちのゴンドラの間に黒い水を打ち当てる。まもなく姉も声が出なくなった。ヴァイオラは漕ぐのをあきらめ、船尾のわたしの後ろに座り込む。左の肩に姉のあごの重さを感じる。姉はわたしの曲がった背骨に手のひらを滑らせ、骨張ったこぶを押す。「姉妹はこうやってお互いを調節するんだよ」と、わたしが幼い頃、夢に怯えて起きて、抱っこしてもらいたがった時、ヴァイオラはそう言ってわたしの自尊心を守ってくれたものだった。

死角の終わりに到達することがあるんだろうかと、わたしは考える。まるでお腹をすかせた赤い口が、わたしたちの向きを変えて取り戻そうとし続けているみたいだ。

「ブリスター」ヴァイオラが言う、平坦な声で。「ネズミのことを覚えてる?」

わたしが子どもの時、わたしたちは一冊の絵本を持っていて、それは表面的には陽気だけれど、世界の終わりの物語だった。ネズミが次々と泥の穴に落ちてきて、それぞれ他のネズミを助けようとする。ネズミの家族は不器用さと愛情のせいで、そしてたぶん自分たちを救いたいという秘密の願いのせいで、運が尽きる。だけど恩寵のトラクターに引っ張られて、最後には助け出されたはずだ。だって主人公たちの死で終わる絵本なんてないから。

だけどわたしの心は、この苦境を解決する方法を思いつかない。それどころか、心は穴になっていた。

「今から死ぬのかな?」ヴァイオラがわたしに聞く。

頭を振ると、姉がわたしの意見を求めたことに感動する。もうひとつの歴史的出来事。

「ここに来たりしちゃいけなかった」姉が身震いする。「きっとみんな捜してくれてる」

ミーラとルーナ。たぶん雨のカーテンの向こうに、二人の声がもうすぐ聞こえてくる。わたしは大海原でティーカップの舵取りをしていた絵本のネズミたちのことを考える。姉妹だけの家族では、みんながすべての役割をこなす。勇敢な者と臆病者、不運な者と救助者。

わたしたちは生の声を風に乗せる。まわりが見えないまま漕ぎ続け、おそらくぐるぐると同じところを回っていると、哀しげな歌声が聞こえ出す。最初のこだまがわたしに届いた時、疲労の症状が出たのかと思った。またこだまが戻ってくる。だけどわたしの唇は閉じられている。

「聞いて」ヴァイオラがわたしのひじを強く引っ張る。

「聞こえてる。姉さんはおかしくないよ。それかどっちもおかしくなったのかな」

後ろでヴァイオラがこわばる。海がバラバラになっている。船べりの下から、新しい目がこっちを見て光っている。蛍光性で、巨大な円盤みたいな瞳は、オレンジ色と紫色と塩っぽい白色をしていて、これまでに見たことのない、群れをなす種類の生き物の角張った顔にはめ込まれている。イルカが人間を救うという昔話の数々なら知っているけれど、だけどこれはイルカではないし、こっちにまったく気づいていないみたいだ。生き物たちの哀しい歌はわたしたちの骨を貫いているというのに。ハミングがわたしの胸に入ってきて、大きくなっていく。深い、海のうなり声。ヴァイオラが腕を回してきて、わたしは姉の心臓の音に感謝する。もしこれを一人で聞いていたとしたら、たちまち正気を失っていただろう。この新しい歌は、わたしが望むよりも広く、そして心の準備が間に合わないほど速く、わたしの心をねじ開けてしまう。「まだ準備ができてない！」わたしはしわがれた声で叫ぶ。自分よりもだいぶ大きな何かにわたしが紡ぎ込まれつつあって、それが人間ではない周波数で振動していることが感じられたから。こだまが、震える木のてっぺんや、浸水した壁、生まれなかった動物たちの小さな骨とか、信じられないほど離れているように感じられる次元から、わたしたちの中に飛び込んでくる。わたしたちはうつろを聞く、そして行き先を。廃墟となった空間が、潮とともにこう叫んでいる。**ここは世界の終わりじゃない。ここは世界の終わりじゃない。**

振り向かなくても、ヴァイオラの唇が一緒に歌おうとして、開きかけているのがわかる。**ヴァイオラ、ヴァイオラ**、子どものようにお願いしたかった、**どうか、わたしを置いていかないで。**ほんのちょっとの間でも、わたし自身の意思で溶けていきたかった。この扉を通ってしまったら、わたしたちは一体何になるのだろう？　他の歌い手たちがわたしの心に侵入してくる。ちんぷんかんぷんの月と、銀色のマングローブの林と、埋められたサンゴ礁。わたしは暗闇から浮かび上がってくる声に怯える。その声たちに加わるのがこわい。だけどたぶん、わたしたちはそうしないといけないんだろう。生き残りたいなら。

オレンジ色の世界

異常値。ハイリスク。
臨床実績不明。

夜、ラエは枕を両脚の間に挟むと、痛みを受け止める。まるで道に横たわる腹を撃たれた動物のような気分だった。ラエは無神論者だったから、トイレで血を見た時は独自のお祈りをでっちあげた。三回目の検査の結果が出てからは、彼女の願いを聞き届け、赤ん坊を救ってくれるかもしれない存在に対して強く祈りはじめるようになった。

そして、なんと、何かが応えてくれた。

助けてやろう。それは話すことなく話し、地平線の低いところで光る。朝の四時から五時までの、安全な時間だとかつて信じていた、危険から脱する時間まで彼女は起きていた。

あなたは何？

その声は赤い光から現れる。

質問が間違っている。おまえはどうしてほしいんだ？

＊

「オレンジ色の世界」と、〈新米パパママの教育係〉は言った。「それがほとんどの人が生きている世界です」

彼女はスライドを見せた。笑みを浮かべている赤ん坊の目の周りには深い紅色の母斑が浮かんでいる。いや、火傷《やけど》の跡だ。スライドは取り返しのつかない過失が起こった瞬間まで時を遡る。ティーポットをつかんでいる眠そうな父親の場面。

オレンジ色の世界は、絡み合った電気コードにステーキナイフいっぱいの引き出し。トースターオーブンの赤くなったコイルの上を漂う赤ん坊のぷっくりとした手。中古で買ったベビーベッド。

「我々はみなある程度の妥協をします。安全ではないとわかっていることをします。赤ん坊とシャワーを浴び、そして突然……」

教育係はこぶしをテーブルに打ちつけ、幼児の頭が大理石にコツンと当たる音をまねると、ささやき声で決定的な罪について話し出した。「あなた方はソファーで一緒に眠りに落ちます。そして一人だけが目覚めるのです」

眠ったらだめ。ラエは事務的にメモを取った。**オレンジ色の世界。**

「緑色の世界」についてはすでに学んでいた。角《かど》は柔らかく、耐えず目を配っていられる幻想の王国。オレンジ色の世界は、どうやら、炎でできた小型望遠鏡から見たこの世界のことのようだった。**「ようこそ、赤ちゃん！」**と、教室の暗い隅にかかっている垂れ幕に書いてある。

「緑色の世界は理想ですが、けれどオレンジ色の世界に私たちはたいてい暮らしているんです」

教育係が繰り返す。

次に、見せられた育児恐怖映画は、静止画で構成され、**「赤色の世界」**というタイトルだった。教育係は明るいオーストラリアなまりで、参加者に想像するよう促した。赤ん坊が階段やダストシュートから落下する。鉄で突かれ、助手席から放り出される。トイレの便器で溺れ、ぶどうを喉に詰まらせる。

ラエはここまで妊娠を維持できたことがこれまでなかった。高齢出産だった。夫はこの単語を面白がった。「聖書に出てくる九十歳で子どもを産んだサラみたいだな」

全員におくるみと赤ちゃん人形を配られた。ラエのは頭が取れていた。頭を押し込んでつけ直している間に、おくるみがふわっと床に落ちた。おくるみを拾おうとして、足で踏んだ。

スニーカーのばい菌→オレンジ色の世界。断首→赤色の世界。

「頭が反対向きよ、ねえ」

教育係はラエが頭をねじるのを見ている。

「新米ママの集まりに行ってみたらどう」と彼女は勧めた。「はじめてのママにはすごくためになるはず。ベテランママたちがいろいろ教えてくれるから」

ラエは微笑み、お礼を言った。この陽気な妊婦たちでいっぱいの部屋では、こう言葉にする隙間は残っていなかった。**赤ちゃんが生まれてくるのかわからないんです。**

*

最初の夜に悪魔がラエの前に現れた時、夫はニューヨークに出張中で、新規のクライアントたちをモノにしようとしていた。「モノにする《ウー》」だなんて間抜けな動詞だ。「ウー！」彼女は階段で四つん這いになりながら叫んだ。痛みは膨れ上がり、空っぽの家を満たした。痛みが屋根を突き破りそうになった時、彼女はウール地のシャツをひっかけ、手でお腹を覆うようにして、月明かりの通りによろめき出た。「助けて」ラエは懇願した。近所の家はまるで無表情の陪審員たちのように彼女を見下ろしていた。体をひきずるようにして道を横切った。奇妙な光が歩道に沿う溝から漏れていた。その源ははっきりしなかった。進んでいく間に、その光は色を変え、赤みがかった色味になった。このかすみを抜けるとすぐに溝の中だ。足首の深さの水の中を歩きながら、ラエは声を上げて泣いた。痛みで膝をついた。なじるような、火のように激しい弦が彼女の骨盤から喉に走り、まるで何か秘密の手に弾かれ続けているようだった。こうやって悪魔はモノにするのだ、こっちが悪魔だと気づく前に。体のない、明るい声が排水溝から聞こえてきた。

「はい」彼女は自分が約束する声を聞いた。「何だってします」

*

三ヵ月後、ラエは寝室のドアのところで立ち止まり、生まれたばかりの息子が呼吸するのを見ていた。この赤ん坊は、とても大人びたいびきをしていた。父親ものこぎりで木を切るようないびきだ。彼女は二人のデュエットを一晩中聴いていられただろう。緑色の世界。赤ん坊は冬至の日に生まれ、伸びていく光の世界に現れた。この子は五体満足に生まれてきた、溝の中の声が約束した通りに。

すでに、ラエは午前4：35に目覚めるように自分の脳を調節し直していた。外では、雪が近所の葉の落ちたカバノキの木々の上から降っている。上を向いた彼女の顔の上で、赤い点々が散った胸の上で、雪片は素晴らしく感じられた。なぜ天国に願うことを考えつかなかったのだろうと、ラエは今になって思う。彼女は差し出された最初の契約に飛びついたのだ。スバル車だってもっとうまく交渉して手に入れたことがあったのに。

ラエは溝の中、死んだ葉々の厚い生地の上に膝をついた。シャツのボタンをへそのあたりまで外した。寝ぼけた雪は水流となって目覚め、そのゆっくりとした流れはビールの蓋ときらきらした氷を排水溝に運んだ。彼女はブラの留金を探った。胸は薄いレースを圧迫していた。通りの反対側では、ラエの家が彼女を見つめ返していた。窓々は、どんな怪物でも入ることができそうな穴に見える。壁は青くて、征服しやすそうだ。時計仕掛けのように、4：44になると、悪魔が現れる。霧から姿をつくり出し、固まって。その調子は、赤ん坊が生まれて以来完全に違うものになっていた。どんな緑色の保証もせず、ラエの子どもや友人たちや家族の安全も保証しなかった。最近の夜は、すべて赤い脅しだった。**メシをくれ、じゃなきゃ。**

だからそうする。

溝は冷たいカヌーだった。ラエはひじをつくと、腹ばいになった。アスファルトが彼女の両肩を、鼻骨を押す。何週間もずっと約束を果たし続け、いまだ病気にかかっていないのが信じられなかった。もしかしたら悪魔が彼女の健康の秘訣なのかもしれない。そいつのことは見ないようにしていた。見ると母乳が出なくなる。そいつは三角形の頭を鎖骨に押しつけてくると、細い指をした手で彼女の左の胸から母乳を絞りとり、その毛深い口先に流し込んだ。尻尾は腰にまとわりついてきた。息子とは違い、悪魔は何十本もの不揃いの歯をしていて、尖っていたり、割れたり、三列になったりしていた。何本かは緑色の泥の中の明るい矢じりのように、歯茎に対して平らに生えていた。その唇は、乳首のまわりに冷たい首輪をつけた。ラエは股間の深いところを引っ張られるように感じた、生理のような痛みだ。あふれ出るミルクは、一つの体で生産されたとは思えないほどの量だった。こんな量のミルクを、自分の赤ん坊が飲むことは絶対にないだろう。

ラエの下では、悪魔が奇妙な音で喉を鳴らしていた。今夜、そいつは長いパドルのような尾をしていて、はげかけたサボテンのように不規則な針だらけのそれを、彼女のそばで強く打ちつけたため、彼女はできたばかりの切り傷から血が流れるのを感じた。そいつは飲みに飲んだ。唇のまわりはあふれるミルクでびしゃびしゃになり、その毛皮を濡らし、輝かせた。

悪魔の飲み込む音がゆっくりになっていく。とげとげしたまつげが肌にザラザラと触れた。頭は胸の上にもたれかかり、歯の奥から息がヒューヒュー鳴った。無意識に、彼女はそいつの両耳の間にある繊細な場所をなでた。

「ああ、ちくしょう!」

悪魔がラエを噛んだ。そいつは彼女のお腹をかぎ爪のある足で蹴った。溶けかけの雪の中をよろよろと歩いていき、お腹はそいつの下で左右に揺れ、そして排水溝の柵を通って姿を消した。

すでに消えかかっている、奇妙な三列の歯の跡を彼女は見つめた。はじめての時、これらの切り傷やあざ、この授乳の血塗られた証拠を隠さないといけないと思った。けれど、本当の夜明けがやって来る頃には、悪い魔法に消されたように、傷の最もひどいところは消え失せ、赤い発疹が残るだけだった。ラエは夫が枕の上で目覚める三分前にベッドに戻る。

「そこにいたんだね」微笑みながら彼は言う。「赤ちゃんはよく眠っているね！」

＊

ラエの母親は近況を聞くために電話をかけてくる。

母親はここにいるはずだったが、世界の反対側のホスピスの施設で、彼女自身の母親の世話をしていた。彼女は娘といられないことに胸を痛め、ラエも母親と祖母といられないことに同じくらい胸を痛めていた。胸の痛みは継続的で、まるでケアをつかさどるウロボロスのように、罪の意識と愛情と恐怖と愛情が切れ目なく互いを呑み込む。

「愛してる」と、電話の間にお互い何度も告げた。電話の受話器の小さな穴には、それ以上の真実ははまらなかっただろう。

ラエは育児に困難を感じていることを自覚していた。

「ああ、もう、自分のせいにしないで！」母親は言う。「もう哺乳瓶をあげちゃいなさい。あなたは完全に粉ミルクで育ったけど、ほら、立派に大人になった！」

これはラエにとっては特に安心できることではなかったけれど、その励ましがありがたかった。

会話の間に自然に告げる瞬間はない。**ママ、悪魔につかまったの。**

*

妊娠十六週目に遺伝カウンセラーから連絡があった。何かが、もしかしたら問題ありから、おそらく問題ありになったのだ。

その日の夢の中で、遺伝カウンセラーはラエにネイルエナメルを選んでいた。「この黒がいい？　それともこの黒？　こっち？」

最良の状況だとしても、妊娠はタラップの上を歩くようなものだ。けれどラエたちのそれは最良ではなかった。ラエと夫は遺伝カウンセラーにそう言われていた。恐ろしい結果だと、彼女は認めた。数字は常に変わり続けた。百分の一、五十分の一、十四分の一。初期の頃でさえ、それらの確率が自分たちのこととなると、ラエは結果がこわかった。

誰かが一にならないといけない。

暗いエゴイズムで、彼女と彼女の赤ん坊が抽選の勝者になるんだろうとラエは確信していた。

もしそう信じるのなら、他に何を信じる？

けれど、次の日、鉄道線路の脇、ウィラメット川へと黄色の花粉が幽霊のようにふわふわと移動している場所で、二匹の鹿が現れる。子鹿たちは、小さなまだらの従僕のように母親を先導していた。

これは予兆だ。

これは予兆。

すべてうまくいく。

それでもラエは自分の内側で、落ち着いた、乾いた声を聞く。**もしそう信じるのなら、他に何を信じる？**

＊

少女の頃でさえ、ラエは交渉がひどく不得意だった。彼女は誰にでも求められたものは何でもあげてしまった。彼女は世界に借り《オウ》があり、世界は彼女を所有《オウン》していた。ただ存在していていいと思えたことなどなかった。まさか。人はこの地球という惑星の上で義務を果たさなくてはならないのだ。子どもの頃、ラエの体はどんな痛みを経験しても音もなく吸収し、いくつかの出来事のこだまでさえ、その唇から逃げ出すことはなかった。この問題は（才能だと、かつては信じていた）、身体構造上のものだと思うこともあった。ラエには咽頭反射がないようだったし、だから秘密のこと、感傷的で黒くてひどいことは、一度も出てきたことがないのだ。今ではそれは彼女の中で生きている。液化しながら。認めがたい、呑み込みにくい出来事。それが悪魔の飲んでいるものだろうか？

9：09と11：32と1：19と2：04と3：22と6：12にラエの息子は目を覚ます。二人は同時に起きる。子どもの泣き声が横で上がるのと同時に目はパッと開く。自分が何なのかわかっていないうちから、子どもの声に向かって転がっていく。夜は明けて朝になり、その転換の瞬間を二人はともに迎える。

緑色の世界。泣き声は心から気が休まる。その質問は、彼女そのものが答えだから。ミルクが飢えと渇きを満たし、柔らかに二人の体の中を動き、両方ともを鎮める。喜びは、母親業において大きな驚きだった。赤ん坊への愛情の洪水はあまりに荒々しく、ラエはいつもそれを自分自身のために和らげようとしている。彼女の心の目から隠すために。ホルモン、もちろんすべてはホルモンのせいだ。ホルモン？　顎の下で、小さな中世の修道士のように見えるパジャマを着た赤ん坊がげっぷをする。部屋の中を飛び回る愛情は破裂するような力を持ち、恐ろしかった。彼女の歴史、封じ込められた「個人」という、余計なもののコルセットの紐が緩められていく。彼女と赤ん坊は再び一つの体となり、その体に栄養を与えている。

人生においてもしかしてはじめて、ラエは自分が何をするべきかを理解し、そしてそうする。

＊

新米ママの集まりは、オーガニックスーパー〈ミルクとはちみつ〉の店先で行われる。ラエの家から数分の距離にある〈サンドイッチの王様〉と大麻の販売所の間の、放置されているに近いが明るいスペースだ。ある水曜日の午前10：27、彼女は赤ん坊を抱っこ紐に入れると、坂道を歩いていき、三歩歩くごとに子どもの縮れた頭にキスをした。

「大丈夫だよ、赤ちゃん」そう話しかける。「人間観察してこよう」

「母乳ってさ」カラスムギの袋を買おうと列に並んでいた女性が友人に話しているのが聞こえて

きた。「人間の血からできてるらしいよ？ 体ってすごくない？」

「そんなわけないじゃん、エレン」その友人は言い、彼女の炎のような自信でラエは自分の手を温めたくなる。

「私だってそう思ったけど」エレンはなだめるように言う。「だけど検索してみてよ。科学記事を読んでみて」

それからラエはレジのネストルに向かってウィンクした。彼のことを知っているのは、ラエがタバコを買っているガスステーションで夜になると働いているからだ。

ネストルはラエに気づき、「やあ、ここで何してんの？」と笑う。「ここは健康食品の店だよ。タバコは売ってない」

彼女は嘘をつきたくなる衝動を抑えた。

「新米ママの集まりに来たの」

ネストルが眉毛を上げると、彼女は笑い声を上げて言う。「うん、わかってる、私は歳をとってる。歳をとった女性だって新米になれるの。誰だってなれる」

くつろいだ雰囲気の、薄汚れた奥の部屋で、新米ママの集まりは模造毛皮のラグの上に円をつくった。どの大人の顔も、ラエにはバカみたいに巨大に感じられた。新米ママはピンク色のネームタグをつけ、ベテランママは赤色のタグをつけた。バレンタインデーであることにラエは衝撃を受けた。最近の彼女はそんな暦を生きていなかった。

集まりのリーダーであるイヴェットが、みんなで〝シェア〟しようと告げた。

「オッケー」と新米ママの一人が言う。サングラスをかけ、サロペットを着た彼女は白人で、見てんじゃねえと全身で訴えていた。まるで吸血鬼か休暇中のオルセン姉妹のようだ。「私から話すね。名前はリゼット。三週間前に女の子を産んだ。今私はおむつをはいてる。ズボンを下ろすと、二十五セント玉ぐらいの大きさの血の塊がついてることがあって。くしゃみするたび血を漏らしてる。オッケー、次の人」

「こんにちは。フローレです」彼女のタートルネックをくちゃくちゃ嚙んでいる新生児を連れた、窪んだ目の黒人の女性が言う。「そしてこれは赤ちゃんデニスです。赤ちゃんデニスは二十分ごとに目を覚ますの」

「名前はハリマ。帝王切開で出産。今は自分がまるで、本が全部ごちゃごちゃに並べられた図書館になったみたいな気分」

女性たちが経験している大変さは、ラエのそれとまったく同じだったけれど、彼女は嫌悪感を、「だから何?」「うるさい」「自分が恥ずかしくないわけ」といった心の声を、抑えなければならなかった。**私って性差別主義者だったんだ、**と彼女は思った。母親たちが秘密の苦悩や夜の恐怖や骨盤の激しい痛みについて語るのを聞きながら、ラエは体の中で酸性の濃度が上がるのがわかった。

「ラベッカです」ラエと同年代に見える白人の女性が言う。彼女にはほうれい線と、左の上腕二頭筋にトップレスの青い人魚のタトゥーがあった。ラエは人魚が羨ましい。重力は人魚の味方だった、海の世界では。

「レベッカ?」誰かが聞き直した。

「ラベッカ」ラベッカは繰り返す。五分近くにわたって、彼女は坐骨神経痛についての話をシェアした。彼女には子どもがいるの？　はっきりしなかった。彼女についてはっきりしているのは坐骨神経痛であることだった。

円のあちこちで小さな赤ん坊たちがあくびをしている。ひざに寝かされ、胸の中央に抱かれて。母親たちは大きな腹話術師に操られている人形にしか見えず、赤ん坊たちが糸を引っ張る間にもぺちゃくちゃと話している。

ラエの番になると、彼女は固まった。

「恥ずかしがらないで」イヴェットは言う。イヴェットには子どもが三人か、四人いる。ラエは正確な数字を聞き損なった。彼女の子どもたちは何度も母親に走り寄ってきては、オーガニックのパン屑が爆発するみたいにまた四方に散っていった。黒髪を高いところでポニーテールに結っていて、ラエにはあやしげなほど輝いて見えた。マイアミ出身で、ダンスカンパニーの振り付け師として働いていた。その一挙手一投足には、活発な効率性があり、それはフリースタイルの優美さとも言えた。血が通っていて、ロボット的じゃなく。産後の高い茂みの中で順応しようともがいている、当惑した新米ママたちの手助けをすることに、本当に喜びを感じているようだった。けれど彼女は明らかに、ベテランのイヴェットとしての役割を楽しんでいた、ボスママとしてのイヴェットを。

「夜の授乳がつらいんです」ラエはようやく言う。

みんな同意し、アドバイスが押し寄せてくる。ファーバー式、泣かないねんねトレーニング、重たい毛布、ホワイトノイズ発生器。ベイビー・マーリンの魔法のスリープスーツは試してみた？　おしゃぶりは？　おやすみ絵本は？　聞いていて恥ずかしくなってきた。ママたちはラエの体から知性を搾り取るようだった。飢えた悪魔が彼女の骨から鉄分を搾り取るのと同じように。

集まりの終わりに、イヴェットがラエに近づいてきた。蜂製品の棚のところに立っていた二人は、オーガニックの便秘薬に囲まれていた。「困らせちゃってないといいんだけど」イヴェットは言う。「本当に、とにかくいろいろ試して、赤ちゃんにとって何がいいのか見つけ出してね」

「赤ちゃん、赤ちゃんは大好きなんです。本物の赤ちゃんのお世話をするのは大好き……」

ラエは寝不足でめまいがした。自分がしばしばとまばたきしているのが感じられ、水分が頬を伝って逃げていく。ああ、なんてこと！　長い間、しっかり鍵をかけてきたのに、今じゃだらだらと漏れている。自分の中に何も保っておくことができない。下着を汚す血も、じわじわとあふれ出す母乳も、目の中の水分も、舌の上でつらなる言葉たちも。「私が話したのは、自分たちの子どものことじゃないの。病院から帰ってきてから毎晩、悪魔に授乳してるんです」

ラエは早口で悪魔のことを説明した、病的な喜びを覚えながら。その膨らんだ目に、パドルのようなとげのある尾、時々有史以前のヤマアラシのように見えること、時々まるで突然変異した赤いアライグマのようであること。イヴェットの顔を見て、自分が疲れた他人から、危険な変人へと、彼女の中で変化するのを待った。

イヴェットのつけまつげをした目がまばたきをしない。それどころか、むき出しの怒りが丁寧に化粧された顔に浮かんだ。

「あの野郎。パウエルブックスの南にまで来てやがるの？」

まるで日の当たるトンネルに二人とも囲まれているかのように、通路が狭まったみたいに感じられた。イヴェットはからかっているのだろうか？

「もしかして……悪魔のことを聞いたことがあるの？」

「うん。二年前の冬、二人目の娘が生まれてから、あいつは毎晩やってきた。家の下を動き回って、黙ろうとしなかった」彼女は頭を振った。

ラエの頬は燃えていた。「あなたも……あいつはあなたにも何か約束したんですか？」

「ああ」イヴェットは言い、苦々しそうに笑う。「あいつは間違いなくそうしようとしたけどね。私は興味をそそられなかった」

ラエの頭蓋骨が恥ずかしさでかぶれる、窮屈な赤い水泳帽が頭に張りついているみたいに。

「そうなんですね。ええと。私は、まあ、ちょっとだけ？　あいつと契約したんです」

こめかみの後ろに髪をなでつけながら、イヴェットはがっかりしていることをうまく隠せなかった。上品な青い色をした長い付け爪をしていた。「初心者にありがちなミスだよ」

初心者にありがちなミス？

ラエは体全体がほてった。身を乗り出して自分を弁護しようとしたが、それはどういうわけか彼女の生活を奪っている存在そのものを熱烈に擁護することになった。「子どもを救ってくれたの。妊娠中に……」

「あいつは！」イヴェットは憤りながら笑った。「あいつはあなたの子どもの人生の一秒だって増やしてくれないし、一秒だって奪えない。食い物にするだけ。それだけ。血に飢えてるの」

通路の奥では、イヴェットの子どもたちがゲラゲラ笑いながら、蜜蠟のリップバームで冷凍庫のドアに絵を描いている。ラエが見ていると、年長の男の子がバームを大きく一口かじり、飲み込んだ。

ラエは凍えるような恐怖と、溶けていくような安堵感を覚えながら、イヴェットを見つめた。

「本当に？　ものすごく説得力があったのに。だって、あの目……」

「はい、はい、そうね」イヴェットはイライラと言った。「そして声は雷鳴のようだよね」

ラエは用心しながらうなずく。昼間に声に出して話すのは罰当たりなことのように感じられた。

「何をするにしてもね？」イヴェットが言う。「ネットに書いてあることを読んじゃだめ。掲示板の女たちは狂ってる。あなたの赤ちゃんは死んじゃいますって書き込んで、天使の絵文字を添えてくるから」

イヴェットは紙切れに彼女の電話番号を走り書きし、ラエに手渡す。

「さあ。気が向いたら電話して。連鎖を断ち切らないと」

赤ん坊は目覚め、暗い、純粋な瞳を瞬かせている。今度は、イヴェットは変人なんじゃないかとラエが心配になった。この女の人は何を言ってるの？　悪魔との契約を破棄しろだなんてどうしたら助言できるのか。

「ねえ、あれは悪魔じゃないの。わかった？」

「違うの？」

「小悪魔だよ、つまり、小さいやつってこと。魔王の偽物」

ラエは恥ずかしさを呑み込む。「そりゃ全能ではないし、あいつもそんなことは言ってない。でも力を持っていて、あいつが知っているいろんなことを……」

「あいつに心を読まれてるなんて本気で思ってるの？」イヴェットはあくびをする。「植物にだってできる」

「違う、わかってない……」

ラエは息子の小さな頭を見下ろした。複雑な青い静脈が浮いたレタスのように青白い。ベテランママたちは澄ましていて、すべてのことに自信があるように見える。イヴェットが、布おむつと手作りヨーグルトのイヴェットが、この悪魔ができることとできないことに、どうして確信を持てるっていうんだろう？

「あいつには何もできやしない。千里眼じゃない。母乳好きのただの不快なやつ」

イヴェットの娘が二人の間に飛び込んでくる。強くて、美しい女の子。その子はラエに向かって舌を突き出す。

「授乳をやめて。さっさと。今にわかるから」

＊

しばらくの間、ラエは安堵で多幸感に包まれたぐらいだった。けれど太陽が沈むと、恐怖が湧き上がる。夫と息子が眠っている間に、小さな画面上でニュース記事をいくつか読む。赤色の世界の物語だ。移民・関税執行局の収容施設では、女性たちが子どもたちから引き離されていた。北京の女性たちは汚染された空気を恐れている。ラエは読んで、読む。悲劇のサイクルの持続低音で歯がガチガチと震え出すまで。恐怖は底なしに感じられる。悪魔はどこまでが守備範囲なのだろうと彼女は考える。地球上のあらゆる場所で契約を結んでいるはずだ。
午前４：00が巡ってくる頃には、ラエの決意は霧散していた。自分には選択肢がないことを彼女はわかっていた。授乳するしかないのだと。確立したそのパターンから逸れることは、また他の逸脱を招く危険があった。

玄関のドアから溝まで歩くことでさえ、危険に包囲されていた。雪が木々を結晶化している。叫び声を上げながら角を曲がって現れ、一時停止を二つ吹っ飛ばすティーンエイジャーでいっぱいの車。片方の尾灯しか点いていない。出産前は、ラエはこのどれも気にしなかっただろう。今の彼女は、天気や物、性格といったまったくめずらしいところのないはずの配合の中に、チクタクと鳴る脅しの潜伏性を聞きとる。オレンジ色の世界。凍りそうな空と夜とその中にいるすべての人々。

慎重に、ラエは体を溝に近づけていく。出産を思い出しながら、アスファルトをつかむ。あの地球が裂けるような圧迫感。痛みとはさまざまな意味を持ち、自分に何が近づいてきて、視界に入ってきていると思うかによって違う。

悪魔の舌は真ん中のところで二つに裂けて隆起している。地獄の使者によってつけられたあり得ない発疹は、普通の発疹として簡単に隠すことができるものだ。授乳する時に間近で見たい人は誰もいない、夫でさえ。ラエ一人が彼女の左胸を絵画のようにじっくりと見ている。サイケデリックな色のかさぶたが肌の上で際立っている。**悪魔ここにあり**と告げる点字だ。

ラエの息子とは違って、悪魔は吸いつくのがうまかった。痛みは、空っぽの道路の向こう側で光っている、子ども部屋の窓に集中していれば耐えられる。それからそいつは吸いはじめ、反射神経が彼女に勝る。無意識に金切り声をあげると、そいつの鼻を胸から引き離す。授乳から解放されるやいなや、幻が流れ込んでくる。暗い洪水だ。

「実際のところ、あなたはなんなの？」彼女は尋ねる。

溝の中で後脚で立ち、泡立ち、逆立ちながら、そいつはさらに大きく分厚く、さらに荒々しく病的になったようだった。明るい目が湿り気を帯びて、卵のようにぬらぬらと光っている。え、まさか。悪魔が泣いてるの？

「弄ぶのはやめて」そう悪魔を責める。「聖書をわかってないと思ってるんでしょ？」

悪魔はラエの鎖骨に顎をシャベルのようにぶつける。

「ちょっと！」

メシをくれ、じゃなきゃ。そいつの目が彼女に向かって輝く。

日の当たる店でのイヴェットの顔が見えた。「未来は見えない」ラエは言う。「あなたは私の想像するものを真似ているだけ」

いつまでこんなことが続くのだろう？　一年？　二年？　ずっと長い間だ、と悪魔の貪欲な目が告げる。貪っている最中でさえ飢えている、哀れな獣。食べることが飢えを刺激し、悪魔の満腹のお腹は、ミルクがラエの胸を重くするごとにぺったんこになっていく。自分の手がそいつの冷たい、とげとげの毛に伸びて、なでるのを彼女は見つめる。

「また明日」

炎が遠くの山のあたりであふれ出ている。のろのろと家に向かいながら、片方だけの靴のソールを通して道路が感じられた。玄関の鍵をかけるのを忘れていた。息子はベビーベッドの中で目覚めていて、ラエの顔を見て泣きはじめる。

＊

悪魔を敵に回すなんて、たぶん間違った計画だったのだろう。次の夜、その生き物はそいつの牙をラエに沈め、血が胸を激しく流れる。今や彼女は新しい幻に感染している。それらの幻は、彼女と生き物の間の穴だらけの境界から染み出す。肌の上でそいつの鼻は洗濯バサミのように堅い。

これがおまえの未来になる、悪魔の目がぎらぎらと射してくる。**わたしに逆らうなら。**

そいつが見せた光景はひどく独創的で、叫んで道路の反対側にいる息子を起こしてしまわないように、ラエは頬を嚙む。今夜のスペシャルは、お誂《あつら》えの悪だ。悪魔はこれまでこんなに正確な言葉をテーブルの上に並べたことがない。きっと彼女の心の塩漬けの瓶から盗んだ言葉に違いない。口に出されず、口に出すのも嫌な。だってうろこのある下等な悪魔がどうして「早逝」なんて言葉を知っている？

そうさ。乳を出せ、バカ女。

悪魔が貪る。

＊

ラエの母親は、ラエが知るうちで最高の女性だった。母親はラエが溝の中で震えながら、地味な授乳用のブラを下げて、悪魔を満足させているのを見たらなんて言うだろう？　悪魔？　それでもラエの息子はこの先長い。そう彼女は願う。核爆発ひとつで、緑色からオレンジ色、オレンジ色から赤色へと急転回するこの地球の上で。

ブラは新品だった。悪魔はそれを考え深げにじっと見ると、安売りのタグを食べる。

＊

孤独な数ヵ月の夜の中でたった一度だけ、人に見つかったことがある。横向きに寝そべったラエは、ゴミ収集車のヘッドライトに捕まる。彼女は悪魔を抱き寄せ、そいつの震える指を握る。何か信じられないことが起こる。運転手は彼女と目が合ったのに、そのまま運転に戻る。トラックの意に介さないスピード（街灯の光の中であえいでいる巨大な息）に、ラエはひき逃げされたみたいな気分になる。トラックが角を曲がってからようやく、自分がどれだけ切実に助けを必要としていたか気づく。

夜明けに這うようにベッドに入りながら、夫を起こす。アドレナリンが胸の奥でぶんぶんうなっている。再び、命がつながった。どこかの地獄の深いところで、ラエのミルクで膨れ上がった悪魔が、彼女の中で命がほとばしっているというのに、また空っぽになりはじめている。夫は幸せそうにため息をつき、彼女のほうに寝返りをうつ。ラエは唇で夫の唇を見つけ、低く動く。すぐに彼の体は硬くなって目覚めるが、心はいまだ夢をひきずっている。彼女はこういった類の同調性が可能であることをほとんど忘れかけていた。溝の中で処理されている不当な取引とはまったく違う。その後で、尾骨の上の傷の痕をなでながら、夫は尋ねる。「ずっと赤ん坊に授乳してたのか？　すごく疲れてるだろ」

「疲れてる。でも食べ物になるのはいい気分」

「どういう……」

「つまり、死んじゃう前に、自分が食べ物になるのはどういうことか知れてラッキーだと思ってる」

＊

一月二日。大切な赤ちゃんへ。もう爪の中に泥が溜まるぐらい長く生きてるんだね。

〈ママの一日一行日記〉をラエは見下ろしている。ある時には、楽勝な目標に思える。一日一行。なのに深刻なほどサボってしまっている。最後に書いた、**歯が生えてきた！**　の後に続くのは、一ヵ月間の雪のような空白だ。やましい気持ちで、ラエはすべての空白の日々を見つめた。息子が誕生する前、彼女は科学専門のジャーナリストとして働いていた。これは新たな種類の行き詰まりだ。

二月十九日。大切な赤ちゃんへ。今日、左の眉毛の上にあった小さなひっかき傷が消えたね。

ラエは人生でずっと、想像できうる最悪なシナリオに備えてきた。彼女の恐怖は時にファクトチェックされ、その正当性が確認された。酸性化する海やサリン襲撃について書いているところだった。こういった仕事から、ベテランママにおすすめされた有袋類を彷彿とさせる抱っこ紐に包まれ、自分の胸でコアラみたいに眠る赤ん坊の顔を見つめる日々に転向するというのは、精神的なムチウチに近かった。四十九ドル九十九セントで、あなたもしぼんだお腹をカンガルーポケットにできるよ。

三月一日。大切な赤ちゃんへ。マットレスの上で半円を描くように回るのがかわいいね。古ぼけた時計みたい。

「赤ん坊」という言葉はラエには冷たく聞こえる。けれど、「私の赤ちゃん」は心地よく所有権を感じさせすぎる。かわりに、「私がママだよ」と、毎日何十回も子どもに自己紹介をする。「ずっと一緒だよ」

三月二十二日。大切な赤ちゃんへ。

ラエは真っ白に輝いている空っぽのページを素早くめくる。自分が感じている幸福感がこわかった。これまで備えてきたことは役に立たない。愚か者だけがそれについて書こうとする。

*

母親が贈り物を送ってくる。赤ん坊が眠っている間に心臓が止まったら、アラーム音を鳴らしてくれる〈スマート・ソックス〉。

星二つ、とネットで人気のあるレビューが言う。「もっと役に立つのかと思ってました」

＊

「ねえ、厳しく聞こえなければいいんだけど」ベテランママの一人が、薬用シロップみたいな声色で言う。「だけど前例をつくったのはあなただよ。このルーティーンをはじめたからには、毎晩同じ時間に授乳しなきゃ」

ラエはみじめな気分でうなずいた。その通りにしたはずなのに！

「悪循環だよ」

イヴェットは特別な集まりを召集していた。金曜日の午後八時。すでにラエにとっては真夜中のように感じられる。オーガニックの店は閉まっていて、シャッターが下りている。テーブルを囲んでいる六人の女性は、悪魔に会ったことのあるベテランママたち。七人目の女性はもう一人の新米ママ、マリーだ。彼女と彼女の妻はフランクリンでピアノの店を経営している。イヴェットが彼女をラエとつなげてくれた。時々二人は、ぼやけたケンタウロスのようにベビーカーを早足で押しながら公園で会う。マリーも、〈ウィンディ・グローヴ〉アパートの裏手の排水溝で悪魔に授乳している。

マリーとラエは隣り合って座る。テーブルの下で、マリーはラエの手をとる。大好きな人たちに会えない時に新しい友人ができるのは、少し不実なことのように思えた。でも、二人の間には友情がはじまっている。海に漂い、触手を絡み合わせているタコたちをラエは思い浮かべる。大きく膨らんだ頭を持った半透明な母親たちは、恐怖で丸く膨らんでいる。

恥ずかしそうに、ラエはベテランママたちに質問する。「あなた方もあいつと交渉したんですか？」

経験談が次々と続いた。この悪魔がかつて彼女たちに何を約束したか。

赤信号を無視する車を止める。

腫瘍を小さくする。

誘拐犯を刑務所に入れる。

娘の脳から水を抜く。

弾を銃に戻す。

感染した蚊を払いのける。

家賃を払うための仕事を死守する。

西オレゴンに弾頭が向かないようにする。

警察から息子を守る。

白血病の蔓延をなかったことにする。

子どもたちを無事に家に帰して、ああ、お願いだから。

侵入者はどうやら、あらゆる姿で現れるようだった。「私のは鷹だった。毎晩襲いかかってきて、私の胸をかきむしった」

「私のは馬の姿をして来た。ミニサイズの馬か、それともロバかも。巨大な奥歯をしてた。いまだにすねに噛まれた痕が残ってる」

「私のは子熊だった。紫色の舌だった。鉤爪を消火栓で尖らせてた」

誰も彼女たちの欠損やアザに気づかないというのは、ボロボロになった産後の体は、見て見ないふりをされることを物語っている。青いソファークッションに染み込んだ茶色の血を、人々は巧みに見なかったふりをする。友人のセーターの奥のふくらみの名残りを。ラエが妊婦だった頃、同じ、エクソシストの少女みたいなお腹の起伏が、みんなを微笑ませた。「足が見えた！」バスの運転手はある時、彼女の腹部を指差しながらはっと息を呑んだ。まるで青いクジラの尻尾がたった今見えたみたいに。

「私のは何なのかはっきりしない」ラエは認めた。「アナグマっぽいかな」

イヴェットが『どうぶつＡＢＣ』を掲げる。ともに母親たちは容疑者たちをよく調べてみる。

「アリクイだった？　ボック？」

「カピバラだった」マリーは有無を言わせない調子で言う。

カピバラは、世界で最も大きい齧歯動物だ。南アメリカ特有の、樽ぐらいの大きさをした生姜色のハムスターみたいな生き物。ラエは本当にそうかなと思ったが、新しい友人に話を合わせた。

「私のは悪魔じゃなかった」ニンジン色の巻き毛をした、ベテランママのキャロルが言う。「あれは地球外生命体だった」

女性の証言を信じないこの社会の中で、彼女たちが間違いなく苦労して勝ち取った自信を出ししぶってほしくはない。けれど同時に、ラエは思う。**「わけわかんないこと言うな、キャロル。悪魔に決まってるでしょ」**

「さて、お二人さん」ラエとマリーに向かってイヴェットが言う。彼女は二人に疲れた笑顔を見せ、ラエは三歳以下の子ども四人の母親の、脅しの利いた優しさに気づいた。あれ、そもそもんなことが可能なの？　五歳以下が三人？　ラエの心は煙霧機だ。「いいかげんにして。そいつに授乳するのをやめないと」

マリーはすっかり狼狽《うろた》えた表情でラエを見る。

「問題は自然に解決される？」イヴェットが言う。「されないよ」

「私のは解決した！」とキャロルが言う。

「キャロル。だまってて。話が逸れるから」

「ねえ」マリーが言う。「そのやり方でうまくいったのなら何より。だけど私はまだ離乳する準備ができてない。怖いの！　家族を苦しめたくない」

「ええと、もしもし？　ここには家族を苦しめたい人なんて誰もいないよ」

「あいつはあらゆる災いの可能性について自信満々に語るの。それから私が授乳すれば、そういう悪いことは寄りつかないって約束してくれるの」

「初歩的なミスだよ」イヴェットは言う。「あいつにそんな力はない」

彼女はマリーが下を向くのを見て、驚くほどの優しい声で言い足す。「気持ちはわかる、もちろん。マニュアルがあるわけじゃないもんね」

実際、何百ものマニュアルがあった。ラエも数冊ナイトテーブルにのせているが、ほとんど読んでいない。

「クレバー・ハンスを知ってる？」イヴェットが尋ねる。「知らない？　数学の天才だってみんなに信じられていた馬がいたの。二足す二はなんだい、ハンス？　って飼い主が聞くとするでしょ。そしたらハンスは四回ひづめを踏み鳴らす」

「すごい。老いぼれハンスのために天才のバーをかなり低くしてあげたんだね」

「結局、ハンスは利口な嫌なやつだってことがバレた。そいつは飼い主の合図を読んで、パカパカする時とやめる時がわかったの。これも同じこと。ごまかし屋ってわけ」

マリーは納得がいかないようだった。自分自身の輝く恐怖のこだまをラエは見るようだった。

「実際あいつが何を約束したっていうの?」イヴェットが尋ねる。「やめたら何が起こるって言われた?」

「私……私には言えない。その恐怖を口に出したら予言になっちゃうから」

「ああ、まったく。私の家にあなた向けのたわごとが詰まった本棚があるよ。『宝物は洞窟だった』ってベストセラー、読んだことある? 作者たちは儲けすぎて大笑いしてるはず」

それからマリーは、幼い娘に三十九度近くの熱があることを説明した。あいつの助けなしでは、体温は上がり続けるはずだと彼女は確信している。そして、助けるために、あいつは彼女のミルクが必要なのだ。徐々に授乳をやめたらどうなるだろう?

イヴェットは頭を振った。彼女の「ノー」でさえ、バレエ的だった。ラエは彼女がポニーテールを振るのを見て、こずえの高いところに吹く風に耳を澄ます。

時々ミルクの入ったお皿を外に出すんじゃダメなの?

一気にやめないと。

この一回だけでも? このとんでもなくひどい夜ぐらいは?

一気にやめないと。

「一緒にやめないと」集まりの後、マリーがラエに言う。「約束して。私は一人じゃ無理」

八時間後、ポーチに響く小さな鉤爪のひっかく音を耳にして、ラエはドアに掛け金をかける。出産以来、息子にだけ授乳をするはじめての夜だ。

＊

翌朝、ラエがカーテンを開けると、悪魔が白日のもと、道に沿ってこそこそ動いている。「さっさと溝に戻りな」彼女は言う。「私の家から離れろ」けれどそいつはベイマツに走り寄り、長い尾を木の幹に叩きつける。電線の上を跳ねていき、彼女を横目で睨めつける。黒いプリウス三台が、気づくことなく悪魔の下を走っていく。

その夜、そいつはドアを何時間も引っ搔く。積み木を倒してキャッキャッと笑っている赤ん坊の声にかぶせるようにして鳴き声を上げ、彼女の頭蓋骨に潜り込んでくる。憤りながら、それから哀れっぽく。最終的に、もうこれ以上我慢できなくなったラエはベッドから出る。赤ん坊が、本当の赤ちゃんが泣きはじめた時、階段を半分ほど下りたところだった。まじりけのない飢えへの叫び。応えてもらえるのを疑っていないことの、恐れを知らないがむしゃらさの、美しさ。ベビーベッドで泣いている息子を置いていくわけにはいかない。あの溝にいる生き物との契約を破るわけにもいかない、と彼女は気がつく。だったら、妥協するしかない。

オレンジ色の世界。午前五時、かわいそうな赤ん坊にマシュマロのように服を着込ませる。帽子をぐいとかぶせ、手袋も。抱っこして急な階段を下りる間、息子は右胸でガツガツとおっぱいを飲んでいる。ドアを開け、灰色の、少しずつ進んでいく夜明けの薄膜の中に出ていく。ポーチの階段を焦って下りながら、彼女は弾力のありそうな雪をかき分けて、手すりをぎゅっとつかむ（今年は雪が降り続けている。新記録だ）。街灯の光の湖を越えて、溝に向かう。つるつると滑りやすい道を授乳中の新生児を抱えて渡るのは、想像するよりも簡単だ。彼女は最適な靴を選んだ自分の感覚を褒《ほ》めたたえる。丈夫なブーツ。良質なソール。よし。うまくいく。できる。この一度だけでいいから……。

あの生き物は排水溝の入り口で、滴る水で前足を洗いながら待っている。そいつが二人に向かって駆け出した瞬間、ラエは立ち止まる。

「だめ！」赤ん坊が目を見開く。子どもの弛《ゆる》んだ口が乳首から離れる。息子は彼女の恐怖を吸収し、それを長い、咲き誇る泣き声にかえ、外に押し出す。二人はともに家の静寂の中に退却する。通りの向こうで、悪魔が近所の猫を威嚇しているのが聞こえてくる。哀れな、おしっこを我慢できないランボー。

＊

二夜明けて、緊急集会が閉店後の〈ミルクとはちみつ〉で招集される。

マリーは取り憑かれているように見えた。「無理だった」そうみんなに打ち明ける。ベテランママたちは落胆を隠すのに苦労している。

「私も」ラエは認めた。「外に出たら、あいつは私と赤ちゃんに向かってまっすぐ走ってきた。狂犬病にかかってるみたいに」

「赤ちゃんを連れていったの?」

オレンジ色の世界。ラエの顔が熱い。彼女はうなずく。

「わかった」鼻息荒く、イヴェットが言う。「それでいいんだよ。離乳は過程だし」

「今日は家の外にいた」ラエは言う。「昼の光の中で、私を求めて吠えてた。きっとあいつは家族を傷つける!」

「なるほど」イヴェットは言う。「どうやらこれは極端なケースみたいだね。強い意思表示を感じる」

「空腹なだけなんじゃない」マリーが小さな声で言う。

「みなさん、何か提案は?」

「もし誰かが〝おしゃぶり〟ってもう一回でも言ったら叫んでやる」セクシーな舌足らずの話し方をする(それか軽い酔っ払い)、ベテランママのヴァレリーが言う。「二人にも悪魔を檻の中に入れるのを手伝ってもらわないと。網とか捕獲器が必要」

ベテランママたちがうなずく。双子がいて、腫瘍科で看護師をしている優しいザリーが、テーブルにこぶしを叩きつける。「私たちポートランド南東部の母親たちは、これ以上悪魔を満足させるわけにはいかない!」

マリーがラエの横で体をこわばらせている。

「ねえ、聞いて……」マリーは言葉になっていない名詞を口にするために一息置く、とても敵意のある名詞を。「ベテランママがあいつを追い払えって言うのは簡単だよね。他人事だもん。個人的にはどう? あいつは私の赤ちゃんを実際に守ってくれてる。娘の最近のMRIはまったく正常だった。悪夢は一つだって近寄ってきてない」

「おめでとう、それは何より」イヴェットが目をむく。「自分のミルクはホワイトゴールドか何かだって思ってるんだね」

「なんですって？」

「信じて。この生き物が子どもたちを守ってくれるって言うなら、今頃私はストローマグに自分の内臓を入れてあいつに差し出してる」イヴェットは言う。「だけどあいつは何もできやしない」

ラエとマリーはしばらくじっと見つめ合う、共犯意識を隠せずに。ベテランママが決めつけてきたからってなんだっていうの？　ベテランママは新米ママが直面しているものを何もわかってない。

「あなたたちみたいな女性は殉教者を演じるのが好きなんでしょ？」イヴェットが言う。「自分が私たちみたいに無力だって認めるよりも、悪魔が本物のほうがいいってわけね」

怒りがラエの胸を締めつけ、傲慢でゴージャスなイヴェットを一突きする想像をする。あなたたちみたいな女性は美容整形をして、二十歳のふりをする。あなたたちみたいな女性は……。

「私が試してみたことが一度もないって思ってる？　助けてほしいって懇願したことがないとでも？」イヴェットが二人を見すえる。高校ではチアリーダーだったに違いない。ラエにはわかる。彼女は叫んでいる間でも微笑む方法を身につけている。抑制の利いた赤い唇。

「私の娘は亡くなった」彼女は言う。「ジェネヴィーヴ。二ヵ月の時に。だから私は子どもが四人いるって言うの。あの子を入れなかったら嘘になるから」

ラエは自分の口にこぶしを強く押しつける。横にいるマリーは鼻を鳴らしながら泣いている。

「どうして死んだのか知りたい？」

イヴェットはマニキュアをした手をテーブルの上で合わせる。彼女の笑顔は恐ろしかった。誰も言葉を発さなかった。

「じゃあ」イヴェットは話し続ける。「どう思う、ほんとに。もし私が夜中あいつに乳首を吸わせていたら、今もあの子は生きてると思う？　持ちかけられた時に契約を結ぶべきだった？　私が娘を殺したってあなたたちは思う？」

その後に続いた静寂の中で、ラエは千ものルーレットのウィールが回転する音を聞く。

もしそう信じるなら、他に何を信じる？

＊

午前三時に張り込みがはじまる。ボニーと彼女の姉妹たちは害獣駆除サービスの会社をしていて、彼女はバンに乗って現れる。リスからヒョウまで捕まえられるサイズ豊富な檻がのっている。

「捕まえて、放す」ボニーは約束する。「誰も傷つけない」

ヴァレリーはカンガルー抱っこができる抱っこ紐を提供してくれた。

ザリーは鎮静剤の注射の箱を持ってくる。

エレンはおもちゃの銃を振り回す。「ただの偽物だよ。私は銃が嫌い、個人的にはね。誰かリストを無視したね」

その晩はやく、ラエは夫に、新しいママ友たちと約束があるから、息子にミルクをあげてくれるよう頼んでいた。「お泊まり会なんだけど」彼女は言った。「新米ママの集まりの儀式みたいなものなんだ。一晩休みをとって、死んだように眠るの。イヴェットが主催」

「お泊まり会！　なんだか気まずいね」だけど夫の声は、本当に喜んでいるように聞こえた。ラエは人と打ち解けるのに時間がかかるタイプだから。

ラエの家の通りの反対側にバンを停める。たくさんの孤独な夜を経て、他の人たちが自分を見守っていると知っているのは不思議な気持ちがした。溝からは彼女たちの顔が見えない。けれど冷や汗をかき横になって待ちながら、彼女は恥ずかしくなる。4：44ちょうどに、あの生き物は排水溝から這い上がってくる。これまでの人生、この怪物ほど頼りがいがありそうに近づいてきた者はいなかった。悪魔の暦は正確だ。イヴェットは正しいのかもしれないと、ラエは思った。本物の悪魔ならば、こんなにも簡単にだまされるだろうか。疑うことなく、そいつは飛びついてくると、うっとりと飲みはじめる。ラエはそいつの冷たいまぶたが重くなってくるまで待ち、それから合図を出す。ヴァレリーが排水溝の前に立つ。キャロルがパウエルブックスに抜ける出口を塞ぐ。

できるだけ優しく、ラエは注射針を刺す。悪魔に薬をもるのは、赤ん坊の爪を切るのより簡単でも難しくもなかった。叉状の舌の下のところに脈管の網状組織があり、そこにデトミジンが吸収される。**うまくいきっこない**、と彼女は思う。けれど、失敗するんじゃないかと恐れても、何も変わらないことがわかった。薬が効いてくる速度を遅くするわけでもないし、そのうち生き物の顎は彼女の肩によだれを垂らしはじめる。そいつの片方の手の固い水かきから泥を払ってやる。腕の中で眠りながら、その生き物は息子よりも重くもなかった。

バンの後ろで、ラエは膝に顔を近づける。悪魔は大きな猫用の檻にいて、その毛皮が空気穴からはみ出している。

「言った通りでしょ?」マリーがラエを突っつく。「カピバラだって、絶対」

ボニーはマニュアル車を運転でき、山道を知っていた。檻の中で、あいつが眠りながら吠えはじめる。誰かがボニーに耳栓を渡す。本当の危険は、もちろん、道が凍っていることだ。「ポートランドめ」彼女は言う。「雲から塩を降らせたいよ!」急な坂で、バンはスリップする。どの母親も子どものこと、子どもたちのことを考えていた。もし私が死んだら、誰が面倒を見てくれるの? その問いは彼女たちの頭の上に集合的な思考の泡として浮かぶ。飛行機が乱気流に突入している間、二百人の乗客を結束させる無言の祈りみたいに。**私を生きさせて。続けさせて。地面に送り届けて、お願い。**

誰と交渉しているの? ラエは聞きたい。**誰が聞いてくれてるっていうの?**

「ボニー! 道に集中して!」

二時間運転した後に、偶然通りかかった、砂地の境界のところにバンを停める。そこから、グローブボックスを見下ろして再び顔を上げたら、オレゴンは針葉樹の森から高砂漠に姿を変えるだろう。女性二人が檻を持ち上げ、藪の中を、雪をかぶった草地まで押していく。ひざまずき、ドアを開けるのはラエだ。

「さあ」ラエは嘘をつく。「自由の身になったよ」

彼女たちは無言のまま、そいつが慌てて逃げていくのを見る。最初、それは青白い、狡猾な顔をしている。けれど、走っていくうちに、視界から見えたり隠れたりしながらかすかに光りはじめ、輪郭が溶けはじめ、自らを見直しはじめる。とても静かに、ほとんどわからないくらいに、そいつは分解をはじめる。巨大な目をして、鼻を鳴らしながら、女性たちを振り返る。こっちの愛情に訴えかける最後のトリック。足を引きずるふりをしながら、哀れそうに弱々しく泣く。

「動いちゃだめ」イヴェットが警告する。けれど彼女の目でさえ潤んでいる。何であろうと死ぬのを見るのはつらい。フッド山の山腹に日が射すにつれて、その生き物は姿を変え続ける。子狼、うさぎ、灰色のキツネ、小鹿。子どもたちのボードブックに登場する動物ばかりだ。

「なんてこと。自分のかたちを忘れてるんだ」

「かわいそうな母なし子。あいつが何を探しているかを見て」

「あいつ疲れ切ってる。自分を保つこともできない。もう自分が何なのかわからないのね」

「お腹が空いているのは確実」

串に刺されて回転している何かが、跳ね上がる炎の上から逃げられないかのように、そいつはラエに向かって泣き叫ぶ。雪がイヴェットの冷静な顔を横切り、そしてラエは、なぜ彼女たちが子どもたちの寝室から何百キロも離れてここまでやって来たのか理解している。その鳴き声は強烈で、心にこびりつく。その縁は波立ち、暗くなる。生き物は足元がおぼつかずよろめき、毛に覆われた体は太陽に刺されて、ばらばらになる。再びそいつは叫び、その肩から煙がさざ波をたてる。振り返り、痛みで鈍くなった、皿のように巨大な目でラエの顔をじっと見る。「ママ?」そいつは言う、「ママ?」

そいつは森へと走り込み、水風船が破裂したように美しい光がはじけ出す。女性たちの子どもたちの声を真似、彼女たちに呼びかける。悪夢の独奏はけれどささやき声へと縮んでいき、生きたいと請う。差し出せるのがそいつ自身しかない渇望。視界から消える前に、太陽光線の中ほどまで、空中に浮かぶかのように見えた。閃光ほどドラマティックではないが、まばらな柔らかい塵をともなって。普通で、目立たない。登山口近くの岩の上で、ヴァレリーがそいつの皮を見つける。すでに森に住む体を輝かせた蚊が群がっている。埋める死骸もなく、介抱する体も見つからない。

なぜだかあくびが止まらないイヴェットは礼儀正しく手で顔を隠しているが、なかなか手を離さない。他のみんなは彼女の背中と肩に触れる。マリーは隠さず泣いている。ボニーは眼鏡にピキッと走ったひびを見せる。「あいつの叫び声でこうなった」

「帰りは私が運転する」ラエが申し出る。「実は運転が得意なの」

*

そしてこの間ずっと、ラエの母親はどこに？

ラエの母親は今も地球の反対側にいて、影の物語の中でラエの祖母の世話をしている。神聖で、いつ訪れるのかわからない、告別の時。小さなスプーンで果物のピュレを食べさせ、八本残った髪の毛をといている。母娘は放物線上であまりにも遠く離れているので、ラエの朝は母の夜だ。あり得ない時間に電話が鳴ると、ラエは母親からだとわかる。

同時に、二人は互いに尋ねる。「うまくいってる？」

見ていると、赤ん坊のまぶたがくしゃっとし、開く。太陽の光がキッチン全体に飛び散る。喜びが屋根を突き破りそうだ。今日は光でほとんど何も見えない。ラエは身をかがめて影をつくり、二人を守る。

感情が過去から飛び込んでくる。「お母さん！　私のことをこんな風に感じてたんだね！」

「うん」彼女の母親は言う。「それに今も同じ気持ち」

緑色の世界。人生のだいぶ遅くになって、ラエはそれを見極めることを学んでいる。足が床板を踏み締める。かかとから頭蓋骨まで、幸福が体の中を動いていく。彼女は息子を腕に抱き、受話器も抱える。電話越しに、彼女の母親が彼女を抱きしめている。

謝辞

人生が変わる贈り物を与えてくれ、私の作品をサポートしてくれたマッカーサー基金に感謝します。

サム・チャン、コニー・ブラザーズ、ケヴィン・ブロックマイヤー、そして私のアイオワのギル・オープナーズに感謝します。

ティンハウス社のファミリーと、緑色の夢の孵卵器である、ティンハウス・サマー・ワークショップに感謝します。

テキサス州立大学のクリエイティブライティングのＭＦＡプログラムと、英米文学科に感謝します。寄付基金教授を務めるのは光栄で、本当に嬉しいことでした。

トムとジョディ・グリムズに大きな愛と感謝を。あなた方のおかげでテキサスを我が家のように思えます。

私の冗談に付き合ってくれて、そして、たくさんの新しい世界に私の目を開かせてくれる生徒たちに感謝します。

ウィリング・デヴィッドソンの友情と、これらの作品への計り知れないほどの協力に感謝します。

デボラ・トリーズマンの素晴らしい洞察力と提案に感謝します。

古くからの友人であり、奇妙さの相棒であるマイケル・レイの見事な編集に感謝します。

チェストン・ナップの無類のない反響定位に感謝します。

世界で最も素晴らしいエージェント、デニーズ・シャノンに感謝します。

物事の核の部分を見抜き、いつも私の道を照らしてくれるジョーダン・パヴリンに感謝します。

ニコラス・トムソン、キャスリーン・フライデラ、スーザン・ブラダニニ・ベッツ、エミリー・リアードン、ジョン・ガル、ケイト・ランデ、サラ・イーグル、マデリーン・デンマン、ケイト・バーナー、キム・ソーントン・インジェニトー、そしてクノップ社とＲＨＳＢの最高の人々に感謝します。

優れた本『American Gramophone』と『Ghostly Matters: Haunting and the Sociological Imagination』から、エピグラフに引用することを許してくれたケイリー・マクヒューとエイヴリー・ゴードンに感謝します。

アンドリュー・ムーアの写真、特に「Bassett Cattle Auction, Rock County, Neb. 2006, 2011」に感謝します。

ハイ・プレーンズのニュアンスのある美しさ、回復力、そして脆さについて教えてくれたダグ・ジョンソンに感謝します。

世界一最高の祖母たち、ジャニース・ラッセルとクレア・ペレスには、私が竜巻や幽霊と一緒に過ごして、この本を完成させるのを可能にしてくれたことに感謝します。

この新章において、たくさんの笑いと喜びをくれるブルース・ラッセル、ケント・ラッセル、ローレン・ラッセル、アランとフラン・ロマンチャック、そして私のペレス一家に感謝します。

ねえ、友だちのみんな、私と一緒にページをめくってくれてありがとう。愛してる。

私の人生の大きな愛であるトニー・ペレスとオスカー・ペレスへ。こんなにも幸せな物語を書く方法を教えてくれてありがとう。T、何時間も夢を見て、私の改稿作業に付き合ってくれてありがとう。この本はあなたに捧げます。この先が楽しみで仕方ないです。

訳者あとがき

オレンジ色の世界。

カレン・ラッセルはこの言葉を、表題作「オレンジ色の世界」の登場人物たちと同じように妊娠中に参加した、安全対策クラスで実際に耳にしたそうだ。クラスを指導していた女性は「緑色の世界は、尽きない注意力と完璧な安全性を備えた理想郷。赤色の世界は、危険でまさに地獄のような場所。そして私たちは大抵の場合、オレンジ色の世界に住んでいます」と語り、「かなり心配性の妊婦」だった作者は、その頃の経験をもとに、悪魔と取引をしてでも子どもを守ろうとする女性たちの物語を思いつく。

けれど、著者自身も「オレンジ色の世界」という言葉は、「ある意味、この短編集に入っているすべての物語を束ねるのに適した比喩だった」と語っているように、「オレンジ色の世界」はあらゆること、あらゆる場所のことだ。私たちの日常は、人生は、一寸先は闇。誰にも何が起こるのかわからない。天国でも地獄でもない、忘れていられることも多いけれど、実は危険だらけの場所。言われてみれば、私たちはみな、「オレンジ色の世界」で生きている。そう考えると、私たちは、生きているだけでもう、それだけで勇敢なのではないだろうか。

カレン・ラッセルの作品は、綿密なリサーチを重ねたうえで、現実の場所や歴史を舞台に、現実と非現実の「中間地帯《トワイライトゾーン》」ともいえる場所を出現させ、そこに存在したかもしれない誰かの切実な〝声〟を、恐ろしいほどの鮮やかさと強靭さをもって描き出すことに定評がある。彼女のつくり出した「中間地帯」で生きている登場人物たち（人に限らず）は、いかに負けが込んだ状況に置かれようと、それぞれの在り方で、〝生〟を希求し、模索している。

「オレンジ色の世界」は、この「中間地帯」の別の呼び方といってもいいのではないか。つまり、彼女の描き出す「中間地帯」は、どんなに奇想天外な設定であったとしても、私たちから遠いどこかの〝もしも〟の話ではなく、私たちの生きているこの世界そのもののことなのだ。アメリカのドラマ『グッド・プレイス』は、複雑さを極めた地球上で人類が善意を貫くことがいかに困難であるかを描いたコメディだったが、ラッセルの作品もまた、さまざまな感情や要素が絡みあい、常に複雑さを増し、どちらの色に転ぶのか、それともじんわりと溶け込んでいくのか、それとも新たな色をまとうのか、まったく予想がつかない「オレンジ色の世界」に生きる、勇猛果敢な人類への祝福であり、エールである。

このような「別の世界」をなぜ思いつくのかと問われた際に、「たぶんマイアミで育ったことが大きいと思う。マイアミはたくさんポケットがあるユニヴァースだから」とラッセルは答えている。大自然と人工施設が共存するフロリダ出身の彼女の作品は、彼女の出身地が舞台になることも少なくないが、今回収録の「ゴンドラ乗り」では、環境破壊によって終わりを迎えた後のフロリダが描かれ、今日的な危機感をさらに感じさせる作品となっている。

私は優れた想像力を持つ作家の作品を読むといつも、作者がどうやってこれを思いついたのか、少しでも知りたくなってしまう。語らない作家もいるかもしれないが、ラッセルはどちらかというと、インタビューなどでどんどん話してくれるタイプであるように思う。表題作然り、え、そんな日常的なことからこれを思いついたの？　と、彼女の地に足がついた観察眼（そして日常生活から生まれる実感）と、そこからのジャンプ力に驚かされる（そしてこのラッセルの想像力とジャンプ力は、作品の〝声〟を増幅させる役割を果たしている）。

たとえば、ジョシュアツリーに寄生され、奇妙な三角関係に陥るカップルが登場する「悪しき交配」は、現在の夫とはじめてのデートで、ジョシュアツリー国立公園を訪れた際に着想を得たそうだ。「ボヴァリー夫人のグレイハウンド」は、作家でもあるリディア・デイヴィスが新たに英訳したことで話題になった『ボヴァリー夫人』を読んだ際に、別れ別れになってしまってこのグレイハウンドはどれだけ不安だっただろう、と思ったことがきっかけ。『ボヴァリー夫人』の中でグレイハウンドが登場するのはほんの数ヵ所であり、あっという間に夫人の前からも、読者の前からも姿を消してしまうのだが、ラッセルは一人、この犬の後を追ったのだ。

ちなみに、謝辞に「アンドリュー・ムーアの写真、特に「Bassett Cattle Auction, Rock County, Neb. 2006, 2011」に感謝します」とあるが、この「Bassett Cattle Auction, Rock County, Neb. 2006, 2011」を見ると、おそらくラッセルがある作品をどう思いついたのか一瞬でわかって楽しいので、ぜひ検索してみてほしい（アンドリュー・ムーアのホームページに掲載されている）。

また、「ブラック・コルフ」について、これは作者が言及しているのではないが、十八世紀、コルチュラ島のジュルノヴォ村で、吸血鬼を恐れた村人たちによって墓地が荒らされる事件があり、当時十人委員会とヴェネツィア総督に送られたアーカイブ文書が残っているそうだ。「ブラック・コルフ」では十七世紀になっているが、参考のために記しておく。

ラッセルは、「場所と人物と欲望の衝突を模索したい、という願い以上の意識的な野心はほぼ持たない」で書きはじめるそうだが、彼女の作品の中で主人公として描かれる者の多くは、持たざる側、周縁化されている側である。『狼少女たちの聖ルーシー寮』『スワンプランディア！』ともに、初期作品は子どもの目から見た世界に焦点が当てられ、短編集三冊すべてに老人を主人公にした作品がある。子どもも老人も、社会の〝主流〟から外れた存在だ。吸血鬼や狼人間、怪物と呼ばれる存在がそうなのも言うまでもない。本作「ブラック・コルフ」の医師はムーア人であることから西洋社会の一員として認められずに差別を受け、「探鉱者」の、豪華なロッジを建築中に雪崩に巻き込まれ幽霊となったCCCの労働者たちは、不況の中、家族のために出稼ぎにやって来た若者たちだ。

ドナルド・トランプが大統領だった時期に受けたインタビューで「探鉱者」について尋ねられたラッセルは、「まるで成功や失敗がすべて自己責任かのように、〝勝者〟と〝敗者〟について語る大統領がいるけれど、この国では生まれながらにして不利な立場に置かれた人たちが何百万人もいるのです」と語っている。

ラッセルの作品の中では、人と人との力関係とあらゆる格差が作者によって敏感に察知され、物語に緊張感を生み出す（人と自然の関係においては、人は徹底的に無力である）。「探鉱者」の若い女性、オーバジンとクララが生き残るために、幽霊の青年たちの機嫌をとろうとすることについては、「山の上での彼女たちの立場の不安定さ、パーティーで慎重に振る舞う様子は、私たちの傾いた社会で、今日多くの女性が行わなくてはならない実存的な、そして経済的な計算からそう遠いものではないと思う」とラッセルは話す。

主に北欧などの泥炭地で発見されてきた保存状態のいいミイラ「湿地遺体（bog body）」の女の子と、現代の男の子の〝初恋〟の物語である「沼ガール／ラブストーリー」のラストについては、「フェミニズム的なツイスト」を用いたそうだ。叶わないものの代名詞の一つである〝初恋〟、もしくは、思っていたような人じゃなかった、というありふれた恋愛関係の終わりの感慨は、彼女の手にかかると、その気持ちは時として根源的にどこにつながっているのかを露呈してしまう。常に微笑んでいて穏やかな沼ガールに、キリアンは自らの夢物語を投影し、彼女が声を発し、自らの感情を面に出した瞬間、彼が見せる拒否反応と恐怖は、家父長制の社会構造で生きる多くの女性にとって、めずらしいものではないだろう。表題作については、「母性が女性にとって最高の天職だなんていうようなひどく有害な昔話には加担したくない」と言う。「あんな希望と恐怖の極限状態は経験したことがなかった」と自らの妊娠期を振り返り、多くの女性が流産や死産など、あらゆる個人的な恐怖の物語を持っていることに触れている。

カレン・ラッセルは、二十三歳で〈ニューヨーカー〉誌でデビューし、二〇〇六年に初短編集『狼少女たちの聖ルーシー寮（St Lucy's Home for Girls Raised by Wolves）』（拙訳／河出書房新社）を刊行。常に高く評価されてきたアメリカの作家であり、二〇一一年刊行の初長編『スワンプランディア！（Swamplandia!）』（原瑠美訳／左右社）は、ピューリッツァー賞のフィクション部門の候補になった。二〇一三年には「天才賞」とも呼ばれるマッカーサー・フェローシップに選出されている。第二短編集『レモン畑の吸血鬼』（拙訳／河出書房新社）に収録されている、明治日本の製糸工場で働く女工たちの物語「お国のための糸繰り」は、シャーリイ・ジャクスン賞の短編部門を受賞。本作『オレンジ色の世界』は、ワシントン・ポスト、NPR、BBC、Kirkus Reviews、ウォール・ストリート・ジャーナルなどなど、多くの媒体の二〇一九年のベストブックに選出された。コロナ禍の中で編まれたアンソロジー『デカメロン・プロジェクト』にも、短編「市バス一九号系統　ウッドストック通り〜グリサン通り」（藤井光ほか訳／河出書房新社）で参加。現在は育児をしながら、長編を執筆中だと聞いている。

本作の翻訳中には、様々な方にお世話になった。一緒にラッセルの作品世界を楽しみながら、私の疑問点に応えてくださったローレル・テイラーさんとポリー・バートンさん、「ブラック・コルフ」でクロアチア語、その他言語の監修をしてくださった奥彩子さん、そして、担当編集者の町田真穂さん、本当にありがとうございました。

二〇二二年十二月

松田青子

カレン・ラッセル
Karen Russell
1981年、フロリダ州マイアミ生まれ。ノースウェスタン大学卒業、コロンビア大学大学院修了。23歳で〈ニューヨーカー〉にてデビュー。卓越した想像力と独特の世界観が絶賛される。2006年刊行の初短篇集『狼少女たちの聖ルーシー寮』で、米国図書協会の「35歳以下の注目すべき作家5人」、〈ニューヨーカー〉の「25歳以下の注目すべき作家25人」に選ばれる。11年に発表した初長篇『スワンプランディア！』は、12年のピューリッツァー賞フィクション部門にノミネート、スティーブン・キングが選ぶ「2011年小説ベスト10」に選出された。そのほか、マッカーサー・フェローシップ、グッゲンハイム・フェローシップ選出、シャーリイ・ジャクスン賞を受賞するなど、いまもっとも注目を浴びる米作家のひとり。19年刊行の本作は、ワシントン・ポスト、ウォール・ストリート・ジャーナルほか多くの媒体の年間ベストブックに選出された。

松田青子（まつだ・あおこ）
1979年、兵庫県生まれ。同志社大学文学部英文学科卒業。2013年、デビュー作『スタッキング可能』が三島由紀夫賞及び野間文芸新人賞候補となり、14年にTwitter文学賞第一位。19年、短篇「女が死ぬ」がシャーリイ・ジャクスン賞短篇部門の最終候補に。21年、『おばちゃんたちのいるところ』がLAタイムズ主催のレイ・ブラッドベリ賞の候補となったのち、ファイアークラッカー賞、世界幻想文学大賞を受賞。その他の著書に『英子の森』『女が死ぬ』『男の子になりたかった女の子になりたかった女の子』、翻訳書にカレン・ラッセル『狼少女たちの聖ルーシー寮』『レモン畑の吸血鬼』、アメリア・グレイ『AM/PM』、ジャッキー・フレミング『問題だらけの女性たち』、カルメン・マリア・マチャド『彼女の体とその他の断片』（共訳）などがある。

オレンジ色の世界

2023年5月20日　初版印刷
2023年5月30日　初版発行

著　者　カレン・ラッセル
訳　者　松田青子
装　丁　名久井直子

発行者　小野寺優
発行所　株式会社河出書房新社
〒151-0051　東京都渋谷区千駄ヶ谷2-32-2
電話　03-3404-1201（営業）
03-3404-8611（編集）
https://www.kawade.co.jp/

印　刷　株式会社亨有堂印刷所
製　本　加藤製本株式会社

Printed in Japan　ISBN978-4-309-20879-4